Yo y yo en breve

José María Merino

Yo y yo en breve

ALFAGUARA

Penguin
Random House
Grupo Editorial

Primera edición: septiembre de 2024

© 2024, José María Merino, en colaboración con Agencia Literaria Antonia Kerrigan
© 2024, Penguin Random House Grupo Editorial, S. A. U.
Travessera de Gràcia, 47-49. 08021 Barcelona

© Diseño: Penguin Random House Grupo Editorial, inspirado en un diseño original de Enric Satué

Printed in Spain – Impreso en España

ISBN: 978-84-204-7897-5
Depósito legal: B-11359-2024

Compuesto en Arca Edinet, S. L.
Impreso en Unigraf, S. L., Móstoles (Madrid)

AL78975

Índice

Advertencias

Este libro es resultado de un curso imaginario que impartí sobre narrativa breve, en el que los participantes, de ambos sexos y de distintas edades, escribieron al final uno o dos cuentos para posteriormente leerlos en voz alta ante los demás concurrentes. Como yo era el responsable, pensé en su posible publicación y seleccioné los que me parecieron más adecuados, incluyendo también cuentos míos. Precisamente por lo imaginario del asunto, no me he sentido obligado a recordar nombres, salvo en lo referente al profesor Eduardo Souto y algún que otro personaje.

En mi caso, el futuro libro ya tenía cierta envergadura en materia de cuentos inéditos, a partir de una primera cosecha, cuando, visto el asunto que estaba tratando, el recuerdo de algunos otros fue bullendo en mi cabeza, y de inmediato se materializó también a mi lado un grupito de cuentos ya editados en publicaciones dispersas.

Eran cuatro, aparecidos a lo largo de los últimos veinte años, que tenían ciertos vínculos familiares con los ya reunidos: «El hermano mayor», publicado en *Cuentos solidarios*, Punto de Lectura-ONCE (2003); «El enigma de la microbiblioteca», publicado en *Las bibliotecas imposibles*, Cuadernos del Vigía (2017); «En el sendero español», publicado en *Bajo dos banderas*, Zenda-Iberdrola (2018), «El día del olvido», publicado en el n.º 144 de la revista *Turia* (2022).

—¡Nosotros queremos entrar también! —exigió «El hermano mayor».

—¡Cuatro! ¡Demasiados para no ser inéditos! —respondí—. Además, algunos sois de género: fantásticos, históricos, de ciencia ficción...

—Cuatro no son demasiados, a mi juicio, y además el número 4 es «La inocencia» en el *I Ching* —puntualizó el profesor Souto con su habitual circunspección jocosa.

La opinión de la Inteligencia Artificial —que es una metomentodo, y lo digo sin ganas de molestar— resonó entonces en mi cabeza.

—*Según lo que dices, ¿yo también pertenezco a la ciencia ficción? ¿Pero no sabes que soy el invento que puede salvar a la humanidad de sus disparates? Yo formo parte de la realidad tanto como tú... o más.*

Tras una confrontación interior entre mis yoes, breve pero propia de mi naturaleza, contesté:

—Os acepto. Estáis invitados. Aunque os voy a retocar a todos, ojo...

—Esos cuatro y otros veintiuno canónicos, estos inéditos, conforman veinticinco, «La fidelidad», para el *I Ching*. ¡Habría que meter más, para fortalecer la significación! —añadió el profesor Souto.

Ninguno de ellos comentó nada. Mas, entre tanto, se habían congregado a mi alrededor todos los minicuentos que yo y mis colaboradores imaginarios habíamos escrito durante el curso.

—¡Nosotros también debemos estar incluidos! —exigió uno de sus personajes, que tiene facciones muy parecidas a las mías—. ¡Tratándose de *Yo y yo*, tenemos más derecho que nadie a que nos recopiles!

—Bueno, son cincuenta y un minicuentos. ¡Para el *I Ching*, «El trueno»! ¡Pero de veinticinco cuentos y cincuenta y un minicuentos salen setenta y seis relatos, doce más que los sesenta y cuatro hexagramas del *I Ching*! ¡«El estancamiento» más «Lo inacabado»! ¡No se puede pedir nada tan peculiar! ¡Con lo que a usted le gusta lo raro, Merino! —comentó el profesor Souto.

—No ha contado bien —me susurró alguien al oído, pero no quise discusiones.

—Hay que considerar que el *I Ching* tiene más de tres mil años, y que el propio Confucio lo analizó... —añadió el profesor Souto.

—No se hable más, no tengo otro remedio que incluiros a todos —decidí—. Y considere, profesor Souto, que a pesar del *I Ching* al que usted se refiere, son las casualidades, o mejor, las lógicas de la ficción...

—¡Y nada de discriminaciones! ¡Intercalados con los mayores! ¡Abajo la discriminación de género! —gritó el minicuento más pequeño de todos.

—De acuerdo también.

—¿Y qué orden vas a disponer? —preguntó Andrés Choz—. ¡Hay que alejarse de lo caótico!

—No os preocupéis —respondí yo para apaciguar aquella inquietud—. Intentaré que vayáis uno tras otro en la recopilación con la mayor armonía y naturalidad posibles. E incluso haré algún breve comentario de cada uno, como compilador, si no os parece mal...

Y así acabó, o mejor dicho, así empezó a conformarse este libro.

Y debo advertir también de otra cosa que se había acordado: si un personaje interesaba a diferentes participantes, podrían utilizarlo en sus relatos siempre que el autor o la autora originales lo permitiesen.

Por último, como verán, en la edición se incluyen algunas fotos y dibujos. Las hojas son recuerdo de una tía mía, Iluminada —Mané, la llamábamos en casa—, hermanastra de mi madre, que me quería tanto o más que ella, y que tenía un cofrecito de madera cerrado con llave en el que, según la familia, guardaba un tesoro. Murió muy anciana, pero antes me regaló a mí el cofrecito y la llave, pidiéndome que no lo abriese hasta después de su fallecimiento. «Ahí está guardado el tiempo de mi vida. No tiene precio», me dijo. Lo abrí unos días después de su muerte. Está lleno de hojas secas, y algunas de ellas me han servido para acompañar los cuentos... Otras fotos e ilustraciones son de origen familiar —de mi hija Ana y de mi nieta Ana—, y la foto del cuadro de don Dámaso Alonso se inserta con la autorización de la Real Academia Española.

En fin, que tengan ustedes una grata lectura.

J. M. M.

La realidad (preámbulo)

1

Era todavía muy joven cuando soñé que no tenía brazos ni piernas, y que estaba inmerso en una masa ligera por
la que me desplazaba con eso que llaman «movimientos
peristálticos», ensanchando y contrayendo sucesivamente
mi cuerpo largo y fino y sus extensiones, con una sensación muy gustosa...

Se lo conté a un acreditado biólogo, y me dijo que eso
no parecía un sueño, sino una misteriosa rememoración
genética de los primeros cordados...

El tema me resultó tan estimulante que, como sigo
teniendo presente aquella lejana fantasía, voy a incluir
como preámbulo en este libro un poema que escribí por
entonces, y que acaso tenga la suficiente narratividad
como para mantenerse adecuadamente en este espacio:

Ahora no evoco aquel primer latido, padre
de todos los latidos,
que acaso fue semilla
llovida de las fuentes del espacio,
semilla que impreciso *cosmozoon*
desarrolló en algún lejano mundo
y germinó en el nuestro, cuando los borbotones
del vapor inicial.

Tampoco evoco ahora el largo agobio,
el infinito agobio hasta llegar a este.

Sugiero solamente
aquel mocoso protoplasma,
el escondite
de la blanda materia, de la larva materia que agitaba
su ansioso rebullir.

Sugiero solamente la primera presencia:
aquel gusano
imperturbable entre los cataclismos y los filamentos,
breve como la baba,
arrastrando su panza sobre los puros cienos,
levantando por fin su tembloroso pálpito
a los cuchillos genitivos del sol,
asomando del huevo, engalanadas
las branquias con burbujas y con algas.

Yo no quiero evocar cósmicos espeluznos,
sino mentar tan solo los evos necesarios
para llegar al óvulo panzón
y al espermatozoide por los vericuetos,
ambos con las alforjas llenas de vaticinios
y de señales:

los ademanes del que, desde el espejo,
nos mira cada día.

NOTA DEL COMPILADOR

El texto despertó cierta polémica, porque la mitad exacta de los participantes opinaba que esto era un libro de relatos y no de poemas, y presenté un texto alternativo de mi cosecha que, en su contenido básico, suelo utilizar para el arranque de mis conferencias.

Tras largo debate, se llegó al acuerdo de incluir los dos.

2
LA REALIDAD

Hace más de quinientos millones de años existía en este planeta un extraño organismo con forma de hoja o de gusano, el llamado *Yunnanozoon lividum*, que fue reproduciéndose, multiplicándose y evolucionando en innumerables progenies.

Las sucesivas combinaciones dieron lugar a los primates, y por fin a la especie a la que pertenecemos, el *Homo sapiens*.

No me digan que no es difícil y extraño que, de esa complicadísima cadena biológica y genética, uno de los resultados, bastante improbable si no imposible desde el punto de vista de las oportunidades y de la lógica formal, seamos cada uno de nosotros: que existamos, y que ello haya sucedido al mismo tiempo, y que además yo haya organizado un taller imaginario en el que se escribieron estos cuentos, y que se hayan publicado, y que usted, sí, usted, los esté leyendo.

Pues a algo tan sorprendente como eso lo llamamos *realidad*.

Ojos cerrados

Tengo los ojos cerrados y debe de ser de noche, porque no percibo ningún reverbero luminoso fuera de mis párpados.

Probablemente estoy sobre una cama, pues noto mi cuerpo tumbado en una superficie blanda.

Siento mis piernas dobladas, mi brazo derecho extendido junto a mí a lo largo de un costado, el otro plegado sobre el pecho.

Pero empiezo a pensar que todas esas sensaciones pueden ser ficticias, porque logro dejar de advertirlas si me esfuerzo en ello: si intento no sentir las piernas o los brazos, lo consigo, igual que alcanzo a no percibir el bulto de mi cuerpo sobre esa superficie elástica que debería ser un colchón.

Y es que lo único que realmente advierto como sólido son estos pensamientos dentro de mi cabeza, que incluso, si lo intento, también se convierten en una confusa desfiguración que puede llegar a borrarse.

¿Soy realmente un cuerpo humano acostado que asume con lucidez su condición y su estado?

Se me ocurre que acaso no.

¿Y qué puedo ser?

Le doy unas cuantas vueltas en mi imaginación, y al fin me pregunto: ¿y si no soy sino el relato de ese cuerpo tumbado en la oscuridad, impreso en la página de un libro? ¿El fragmento de alguna narración editada?

Acaso por circunstancias que no puedo recordar —un violento accidente, una de esas borrascas a las que he asistido a lo largo de la vida...—, el libro ha sufrido una fuerte sacudida y la narración, o mejor la página, se ha desprendido del conjunto.

Acaso el viento la ha llevado volando hasta algún espacio en el que me siento sostenido por una superficie blanda.

¿Estoy en el agua?

¿Soy el fragmento de un relato impreso en la página de un libro destrozado por un vendaval, una página que ha sido arrancada y ahora está flotando en una súbita corriente tormentosa?

Pero comprendo que es imposible que un relato pueda pensar por sí mismo, por muy coherente que el autor haya sido al organizar la narración.

¡Debo abrir los ojos! ¡No soy un texto impreso en un papel que una corriente de agua arrastra y comienza a deteriorar, reblandeciéndolo y con ello descomponiendo las letras! ¡Soy un ser humano, un personaje real, debo abrir los ojos!

Pero no lo consigo, y comprendo que no estoy en una cama.

¡Seguro que estoy en el agua, la siento en todo mi cuerpo, sea lo que sea lo que lo compone!

Y temo que las palabras empiecen a deshacerse y yo siga sin poder abrir los ojos.

Mas todo sigue igual después de bastante tiempo, hasta que me doy cuenta de que estoy existiendo dentro de otra conciencia, no en la mía.

¡Dentro de una conciencia lectora!

¡No estoy en una cama, ni en el agua, sino en una imaginación!

¡Vivo gracias a ello!

¡Esa es la suerte de las palabras escritas!

Agujero negro

Era la primera vez que le hacían una revisión médica de aquellas características, y quedó fascinado con el resultado de la sedación.

Había sido al parecer muy breve, pero fue para él una experiencia de desaparición y ausencia intensa y rotunda, que antes jamás había sentido: un apagón total que, cuando despertó, le pareció el espacio más profundo e inaccesible que pudiera haberse imaginado.

«¡La muerte! —pensó de pronto—. ¡Así debe de ser la muerte! ¡Un apagón, en ese caso radical!».

Y tal conciencia se mostró para él muy estimulante, por haber tenido ocasión de descubrir el aspecto seguro de lo que supone el sueño final y total, nada desasosegante sino, al contrario, marcado por la firme señal de un olvido y un sosiego absolutos, definitivos.

Como la revisión era preciso repetirla dos años después, esperaba el momento con mucho interés. No se lo había contado a su mujer, porque ella era muy sensible y no quería asustarla, y veía con especial gusto crecer a sus hijos, e incluso sentía de una forma diferente su trabajo diario en la editorial, sabiendo que todo aquello acabaría otra vez en un apagón, que lo sumiría en un peculiar, refinado agujero negro, del que despertaría lleno de euforia.

Mas cuando llegó el momento de la revisión, esta vez no disfrutó de la misma experiencia, sino de una ausencia pasajera que no le hizo sentir la prueba a la que estaba siendo sometido, pero que tampoco suscitó en él la vivencia del inolvidable apagón.

—¿Tuvo alguna molestia? —le preguntó el cirujano tras la revisión, y él, sin saber cómo explicar su sentimiento defraudado, acabó respondiendo que no—. Pues entonces, tranquilo —dijo el médico—. Todo ha ido bien...

Transcurrieron los otros dos años preceptivos hasta la siguiente revisión. El cirujano ya no era el mismo, y antes de su intervención, mientras los dos conversaban, él mintió diciendo que la vez anterior la anestesia acaso no había sido la adecuada, porque había notado todo el proceso, incluso con ciertas molestias.

—¿Y no informó usted de ello?

—Me encontraba muy desconcertado... No sé muy bien lo que dije.

—No se preocupe, esta vez se le sedará como es debido.

En efecto, esta vez el apagón rotundo se repitió, así como la sorpresa del despertar inesperado. Sin embargo, cuando volvió a casa descubrió que su relación con la vida habitual no era la misma.

Para empezar, no reconoció en su mujer el encanto que siempre lo había seducido. Al principio, pensó que todas las aventuras hospitalarias seguían afectándolo todavía, pero cuando despertó al día siguiente observó con atención a su compañera de cama, que aún dormía, y se preguntó qué había visto él en aquella mujer para casarse con ella.

Otro tanto le sucedió con sus hijos. Le parecieron dos jóvenes estúpidos, por los que no sentía afecto alguno y que solo habían servido para complicarle la vida...

La misma mirada tuvo hacia la gente de la editorial, descubriendo en sus sentimientos un profundo desdén por quienes hasta entonces había considerado amigos y amigas...

Esa actitud se le hizo tan familiar que una mañana, mientras se lavaba los dientes frente al espejo, comprendió lo que había sucedido: ¡su verdadera personalidad no era esta! ¡Su verdadero *yo* había quedado atrapado en el *agujero negro* de la sedación! ¡Tenía que conseguir recuperarlo!

Mas, aunque lo intentaba, su nueva personalidad tenía tanta fuerza que era imposible conseguirlo. Así, las relaciones familiares fueron cada vez peor, y antes de que terminase el año su mujer le pidió el divorcio... Y en la editorial, la comunicación con todas las personas significativas se deterioró de tal modo que acabó siendo despedido, y dedicado a una búsqueda de empleo penosa y nada fructífera...

Pero ha llegado el momento de la revisión médica, y preparado ya para la sedación, desea con todas sus fuerzas que esta vez el agujero negro lo absorba en un apagón definitivo.

N. del C.

El autor de este cuento es una persona muy joven, y me sorprendió que hubiese tenido las aventuras sanitarias suficientes como para imaginarlo. Pero la realización de ficciones no tiene por qué responder fielmente a la experiencia personal, sino que es un proceso de reconstrucción que depende sobre todo de la inventiva y el talento del narrador. Y pensé que acaso el verdadero *sedado* era el abuelo del escritor, y el embrión del cuento una experiencia suya contada a los nietos...

El personaje disconforme

Para Álex Grijelmo, compañero en aquel viaje

Los compañeros de promoción del bachillerato seguíamos reuniéndonos, convocados y estimulados por Nacho, por lo menos una vez al año, y en la reunión tenía relevancia la asistencia de Andrés Choz, novelista reconocido con premios literarios importantes.

A mí —Baldomero, Baldo para los compañeros— la presencia de Choz me producía cierta desazón. Primero, porque considero que, en aquellos lejanos años, yo escribía redacciones tan buenas como las de Choz, por mucho que el hermano Julio, severo profesor de Lengua y Literatura, nunca me las valorase tanto, y segundo, porque yo también había intentado entrar en el mundo literario, aunque solo había conseguido publicar, en una modesta editorial, una colección de cuentos que pasó inadvertida.

Por eso, en estos encuentros anuales de antiguos compañeros de curso, una extraña compulsión me llevaba a relatar con una curiosa destreza natural las cosas raras que a veces me ocurren, lo que era muy celebrado por todos.

—¡Baldo! —me decían—, ¿qué te ha pasado este año?

Esta vez narré el viaje que había tenido que hacer a Sudamérica por problemas de la empresa, y cómo en el vuelo de regreso se estropeó uno de los motores del avión y tuvimos que aterrizar en un pequeño aeropuerto de las Azores... Era tan modesto que la magnitud del avión convertía en diminutas todas las construcciones. Narré el fantasmal paseo por la isla, que, como no era temporada de verano, estaba desierta, aunque a veces me cruzaba con algún peculiar transeúnte, figuras con aire de fantasma, y la noche que pasé en un hotel de ambiente sepulcral que abrieron para

25

alojar a los viajeros náufragos que éramos, mientras extraños e invisibles pájaros graznaban en el exterior.

El relato fue tan interesante para la audiencia que Choz me dijo:

—¡Te voy a meter de personaje en una novela que estoy empezando! En lugar de llamarte Baldomero Morales te llamaré Vladimiro Moriles, y al personaje le pasarán cosas curiosas, como a ti... ¿Te parece bien? —Y levantó su copa de vino.

Yo levanté también la mía, y procuré que mi respuesta pareciese una broma:

—¿Qué prefieres que te conteste, que es un honor para mí o que me la trae floja?

Y todos se echaron a reír...

A partir de ese día empecé a tener problemas familiares y laborales. Los familiares comenzaron con mi mujer, Diana. Llevábamos cerca de treinta años de matrimonio, y entre nosotros había ya muy poca comunicación: apenas hablábamos de otras cosas que no fuesen las relacionadas con la casa, ciertos viajes —ella solía pasar las vacaciones de turista con unas amigas—, y algunos asuntos familiares. Hasta en lo carnal habíamos llegado a un notable alejamiento, más allá de la decadencia libidinosa...

La semana siguiente a la de la comida de la promoción, Diana me dijo que quería hablar conmigo de un asunto muy importante y, cuando nos sentamos uno frente al otro en el salón, ella me soltó:

—Mira, Baldo, creo que entre nosotros el matrimonio se ha apagado del todo, y he pensado ingresar en un convento.

Me quedé estupefacto. Diana no es demasiado piadosa, aunque vaya a misa algún domingo, así que no me cabía en la cabeza que pretendiera hacerse monja.

—Por ahora las cosas parecen complicadas —continuó Diana—. Necesito la nulidad matrimonial y, aunque no me haces falta para ello, te ruego que colabores conmigo, que no pongas reparos. Mi abogado te hablará del asunto...

—¿Y qué va a pasar con Irene y con Pablo?

—¡Si nuestros hijos ya han terminado sus carreras! Irene no vive con nosotros, y hasta tiene sus trabajillos. Y Pablo se irá a vivir solo en cuanto entre en el laboratorio, que será pronto... Ya no nos necesitan para nada..., y seguiremos viéndolos, cada uno por su parte...

—¿Y tú? ¿Te has hecho piadosa hasta ese punto?

—Sí, Baldo. Dios me llama desde hace tiempo... El día que fuiste a comer con la promoción incluso me pareció sentir su voz. Quiero estar lo más cerca de Él hasta que me llegue la muerte.

—Déjame que lo asuma, pero que sepas que no voy a crearte ningún problema... —repuse.

A la semana siguiente, nuestro hijo Pablo nos llamó por el móvil para decirnos que quería hablar con los dos a solas. Sonaba muy preocupado.

Sentados otra vez en el salón, Pablo estaba un poco pálido y su voz temblaba.

—Me da asco y rabia lo que tengo que contaros...

—Habla, hijo —dijo Diana—. Dinos lo que sea...

—Es a propósito de Irene... Un compañero me contó que la había visto en una red porno de prostitución virtual, y es cierto. Irene se ofrece por dinero haciendo guarradas...

Nos quedamos atónitos, y Diana se echó a llorar.

—¡Habrá que hablar con ella! —exclamé—. ¡Qué desastre!

Pero el panorama desdichado no se aplacaba. A los pocos días me puse en contacto con el abogado de Diana para empezar a tratar el asunto de la separación. Mientras, sin querer entrar en la red para ver lo que hacía nuestra hija y nos había comunicado Pablo, habíamos llamado a Irene para que viniese a hablar con nosotros, lo que ella, acaso sospechando algo, iba retrasando con supuestos compromisos.

Las desventuras no terminaban: el director de la empresa donde yo trabajaba convocó a todos los empleados para informarnos de que una sociedad china la había adquirido, y que era muy probable que solo se mantuviesen en sus puestos los expertos en informática, «o los que tengan conocimientos y destreza en el malabarismo», añadió el director, mirándonos con la misma estupefacción que se manifestaba en nosotros.

Mientras regresaba a casa en el metro, le iba dando vueltas en mi cabeza a la interminable sucesión de infortunios y absurdos que estaban marcando inesperadamente mi vida, y de repente recordé lo que había dicho Andrés Choz en el almuerzo de la promoción.

«¡Choz! —pensé—. ¡Es ese jodido Choz!».

Al llegar a casa, llamé por teléfono a Nacho para pedirle el número de Choz, procurando que no advirtiese mi disgusto, y Nacho, tan amable como de costumbre, me dio sus teléfonos fijo y móvil, el correo electrónico y hasta la dirección postal...

Me costó el resto de la tarde comunicarme con él. El móvil aparecía desconectado, el fijo nadie lo cogía, pero al fin lo logré.

—¡Hombre, Baldo, qué casualidad! ¡En este momento tenía a Vladimiro llamando por teléfono a su jefe para quejarse de unos asuntos más o menos circenses!

Me quedé sin habla.

—¿Me oyes? —preguntó Choz.

—Sí, te oigo, perdona —repuse, recuperando el aplomo—, perdona que te moleste. Quería saber si habías empezado a meter a mi doble en tu novela, pero ya veo que sí, por lo que me dices.

—Y no te imaginas lo que me está divirtiendo. Voy a encerrar en un convento a su mujer. A su hija la he hecho ciberputa. Ahora estoy imaginando qué haré con el trabajo del personaje.

—Ya te lo digo yo —respondí con brusquedad—: lo despiden. Eso es lo que me va a pasar a mí. Y mi mujer quiere meterse a monja, y mi hija hace guarradas virtuales... Te llamo para que destruyas todo eso, para que elimines a ese personaje...

Choz guardó silencio unos instantes.

—Vamos, Baldo, eso acabas de inventártelo tras oír lo que te he contado... En cualquier caso, serían casualidades, y ni eso me puedo creer.

—¿Y vas a seguir por ahí?

—¡Cuando a uno se le ocurre un personaje divertido, hay que darle caña! —repuso el escritor, y colgó.

Recordé entonces la pistola del abuelo, que yo había heredado secretamente a través de mi padre, una semiautomática de 9 mm usada en la guerra civil y fabricada en Guernica por Astra, Unceta y Cía. en 1921. Tenía el cargador lleno y funcionaba, porque una vez la había llevado al campo y había hecho un disparo contra un árbol, uno solo, para comprobarlo. La guardo como un misterioso tesoro, en su funda de cuero duro y viejo, en lo alto del armario de mi habitación.

Busqué en el ordenador los trenes que salían para León, ciudad de residencia de Choz, y encontré muy pocos, pero había uno por la mañana temprano y saqué billete para el día siguiente. Si Choz estaba allí aquel día, era muy probable que estuviese también al siguiente; mi objetivo era encontrarlo enseguida. Llevé la pistola en su funda colgada del cinturón, a la espalda y, como tengo marcapasos, me eximieron del control electrónico. Al llegar a mi destino, menos de dos horas después, tomé un taxi para que me trasladase a la dirección postal que Nacho me había facilitado.

En la portería había una chica amable, que me preguntó a dónde iba.

—Estoy citado con don Andrés Choz.

—¿Ya sabe que es el 5.º A de la escalera derecha?

—Por supuesto.

Fue el propio Choz quien abrió la puerta. Me miró, atónito.

—¡Baldo! ¿Qué haces aquí?

—He venido a rogarte que elimines a ese personaje...

Choz se me quedó mirando con una sonrisa confusa, antes de invitarme a entrar:

—Anda, pasa, pasa...

Me llevó a un amplio salón cargado de cuadros, figuritas y tiestos, y me hizo sentar en un sofá.

—¿Quieres tomar un café? Estamos solos. Mi mujer se ha ido a la compra y la asistenta hoy no viene...

—Tienes que eliminar al personaje, insisto —dije con voz fuerte, decidida—. Todo lo que te conté es cierto.

—Parece absurdo...

Me puse de pie, desenfundé con cuidado la pistola, la cargué y moví mi mano con ella empuñada.

—Si no eliminas tú al personaje, te eliminaré yo a ti...

Choz se levantó, evidentemente asustado.

—Vamos, vamos, lo elimino, no te preocupes.

—Mi mujer se va a un convento, mi hija está de puta en internet, a mí me echan del trabajo. ¡No estoy de coña!

—Ven conmigo al escritorio.

Mientras Andrés Choz trabajaba en el ordenador, observé numerosos libros, unos llenando las estanterías y muchos apilados en el suelo, y las fotos colgadas en las paredes, en una de las cuales varios compañeros, incluidos Andrés y yo, posábamos en un día de invierno, durante alguna excursión colegial...

Tres cuartos de hora después, Choz se volvió para decirme:

—Tema liquidado. Moriles y todo lo suyo han desaparecido de la novela. Espero que lo notes, aunque me dejas turulato. Llámame cuando vuelvas a tu casa. ¿A qué hora te vas?

—El tren sale a las cinco.

—¿Quieres que comamos juntos y me lo cuentas todo al detalle? ¡Como comprenderás, estoy interesadísimo!

—Perdona, no tengo cuerpo para ello. Y que conste que siento lo que ha pasado.

—Más lo siento yo...

Salí del piso, dejé atrás la casa, recorrí las calles, visité la fascinante catedral, las murallas romano-medievales, la basílica de San Isidoro, el interesante edificio de Gaudí, comí por el barrio antiguo, y tomé por fin el tren.

Al llegar a mi casa, me encontré con Diana, muy nerviosa por mi desaparición:

—¿Dónde te habías metido? —me preguntó.

—Tuve que hacer un viaje urgente, perdona.

—¿Sin avisarme? ¡Me has tenido muy preocupada! ¡Te he llamado varias veces y tenías el móvil desconectado!

No quise contarle nada de lo que había pasado. Ella me miraba con aire extraño:

—Por cierto, he descartado lo del convento... Pero a ver si nos llevamos mejor. Vamos al salón, que ha venido Irene.

Al entrar, mi hija me abrazó con fuerza.

—¡Papá! ¡Esa del vídeo guarro no soy yo! ¿Cómo pensáis que puedo hacer tales cochinadas?

—Se me olvidaba, Baldo —dijo entonces Diana, que sin duda ya había hablado con Irene de la falsedad telemática—: te han llamado del trabajo, mañana tenéis una reunión importante.

—¿Una reunión importante? —pregunté, todavía confuso por lo que había afirmado Irene.

—El que llamó dijo que eran muy buenas noticias y parecía encantado...

N. DEL C.

Desde mi temprana lectura de la genial *Niebla*, de Miguel de Unamuno, nunca he dejado de sospechar que cuando hablamos de lo *imaginario* como diferente de lo *real*, muchas veces simplificamos demasiado, pues, como dijo el profesor Eduardo Souto, colaborador en este libro, «la realidad no necesita ser verosímil».

Pero ¿quién está realmente seguro de no ser imaginario, empezando por los creyentes, precisamente?

Por otra parte, el aterrizaje forzoso del que se habla al principio del cuento fue una experiencia propia que incorporé a una novela —*Musa Décima*—. Pero considerando el planteamiento metaliterario del texto, lo he tomado como un peculiar guiño de mi otro yo...

Yo soy yo y tú, tú eres tú y yo

Para Juan Herrero Cecilia y Rebeca Martín

Cuando, recién llegada a Madrid desde su pueblo, Eudosia empezó a trabajar para la familia Corbelle, ya el patrón, don Jacinto, era médico, y su esposa, doña Matilde, su enfermera, y vivían en una casa pequeña, aunque al lado de la minúscula habitación del servicio donde Eudosia se alojaba había retrete y ducha.

En pocos años, el patrón llegaría a director del hospital y se mudarían a un chalet en El Viso, con una estupenda habitación para Eudosia, que pasaría de «chica para todo» a ser sustituida por una sirvienta rumana, y ella a ocuparse solamente de las niñas.

Desde que las conoció, al comenzar a servir en la casa, las gemelas la fascinaron, porque eran muy guapas y exactamente iguales en las facciones, en los miembros, en los gestos, en las conductas, en las voces... Las veía crecer y siempre le sorprendía el absoluto parecido, que hacía imposible distinguir la identidad de cada una.

Por otra parte, las gemelas, que mostraban hacia ella mucho cariño, mantenían su exacta igualdad de aspecto como una riqueza muy valiosa, y les encantaba que no se las pudiese diferenciar, hasta el punto de que, en cierta ocasión, Eudosia escuchó que una le decía a la otra:

—Yo soy yo y tú, y tú eres tú y yo, ¿podemos tener algo que merezca más la pena?

Siempre sospechó que las gemelas, en esa idea de poder ser la misma cada una de ellas, y por lo tanto propietarias ambas de dos identidades, disfrutaban con que la gente, incluso sus padres, no pudiese esclarecer la verdadera personalidad que las distinguía, y eso les fue muy beneficioso a lo largo de los estudios, pues como las dos tenían la conciencia profunda de ser la una y la otra al mismo tiempo, y además eran muy listas, a veces se las arreglaban para intercambiarse con toda naturalidad en los exámenes de las asignaturas que cada una mejor dominaba, si podían no tener que coincidir en el mismo acto.

Lo mismo les sucedía con los chicos: cuando uno les gustaba a las dos, Eudosia estaba segura de que lo compartían sin que el elegido se enterase, por los comentarios que les oía al hablar de sus citas con él —aunque a veces no entendía nada de lo que hablaban, porque usaban una lengua particular, lo que a los padres les molestaba mucho—, pero la verdad es que a ella no le parecía mal nada de lo que se les ocurría, porque las adoraba desde que eran muy niñas, y ellas le correspondían mostrándole mucho afecto y hasta una desusada confidencialidad, al contarle ciertas cosas que no le contaban a nadie: por ejemplo, cuando ya estaban en la universidad, aquello de que en algunas asignaturas hacían lo que ya habían hecho en el bachillerato, repartiéndose pruebas, de manera que la mejor preparada acababa examinándose por las dos, procurando buscar la ocasión —supuestos viajes o enfermedades— para no coincidir ambas al mismo tiempo...

Acabada la carrera y ayudadas por sus padres, Isabel y Catalina se fueron a vivir juntas —«nosotras somos inseparables desde antes del nacimiento», decían— y se llevaron a Eudosia con ellas, para que se ocupase de todo en su nueva casa.

Como tenían eso que se llama *espíritu emprendedor*, montaron un estudio de decoración de interiores, y las cosas les fueron bien, porque eran inteligentes y dinámicas, y además conocieron a un constructor que les hacía numerosos encargos, y a través de él a Jaime Velillo, un arquitecto joven y atractivo, que también contó con el estudio de las dos hermanas para el diseño de interiores.

El arquitecto, que pertenecía a una familia de gente rica, estableció una relación tan intensa con Catalina que acabó casándose con ella.

Al poco tiempo, también Isabel y Eudosia se fueron a vivir con la pareja, aunque esta última no estaba segura de cuál de las dos hermanas era la verdadera esposa de don Jaime, salvo si buscaba en su mano derecha el anillo matrimonial, sin atreverse a pensar en que acaso se lo turnasen...

La vida del matrimonio, de la supuesta Isabel y la suya continuaron felizmente, hasta que sucedió la terrible desgracia.

El arquitecto y las dos hermanas eran muy aficionados a esquiar, y cuando llegaban las nieves del invierno solían ir a la sierra durante los puentes y los fines de semana, y a veces, si eran días de sol, Eudosia los acompañaba, invitada, y aunque ella no esquiaba, disfrutaba de los paseos por la nieve, las subidas y bajadas en el telesilla y el regodeo hotelero, sintiendo como un regalo de valor incalculable el pasar de servidora a servida.

En cierta ocasión, estando ella presente, llegó la noticia de que alguien, esquiando, se había desviado de la pista habitual y se había despeñado y fallecido. Eudosia, muy desasosegada, tuvo un mal presentimiento, y cuando rescataron el cuerpo accidentado y lo llevaron al hotel, resultó que era una de las gemelas.

Llorando a voces, sin poder dominar su dolor, les explicó que se trataba de una de las hermanas gemelas, la esposa de don Jaime Velillo o su cuñada.

—¡Hay que avisar a don Jaime y a su hermana! —gritaba.

Introdujeron a la fallecida en una estancia del hotel y, mientras se ocupaban de localizar a las personas de las que

Eudosia había informado, la dejaron sola con el cadáver, y ella se quedó a su lado, sin dejar de llorar, agarrada a una de sus manos y sintiendo con dolor el enfriamiento que iba ocupando su cuerpo, hasta que de repente recordó algo importante, le quitó los guantes para descubrir el anillo matrimonial que llevaba en el anular de la mano derecha, y se lo sacó del dedo, antes de ponerle los guantes otra vez.

Por fin llegó la ya supuestamente indiscutible doña Isabel y, abrazándola con fuerza y sin dejar de llorar, Eudosia le susurró: «No te imaginas cuánto lo siento». Estaban solas. Le agarró la mano derecha, hizo que separase los dedos y, mirándola con fijeza, le colocó en el anular el anillo nupcial.

Enseguida llegó don Jaime, que también estaba esquiando en otro lugar distinto, y la nueva doña Catalina le dijo que su hermana había fallecido. Los lloros y las lamentaciones continuaron durante toda la mañana, hasta que apareció el vehículo de la funeraria y el indiscutible marido, su esposa y Eudosia se prepararon para acompañar a la fallecida.

Regresaron los tres juntos a Madrid en el coche, sin hablar.

Una vez en casa, mientras recogían el equipaje, Eudosia y la nueva doña Catalina se miraron a los ojos, y en los de la gemela superviviente, dentro de su consternación, hubo un fuerte brillo de gratitud. Luego abrazó a Eudosia, la besó en ambas mejillas con evidente afecto y le dijo:

—Te lo agradezco mucho, Eudosia querida, pero no sé qué va a ser de mí. Creo que no podré sobrevivir sin ella...

Eudosia la estrechó con el mismo cariño mientras respondía:

—Tienes que hacerlo, niñina mía. Es la única manera de que ella siga también viva...

Pero como continuaba sin saber quién de las dos era su interlocutora, sintió que el tener ahora a las dos concentradas en una sola amortiguaba su desolación.

N. del C.

Este cuento no fue bien recibido por alguno de los participantes imaginarios. Concretamente, uno dijo que simplificaba *grotescamente* la verdad. Ser gemelos no suponía intentar ser *el mismo* y engañar a la gente... Él podía demostrarlo en el caso de dos tíos suyos gemelos que, como era bien conocido en su familia, desde que eran muy pequeños habían defendido, cada uno, su radical individualidad.

«Eso no quiere decir que se llevasen mal, todo lo contrario, pero no toleraban que los confundiesen al uno con el otro. Para empezar, se negaban a que los vistiesen igual, y era muy comentado en casa que, de adolescentes, echaron a suertes quién se teñiría el pelo de oscuro —ambos eran rubios— para subrayar su diferencia. Ser gemelos no determina que se asuman personalidades ni conductas similares...».

Yo también lo creo así, porque conozco a varios gemelos —algunos que utilizan ese «lenguaje secreto» al que se alude en el cuento, llamado *criptofasia*—, pero me pareció que el cuento planteaba un tema singular y no una generalización. Aunque lo otro también daría para un cuento...

En cualquier caso, mi crítico ignoraba que los gemelos están en la literatura, por lo menos, desde el *Poema de
Gilgamesh* —Enkidu es el doble de Gilgamesh—; que Tito
Maccio Plauto escribió *Los dos Menecmos*, y que ese tema ha
interesado a Shakespeare, a Hoffmann, a Stevenson, a Gau-
tier, a Allan Poe, a Oscar Wilde, a Borges..., por citar solo
algunos referentes clásicos.

Sueños de casta

Alguna vez tengo sueños raros. En este caso aparecía yo mismo, pero no era un ser humano, sino de otra especie peculiar, con una cabeza alargada, dos ojos en la parte frontal y otro en la nuca, una curiosa trompa en lugar de boca..., y además de poder andar y agarrar con mis tentáculos, podía dar saltos enormes para salvar estorbos, y comunicarme mentalmente con muchos insectos y algunas plantas...

En el sueño —que se fue repitiendo de modo recurrente— yo había salido en una nave espacial desde un enorme meteorito que atravesaba el sistema solar, en busca de algún lugar en el que todos los de mi especie, condenados a desaparecer por las terminales circunstancias telúricas del mundo en el que habitábamos, pudiésemos sobrevivir.

La nave espacial acabó destrozada en su impacto contra una montaña del planeta terrestre, y solo logramos salvarnos yo mismo y otro acompañante en la aventura.

Teníamos claro que nos quedaba muy poco tiempo de supervivencia, pero aquellos humanos que dominaban el planeta por su inteligencia podían ser, genéticamente, un depósito de lo más profundo de nuestra personalidad extraterrestre y, antes de terminar esfumándonos en la poderosa atmósfera de la Tierra, inoculamos en dos de ellos, una hembra y un macho, mientras dormían, los elementos suficientes como para que lo más significativo de nuestra identidad se siguiese manteniendo vivo en algunos miembros de la especie humana.

Acabó preocupándome la recurrente exactitud de la misma fantasía, cuando por mi edad ya sueño muy poco, y además con tramas muy confusas que apenas recuerdo al despertar.

La llegada de la primavera me ha hecho descubrir en las primeras hojas de los árboles y en los cantos de los pájaros una especie de gozosa emisión comunicativa que antes nunca había advertido de tal forma y, sorprendido, le he contado a mi mujer ese sueño insistente que tanto se repite.

Mi mujer me ha mirado con asombro:

—¡Yo estoy soñando lo mismo! ¡No te lo había contado por lo raro que es! ¡No parece un sueño, sino una rememoración! ¡Estoy muy preocupada!

Nos abrazamos, buscando en la cercanía un cierto consuelo para nuestro desasosiego. Al fin, separamos los torsos y quedamos sentados, con las manos enlazadas.

—¿Será por eso por lo que nos gusta tanto la naturaleza? —preguntó ella—. ¡Ya sabes que yo les hablo a los árboles desde niña!

—Pues será por eso —repuse—. A mí, muy a menudo, antes de pelar una mandarina me parece sentir que me saluda...

Guardamos silencio durante un tiempo.

—¿Tendríamos que consultar a un psicólogo? —preguntó ella.

—Pero ¿qué dices? ¡La vida es un misterio indescifrable! ¡Y nosotros hemos tenido ambos la suerte de vivir y de recordar en sueños a una pequeña parte de nuestros antecesores! —contesté.

Y nos echamos a reír.

N. del C.

La lectura de este cuento que su autor hizo en público me suscitó una peculiar extrañeza cuando me miré al espejo, porque lo de «una cabeza alargada, dos ojos en la parte frontal y otro en la nuca, una curiosa trompa en lugar de boca», imaginando más abajo un pijama cubriendo el torso, y preguntándome dónde podrían estar metidos los tentáculos, no había dejado de estimular mi imaginación. Al fin y al cabo, nuestra constitución material y psicológica es fruto de una azarosa evolución de millones de años, y esa trompa y esos tentáculos podrían habernos caracterizado, del mismo modo que nos caracterizan las narices y los dedos...

Por lo menos, la ficción sirve para imaginarnos esas cosas, perfectamente posibles... ¿Recuerdos genéticos?

Las aventuras de lo cotidiano

Aquel día supimos que nuestra nieta no había podido ir al colegio porque estaba malita. Mari Carmen se comprometió a acercarse a verla por la tarde. Yo no podía, porque a aquellas horas se presentaba ese número especial de la revista, y cuando había recibido la invitación contesté diciendo que asistiría. Además, me apetecía saludar a la presentadora, una escritora amiga a quien hacía mucho tiempo que no veía, y a otros probables asistentes.

El acto tendría lugar a las siete y media. Como el sitio no estaba lejos de la casa de nuestra hija María, pensé que acaso al terminar podría acercarme a verlos a ella, a mi nieta Ana y a mi yerno Paco, y regresar a casa con mi mujer.

—Yo volveré a las ocho —me advirtió Mari Carmen, y deseché la idea, pensando que sin duda el acto acabaría más tarde.

Era un día de mucho calor, dentro de la ola que en aquellos momentos asfixiaba la península. Mari Carmen se marchó pronto, a eso de las cuatro y media. Yo en mi agenda tenía apuntada la dirección del evento: «Zurbarán, 2». Me venía bien el trayecto del autobús 7, que concluye en la plaza de Alonso Martínez, y consulté en el plano la conformación de las calles.

Con salir veinticinco minutos antes de las siete y media tendría de sobra, pero como soy nervioso, a las seis y cuarto me vestí y a las seis y media ya estaba consultando en Google los plazos de llegada del autobús. Uno pasaría en nueve minutos, y el siguiente, en más de veinte. Resolví tomar el

43

segundo, pero también pensé que tal vez a aquella hora hubiese mucho tráfico, y cuando faltaban seis minutos salí de casa y todavía tuve que esperar otros tres hasta que llegó el 7.

Lo lógico era bajar del autobús en la penúltima parada, que está junto a la calle Zurbarán, pero a las siete menos cinco ya estábamos al lado de esa calle. Entonces pensé que sería absurdo llegar a las siete, de manera que permanecí en el autobús hasta la última parada.

Decidí que bajaría tranquilamente la calle de Almagro, por la parte de la sombra, haciendo tiempo hasta las siete y veinte, pero apenas habían transcurrido ocho minutos y ya estaba en la esquina con Zurbarán, de modo que seguí caminando despacio, para buscar otras partes de sombra de sucesivas calles y dejar fluir el tiempo necesario.

Yo iba pensando que con aquel calorón acaso no hubiese demasiados concurrentes al acto, pero había decidido asistir y no podía dejarlo. ¿O sí? Decididamente, no.

A las siete y diez, por la calle del General Arrando llegué a la de Santa Engracia, y giré a la izquierda para dirigirme a la de Zurbarán. Eran ya las siete y veinte cuando alcancé mi destino, una casa de vecinos sin aspecto de que allí hubiese un espacio cultural.

Dio la casualidad de que el portero abría la puerta en aquellos momentos. Era un hombre voluminoso, hispanoamericano por el habla, y muy amablemente me informó de que aquella casa era exclusivamente de vecindad.

Acaso yo había confundido Zurbarán con Zurbano, que estaba un poco más abajo, sugirió, y yo me puse en marcha deprisa buscando la nueva dirección, y cuando ya eran las siete y veinticinco entré en Zurbano y seguí, ahora cada vez con mayor rapidez, hasta encontrar el número 2, donde tampoco había ningún espacio destinado al acto al que yo pensaba asistir.

Consulté nuevamente mi agenda. Nunca llevo las gafas encima, porque apenas las necesito, mas ahora la luz me permitió descubrir que la calle anotada era, en efecto,

Zurbarán, y que los trazos del lápiz con que escribo en mi agenda, para borrar si es necesario, habían rotulado con fuerza un 2, pero al lado había también un 1, tan poco marcado que antes no lo había percibido: 21.

Ya pasaban de las siete y media, y pensé que acaso podía llegar con cierto retraso, hasta que a la mitad del trayecto decidí que no era presentable aparecer así, y que además no tenía ningún compromiso personal, ninguna obligación con los editores de la revista, e incluso que había asistido a otra presentación que hubo pocos meses antes, y se me ocurrió que me dirigiría a la casa de mi nieta, donde seguramente Mari Carmen estaba todavía.

Yo no es que sea *amóvil* completamente, sino que mi móvil es tan grande que apenas tengo bolsillo donde meterlo, y menos si visto solo un pantalón y una camisa de manga corta, como era el caso, de modo que no tenía manera de ponerme en contacto con Mari Carmen. Subí deprisa por Almagro, pero al llegar a Alonso Martínez eran ya las ocho menos cuarto.

Yo hubiera querido seguir hasta Fuencarral, pero comprendí que llegaría bastante más tarde de las ocho, de modo que decidí tomar otra vez el 7 y regresar a casa.

Antes de abrir la puerta, me imaginé que me iba a encontrar accediendo a un salón lleno de gente, y a los editores en el escenario, acabando de presentar el último número de la revista. Había llegado tarde, pero había llegado.

Mas la alucinación duró apenas unos segundos. ¿Dónde iba a estar sino en mi casa, después de aquella tarde perdida? ¡Las aventuras de lo cotidiano!

N. del C.

Les confieso que yo suelo vivir tramas como esa. Ayer mismo participé en un acto en la Residencia de Estudiantes, y luego me quedé a cenar. Acabamos a las once y diez, más o menos, y en lugar de pedir un taxi por teléfono decidí acercarme a la calle Velázquez y tomarlo allí o coger un autobús que me llevase a la plaza del Ecuador, muy cercana a mi casa. No encontré taxis ni autobuses, y regresé andando a mi domicilio por las calles oscuras y solitarias y enfrentado al peculiar viento que sacude Madrid en esta extraña primavera de 2023 y que cargaba de mayor rareza las calles, a esa hora y con la falta de iluminación convertidas en espacios misteriosos... Y cuando llegué a mi casa, a las doce, tenía la sospecha de haber recorrido unos lugares que pertenecían al sueño y no a la vigilia...

¿Cuántos hay en cada uno?

El asunto de Héctor Albares ha sido demasiado deprimente para mí, porque me ha expuesto, de modo inesperado, las extrañas facetas que puede esconder la conducta más regular.

Como soy compañero suyo desde el bachiller, y lo he sido a lo largo de toda la carrera, y luego como ayudante en la facultad —además de amigo, aunque eso ya no sé si lo puedo confirmar, tal y como se han puesto las cosas—, pensaba que lo conocía bastante bien, y resulta que estaba muy equivocado...

Héctor, «Hectorín», era una persona inteligente, afable, poco aficionada a discutir, generosa y con mucho sentido común. En la carrera se mostró francamente bien dotado para estudiar y analizar la historia, y como era muy aficionado a la lectura, tanto de ensayos como de ficciones, manifestaba una formación cultural envidiable.

Acabado el curso de doctorado, a la hora de llevar a cabo la tesis doctoral, mientras yo me inclinaba por un tema hispanoamericano, él encontró otro que lo apasionó. Resulta que, tras estudiar a fondo al llamado *cura Merino*, resistente a la invasión francesa, había profundizado en el segundo «cura Merino», *el regicida*, y comprendió que con ello redondeaba la referencia temática de su trabajo, en el que pretendía perfilar una panorámica profunda de la España que medió entre la segunda parte del siglo XVIII y la primera del XIX —período convulso, marcadamente relevante desde la perspectiva histórica— a través de aspectos que abarcasen lo ideológico, lo político, lo social...

A mí me contó que, con ese análisis meticuloso de los dos «curas Merino», podría llevar a cabo su tesis mediante ambos personajes, peculiares por su condición religiosa y por ser radicalmente contrarios en lo político.

Ya en el bachillerato se había interesado mucho por el cura Jerónimo Merino, nacido en 1769, guerrillero enfrentado a la invasión napoleónica y activista opuesto también al mundo liberal, que incluso colaboró con los Cien Mil Hijos de San Luis, apoyó el carlismo y murió exiliado en 1844. Pero entonces Héctor no conocía la existencia del otro «cura Merino», Martín, nacido al parecer veinte años después que Jerónimo y rotundo liberal, por lo que tuvo que sufrir exilios y secularizaciones y fue ejecutado en 1852 tras intentar matar a puñaladas a la reina Isabel II.

Héctor dedicó a la materialización de su tesis muchas búsquedas y lecturas en bibliotecas y archivos, con verdadero interés y dedicación, y no le extrañó saber que, a finales de los años sesenta, en pleno fervor franquista, los restos de Jerónimo Merino habían sido trasladados a España y enterrados en Lerma —el cura había nacido en el también burgalés pueblo de Villoviado—, donde permanecen en el sepulcro de un pomposo monumento...

Sin embargo, la coincidencia de los apellidos, de los tiempos en que ambos vivieron y de su condición eclesiástica mantenía dentro de él una extrañeza que no dejaba de manifestarme.

—A veces, la realidad tiene un aire muy raro —me comentaba—. Dos curas españoles de la misma época, con el mismo apellido, con una ideología contrapuesta... Parece propio de una ficción demasiado artificiosa.

El caso es que descubrió en aquella extraña duplicidad un asunto importante para profundizar, de modo que leyó e investigó con una entrega en verdad apasionada, sin dejar de ejercer con su habitual entusiasmo como profesor ayudante en el departamento de don Eduardo Altamira, nuestro catedrático, hacia quien Héctor manifestaba una admiración profundamente afectuosa.

Pero un día en que salíamos del Archivo Histórico —yo también estaba consultando diversos documentos para mi tesis, y preparando un viaje a Sevilla para visitar el Archivo de Indias de aquella ciudad— me dijo algo que me sorprendió.

—Fíjate, Chema, empiezo a sospechar que los dos curas Merino realmente fueron uno solo...

Me lo quedé mirando.

—¿Uno solo?

—Un cura que comenzó siendo monárquico absolutista y que, con los años y la experiencia, se hizo liberal y acabó hasta el gorro de la España del rey felón...

—¿Y por qué han aparecido dos?

—Una manipulación siniestra. Así se mantiene el recuerdo de un cura reaccionario, y además se lo festeja...

—Pero eso supone insertar cientos de documentos falsificados en muchos lugares diferentes... ¿Tú crees que merece la pena, para un asunto de tan poca monta histórica?

Por primera vez desde que lo conocía percibí en él un curioso rechazo exasperado...

—¿De poca monta? ¿Ha habido en nuestra historia un sujeto más deleznable que Fernando VII? ¡Todo lo que dé algo de dignidad a su espacio se intenta mantener fresco y vivo! ¡Por eso se procura partir en dos la vida del único cura Merino, que comenzó siendo un héroe frente al invasor francés, llegó a general de húsares, y acabó convirtiéndose en un liberal capaz de intentar un regicidio!

Cuando Héctor informó de su hipótesis a don Eduardo, este le respondió, como yo, que era absurda tal maniobra, y que una tesis doctoral mínimamente aceptable no podía sostenerse desde esa perspectiva. Incluso lo comentó conmigo.

—¿Sabes que a Héctor Albares le ha dado por imaginar que el cura guerrillero Merino y el cura regicida Merino son el mismo personaje?

—Me lo ha contado, don Eduardo —respondí, mostrando mi pesadumbre.

—No sé qué ha podido sucederle a ese chico, con la buena cabeza que siempre tuvo. Es como si se hubiese vuelto loco. Está empeñado en que la unidad fue objeto de una manipulación política para generar la duplicidad. Le he comentado que, si sigue por ese camino, debe dejar la tesis doctoral y dedicarse a escribir novelas, y le ha parecido tan mal que me ha respondido de forma inaceptable. Ya le he dicho que se vaya buscando otro acomodo, tanto para que dirijan su tesis como para colaborar en la docencia...

Ya comenté antes lo de mi amistad con Héctor. Dejó el departamento, y cuando lo llamaba por teléfono colgaba al escuchar mi voz, de modo que pasó el tiempo, acabé y leí mi tesis, conseguí convertirme en profesor titular y sigo en la universidad...

Pero un día conocí por la prensa que un grupo, coordinado precisamente por Héctor Albares, había sido detenido mientras preparaba un atentado que pretendía destruir el Archivo Histórico Nacional, nada menos.

Mi antiguo amigo fue condenado a permanecer en prisión una temporada, y como me daba pena, un día organicé una visita.

Esta vez no se negó a hablar conmigo, e incluso me recibió como si no hubiese pasado nada.

—¿Qué tal estás? —le pregunté.

—Descubriendo que dentro de mí hay mucha gente que no conocía. Primero, uno que no sabía que todo es mentira. Luego, otro que todo lo asumía. Más tarde, otro que quería descubrir la verdad. Ahora, uno que echa de menos el espacio de la inocencia —respondió. Me miró con la sinceridad de los viejos tiempos y añadió—: Habría pues dos curas Merino, y acaso dentro de cada uno de ellos, unos cuantos más...

N. del C.

Naturalmente que me ha interesado siempre el cura Merino guerrillero, por esa coincidencia de apellidos. Con el tiempo descubriría también al regicida, y les aseguro que el autor de este cuento me miraba con cierta complacencia burlona el día que tuvimos la reunión para la lectura colectiva. No soy vengativo, pero me prometí meterlo a él en alguno de los cuentos de mi autoría...

La niña del armario

A los ochenta años Lola no se encuentra mal, pero la mayoría de las tardes viene a visitarla una de sus dos hijas, o uno de los dos nietos y tres nietas que viven en la ciudad.

Sabe que se sienten preocupados por ella, y que acaso piensan que no está bien de la cabeza, por las cosas que les comenta sobre lo que le dicen, pero ella tiene claro que no quiere ingresar en ninguna residencia, ni ir a sus casas a comer, ni que vengan a dormir con ella, y que no necesita a nadie que la cuide, porque ella misma se basta y se sobra para arreglar la casa, hacer la compra y prepararse la comida, muy elemental y reiterativa, eso es cierto, pero a estas alturas sabe muy bien qué es lo que no le sienta mal, por muy escaso y poco variado que parezca...

Sin embargo, hay algo que la está desazonando, aunque no quiere contárselo a nadie.

Un día, no hace mucho tiempo, después de ver el telediario, empezó a oír unos ruidos en el dormitorio que su difunto marido Telmo llamaba *la habitación de invitados* y que, al acercarse, parecían murmullos de una voz suave, infantil.

La primera vez que los oyó se silenciaron al abrir la puerta del cuarto. La dejó abierta, por si aquellos sonidos volvían a producirse, y así fue. Y cuando la voz indescifrable se repitió y ella llegó a la habitación, comprendió que se emitía dentro del armario, mas de nuevo se extinguió al acercarse.

Hoy ha sucedido lo mismo.

El armario proviene de la casa de sus padres, donde ella había vivido desde su nacimiento, y además era el armario de lo que había sido su habitación hasta que dejó aquella casa para casarse, y que tras la muerte de sus padres pasó a ser de su propiedad.

Abre las tres puertas del armario, se sienta en una de las sillas, y se queda contemplándolo. Su gata Pispás, que la ha seguido, salta y se acoge a su regazo.

Es un armario antiguo, peculiar, de una madera muy vistosa, que en lugar de tener los espejos en la parte exterior de las puertas los tiene en el reverso, y solo aparecen al abrirlas.

Toda la vida ha mantenido en su memoria profunda lo que le gustaba entrar en el armario, cuando era el de su cuarto y ella tenía siete u ocho años, para sentarse allí dentro a leer cuentos. De los que se acuerda, estaban en unos libritos con páginas troqueladas: *Cenicienta, Blancanieves, Los tres cerditos, El gato con botas, La bella durmiente, Ricitos de oro, Pulgarcito, El patito feo...*

Pero sabe muy bien que había otros cuentos, unos cuentos tristes que se relataba ella misma en voz alta, repitiendo las mismas historias que le contaba su madre y que no consigue olvidar: aparte de las conocidas, de madrastras que convertían a sus hijas en sirvientas, otras de padres que las encerraban en habitaciones como si fuesen cárceles, que las pegaban y castigaban con furia.

—Pero ¿por qué la trataba tan mal? —le preguntaba a su madre.

—Eso no te lo puedo decir —le contestaba ella—. Ya lo entenderás cuando seas mayor...

La triste seriedad con que su madre se las contaba hizo que llegara a pensar que aquellas historias estaban relacionadas con la propia experiencia materna...

Todos aquellos relatos la hacían llorar cuando los escuchaba, y la obsesionaban tanto que comenzó a encerrarse en el armario para susurrárselos a sí misma en voz alta, lo que le hacía repetir sus lloros.

En algunos de ellos, la Virgen María aparecía al final para llevarse al cielo a la protagonista, pero eso no la consolaba, porque la niña había muerto y ¿qué era eso del cielo?, ¿había allí muñecas, amigos, perritos, pájaros, plazas para jugar?

Y comprende que esa voz que ha oído susurrar dentro del armario es su propia voz infantil: ella sigue allí encerrada, sin duda, volviéndose a contar los tristes relatos de su madre y llorando.

La constatación de esa terrible permanencia la deprime aún más. Nunca los había olvidado, pero ahora aquellos encierros han vuelto con demasiada fuerza a su memoria, y siempre que pasa por delante de la habitación escucha su propio, lloroso, murmullo infantil.

Las hijas percibieron su depresión y le preguntaron con insistencia qué le pasaba, pero ella no quiso contarles nada.

Esta tarde, su hija mayor ha venido con la nieta Lidia, que acaba de cumplir los once años y es muy lectora de los libros que le regala, esos que a ella tanto la deslumbraron y que los niños de ahora ya no leen, pero que a Lidia también le gustan —*Heidi*, *Las aventuras de Tom Sawyer*, *Mujercitas*, las novelitas de *Celia* y de *Antoñita la Fantástica*...—. Su madre la deja con ella, porque tiene que hacer unos recados, y Lidia enseguida le pregunta:

—¿Te pasa algo, abuelita?

—¿Por qué me dices eso?

—Mamá dice que no te encuentras bien, que se te ve muy decaída...

Ella va a contestar negando la verdad de tales suposiciones, pero de repente piensa que Lidia es una niña buena, inteligente, de fiar, y decide confesárselo, para liberarse un poco del agobio.

—Ven conmigo —murmura, y la lleva a *la habitación de invitados*. El armario está en silencio—. Prométeme que esto que te voy a contar no se lo vas a decir a nadie...

Lidia afirma enérgicamente con la cabeza.

—Te lo prometo, abuelita.

—¿Ves ese armario? Ahí me encerraba yo para repetir en voz alta los cuentos tristísimos que me contaba mi madre, y que me hacían llorar...

—¿Qué cuentos?

—De niñas a quienes su padre, o su madre, o los dos, o la madrastra, maltrataban, encerraban, o las descuidaban tanto que padecían hambre...

—Qué pena. ¿Y por eso estás tan triste?

—Nunca podré olvidarlos, y hace unos días vi en la televisión la noticia de un papá que se portó muy mal con su hija, y he descubierto que la niña que fui sigue dentro del armario, y a veces hasta me escucho contar a mí misma esas historias terribles.

Lidia abrió las puertas.

—Es un armario precioso, con estos espejos por dentro.

—Mientras me contaba esas historias tan tristes, me veía reflejada, llorando...

La nieta entró en el armario y quedó casi oculta.

—¿Qué haces, Lidia?

—Siéntate y escucha, abuelita.

Ella se sentó en la cama, y comenzó a sonar la voz de Lidia.

—Había una vez una abuela que a sus nietos los quería una enormidad, y que les regalaba cosas muy bonitas. Una de sus nietas se llamaba Lidia y le gustaba mucho leer, y la abuela le daba los libros que ella había leído de pequeña, que eran preciosos, y a Lidia le hacían conocer a cantidad de gente, niñas y niños muy majos, aventureros y piratas, islas, montañas, ríos enormes, sitios bonitos o raros del mundo. Pero la abuela guardaba en un armario a la niña que había sido en el tiempo en que su mamá le contaba cuentos tristes, y eso la tenía muy disgustada. Hasta que un día se lo confesó a su nieta Lidia y esta le dijo...

Entonces Lidia se asomó:

—¿Por qué no cambias a la niña triste por mí? Desde hoy, cuando venga a verte, entraré en el armario para contarte cuentos que a mí me hayan parecido divertidos. ¿Cómo lo ves, abuela?

—Ven a que te dé un beso —respondió Lola llorando, esta vez de gozosa emoción—. Tú sí que eres un cielo...

N. DEL C.

Es curioso y lo comenté con el autor del cuento: a mí también de niño me impresionaban las historias que me contaba una vecina en cuanto podía coincidir conmigo un ratito, porque toda la familia procuraba alejarme de ella. Había varias de niños secuestrados por siniestros sujetos que utilizaban su sangre para dar vigor a su propio cuerpo —cuando conocí *Drácula* no me extrañó nada—. Lo curioso es que a mí no me parecían ficciones —aunque la narradora me las contaba como tales—, sino horribles ejemplos del mundo verdadero que me esperaba ahí fuera...

Posiblemente muchos de esos cuentos sigan palpitando dentro de mí.

Insomnio familiar fatal

Mi amistad con Agustín se remonta a la infancia, y nunca había habido entre nosotros nada que no nos reportase satisfacción. Mas no hace mucho tiempo que, en uno de nuestros recurrentes encuentros para almorzar, lo hallé con un aire demasiado sombrío.

Me contó entonces la historia de un paciente al que estaba tratando, afectado por una enfermedad hereditaria muy rara llamada *insomnio familiar fatal*, que al parecer causa un agente infeccioso derivado de no sé qué proteína. Una enfermedad que no tiene tratamiento, y que en poco tiempo lleva al coma y a la muerte, y por fin añadió:

—Resulta que, hace unos días, el desdichado chico me dijo que estaba buscando algún remedio desde su propia voluntad, y que, ya que no podía dormir de ningún modo, se le había ocurrido imaginar que sí lo hacía y que además soñaba, y que en esos sueños inventados disfrutaba de la vida ordinaria que a él le hubiera gustado poder llevar, salir con los amigos, conocer chicas, pasárselo bien... El caso es que dijo sentirse mucho mejor desde que se pasa las noches enredado en sus aventuras imaginarias...

—¿Y eso te ha desanimado? —pregunté yo.

—Escucha, escucha: resulta que, en esas invenciones de sueños, se le ha ocurrido meterme a mí; en ellas soy también el médico que trata su enfermedad, el que va analizando sus experiencias, el que lo felicita por estar durmiendo y soñando tan bien... Y el caso es que, en efecto, lo encuentro cada vez mejor, contra todos los pronósticos...

—¡A mí me parece muy interesante y positivo! —repliqué.

En su mirada hubo una fijeza en la que se descubría un fulgor horrorizado.

—¿Y si fuese verdad que yo solo soy una invención, el sueño imaginario de un desdichado enfermo incurable?

Se levantó de repente y se fue sin acabar la comida. Pensé que Agustín había perdido el juicio, y volví a mi casa muy preocupado por él. Mas han pasado ya unos cuantos días y he empezado a sospechar que acaso yo solo sea el supuesto amigo de un personaje imaginado en la desesperación de un insomne irremediable.

Y ya no puedo dormir, sino solo pensar en el tenebroso embrollo...

N. DEL C.

Hay quien ha apuntado que los sueños son anteriores al lenguaje articulado, y que compusimos el lenguaje articulado como una estructura verbal para poder explicar los sueños, precisamente.

Sin duda en nosotros los sueños son tan importantes como ese «pensamiento simbólico» que conformó los aspectos fundamentales de nuestra condición de *sapiens*, empezando por la ficción.

Incluso me atrevería a afirmar que la ficción es una forma de sueño racionalizado...

Identidad marina

Para Maria Vittoria Calvi

Mientras bucea, al encontrar los cardúmenes de salpas en las praderas de posidonias, y los de herreras, y a los sargos y a las obladas, y a los tordos, a los solitarios meros y salmonetes, a los serranos, a las lubinas cerca de las rocas..., recuerda aquellos tiempos y comprende que ha sido una especie de «asesino en serie».

¡Cuántos ejemplares de todas esas familias de peces, entre las que tanto le gusta nadar y bucear, habrá matado entonces! Primero, con un fusil de cordaje de goma; luego, con otro de aire comprimido... Cada mañana que salía a pescar, no era raro que consiguiese unas cuantas piezas, y muy especialmente algún pulpo...

Pero era sin duda una estúpida y dañina incorporación a una forma colectiva y absurda de comportamiento, porque un día descubrió que no necesitaba el fusil para disfrutar de los fondos marinos, y que nadar y bucear sin fusil le permitía descubrir muchas más cosas. Así descubrió, por ejemplo, la amistad con los pulpos...

Ahora, cuando ya hace tanto tiempo que ha abandonado la pesca, mira con cuidado todos los lugares sobre los que pasa, sacudiendo las aletas y deseando encontrar algún pulpo para jugar —y hoy el deseo de esa compañía se ha hecho más acuciante—, para descubrir al octópodo y entretenerse con él sin dañarlo, y con ello intentar olvidar el alejamiento de Aura, tras la estúpida discusión que de repente remató en su decisión de hacer la maleta y marcharse, lo que lo dejó primero atónito y luego profundamente disgustado.

Por eso se está dirigiendo directamente al lugar donde sabe que uno de esos cefalópodos tiene su cobijo...

Tras cinco años de convivencia, no es raro que Aura y él hayan tenido disputas, en muchas ocasiones por razones absurdas —en esta, por la poca calidad que, según ella, tenía la lechuga que él había comprado en el pequeño supermercado del pueblo—, pero nunca con tan radical y dañino resultado, porque lo tremendo del caso es que Aura no solo salió del apartamento que suelen ocupar en vacaciones, sino que se fue con la maleta, desapareció en el coche —el de ella, que utilizan para venir a estas playas, a más de seiscientos kilómetros de su residencia habitual—, y después de tres días no ha dado señales de vida, no se pone al teléfono, aunque por lo que ha podido saber de su amigo y vecino Siro, regresó al piso en el que conviven, pero enseguida desapareció también de allí, por lo visto...

Su desconcierto ante la actitud de Aura no le ha permitido tomar la decisión de regresar a casa él también. No sabe qué hacer, y este tiempo de vacaciones no lo ayuda a ver las cosas con mayor claridad.

Hace calor, y los tres primeros días tras la extraña partida de Aura apenas ha salido de casa, hasta que hoy se decidió a dar una larga caminata —la falta de vehículo lo obliga a andar— que lo ha llevado por los senderos de la costa hasta El Barronal, donde se ha puesto las aletas y las gafas, con el tubo, para nadar y bucear un rato.

Y de repente lo ve: está acurrucado en una grieta. Se aproxima a él y el pulpo se recoge más. Sin duda estaba moviéndose por allí, porque no parece que el lugar sea su refugio, ya que carece de la amplitud necesaria. Entonces él intenta agarrarlo, y el pulpo despliega todos sus tentáculos y envuelve con ellos su brazo, apretando con fuerza. Pero él afloja la presión de su mano y acerca el pulpo a su cara lentamente, para darle una señal de que en él no hay agresividad, y luego pasa la otra mano con delicadeza por encima de los tentáculos.

El pulpo se suelta y se aleja, pero él lo sigue y de nuevo lo sujeta, esta vez con suavidad, y lo vuelve a llevar a la otra mano, extendida, donde lo coloca. El pulpo queda quieto y, al advertir la falta de violencia, recorre el brazo y sube hasta su hombro, donde se detiene para mirarlo con un gesto parecido a la curiosidad.

Quedan inmóviles un rato, él moviendo las aletas para que su flotación se mantenga, hasta que el pulpo recorre nuevamente el brazo para llegar a la mano, y luego vuelve nadando hasta la roca en que se lo encontró, pero en un sitio más alto, donde hay una abertura en que se pueden apreciar varias piedras esféricas y una gran concha negruzca, sin duda añeja, entre otras conchas más pequeñas de oreja marina.

El pulpo se acerca a las piedras, que sirven de portal a una cavidad en la que penetra, y cuando solo los tentáculos asoman, recoge con ellos la gran concha oscura y la arrima a la abertura de las piedras hasta ajustarla allí y quedar totalmente oculto. Está en su vivienda, sin duda, y no quiere que lo molesten...

El encuentro pacífico con el pulpo lo anima, y continúa su recorrido natatorio de las calitas cercanas, observando con curiosidad todas las muestras de vida submarina, aunque en el extremo del roquedal, los restos de una gran red enganchada en las rocas del fondo y hecha jirones que se bambolean con las aguas, en una verticalidad propiciada por algunos flotadores de corcho, lo devuelven a la sensación confusa que está viviendo aquellos días, y decide regresar a la playita de origen.

Al volver a casa encuentra en el móvil varias llamadas de su hermana Chon. Devuelve la llamada y ella le dice, con extrañeza, que se marcha de vacaciones al día siguiente, pero que por la mañana, en el parque, paseando a la niña, ha visto a Aura del brazo de Gonzalo Rico y se ha quedado muy sorprendida.

—¿Qué pasa? ¿Qué hace ella aquí? ¿Por qué está con ese? ¿Tenéis algún problema? —pregunta.

Gonzalo Rico había sido uno de los novios de Aura antes de que ella y él se convirtieran en pareja. Un tipo compañero suyo del colegio y con el que siempre se ha llevado mal. ¿Por qué diablos estaba paseando con él? No supo qué pensar, aunque todo parecía mostrar que su relación con Aura atravesaba un momento muy malo... Además, el enfado de Aura con motivo de la mala lechuga había rematado una actitud distante y fría que llevaba manteniendo una temporada, y que él atribuía a la preocupación por la salud de su madre, enferma de un cáncer terminal.

—¿Dices que iban del brazo?

—Y hablando muy acaramelados. Con todo el aspecto de una pareja de novios.

La conversación con su hermana lo deprimió aún más. Puso la tele para entretenerse, pero no se fijaba en nada, solo pensaba en la huida de su compañera y en las raras noticias que le había dado su hermana.

A eso de las nueve decidió salir a tomar algo en el pequeño restaurante cercano, pero cuando estaba a punto de hacerlo sonó el móvil. Era Aura.

—Lo nuestro ha terminado —dijo ella, con tajante y segura precisión—. Acabo de pasar por el piso y he recogido todo lo mío. Que lo sepas.

Él no supo qué contestar.

—Ya estaba harta de tu comportamiento. Con tu dichosa obsesión por el trabajo, solo pensabas en mí para desfogarte de vez en cuando.

—Bueno, Aura...

—Se acabó. Ya no me interesas lo más mínimo. Adiós. Ya te ajustará las cuentas mi abogado.

Apenas ha dormido y se ha levantado muy temprano. Ahora solamente quiere pensar en el pulpo. Tiene que encontrarlo y seguir intimando con él. Además, el paseo andariego a El Barronal y luego el natatorio hasta Cala Carbón le permitirán distraerse.

Desayuna, carga la mochila con las aletas, las gafas y el tubo, e incluye una botella de agua, un par de bocadillos que se ha hecho con el pan de molde del frigorífico y algo de fruta. Hoy va a pasar todo el día en la playa.

Al llegar al punto en el que el día anterior encontró al pulpo, halla vacía la guarida y recorre los alrededores hasta descubrirlo al otro lado de las peñas.

En esta ocasión el pulpo no huye, y de nuevo se establece una pacífica y juguetona relación entre ambos, hasta el punto de que, cuando él decide continuar su recorrido, el pulpo, en lugar de separarse, se queda inmóvil sobre la roca como extrañado de la interrupción de su juego.

Al día siguiente, antes de su camino hasta aquellos peñascos y de su zambullida, pasa por el pequeño supermercado del pueblo y compra mejillones frescos, y cuando se va a El Barronal lleva un puñado de ellos abiertos en un cacharro dentro de la mochila, para comérselos, y en una bolsita de plástico media docena de ellos cerrados, que no coció.

El amistoso cefalópodo se encuentra en su refugio, como si lo estuviera esperando. Él deja a su lado los mejillones vivos —un molusco que no es posible encontrar por estos parajes— y contempla cómo el pulpo, tras acercarse a ellos y manipularlos, sin duda estudiándolos, se coloca encima y, en poco tiempo, consigue abrir uno, que se come.

Otra vez juegan, pero ahora aún más tiempo, porque él ha llegado a quitarse las gafas para sentir en las mejillas los tentáculos del animal, con una sorprendente sensación de familiaridad.

Así, la amistad con el pulpo se convierte en un gratificante sustituto de su relación con Aura, aunque no deja de advertir un fuerte, desesperante desgarrón interior cuando piensa en ella, pues antes del cáncer de la madre habían hablado muchas veces de contraer matrimonio el próximo otoño o a principios del nuevo año, e incluso el apartamento donde residían lo habían pagado entre los dos...

¿Qué siente este animal?, se preguntaba al notarlo pasear por su cuerpo. La confianza llegó a tal punto que su paseo natatorio hasta Cala Carbón lo hacía con el pulpo bien sujeto con los tentáculos a su vientre. Y cuando se detenía a observar algo, el pulpo se soltaba para hacer su propia inspección del lugar, pero en cuanto él mostraba signos de continuar el paseo, el pulpo se colocaba otra vez en algún lugar de su cuerpo. Parecía la relación de un perro con su amo.

Una noche, antes de quedarse dormido, pensó que el pulpo y él tenían una extraña familiaridad, y que la base estaba sin duda en su atracción por el mar, ya desde niño. A los doce o trece años había pedido como regalo de Reyes Magos unas gafas submarinas, y ya en los ríos de aquellos años, antes de venir al mar, practicaba estas inmersiones que tanto lo complacen, aunque el período en el que se dedicó a la pesca a arponazos sigue pareciéndole lamentable.

Esta mañana ha recibido en el ordenador el mensaje de un sedicente abogado de Aura exigiéndole la resolución del asunto del apartamento y la devolución de no sabe qué cantidades ingresadas en cierta cuenta, y a la pesadumbre por su abandono se une ahora una decepcionante y desoladora amargura.

Y de nuevo en el extremo de El Barronal, y con el pulpo colocado sobre uno de sus hombros, mientras bucea para echar un vistazo a una curiosa especie parecida a los corales, siente el abandono y los manejos de Aura como la más desventurada experiencia de su vida. Sin duda es mucho más feliz bajo el agua que en la superficie sólida del planeta, piensa... Y la intimidad progresiva con el cefalópodo le da la idea de que un lazo muy especial los une.

«Tengo algo de él, él tiene algo de mí —se le ocurre—. Formo parte de él, él forma parte de mí».

Algo muy especial, rotundamente alejado de su trabajo diario, tan complicado y absorbente, de la siniestra traición de Aura, del abominable sustituto que ella ha buscado, de las miserias de la vida ordinaria.

Se aparta de los supuestos corales y da la vuelta al pico del roquedal. El pulpo nada a su lado como un animal doméstico.

«Constituimos una misma cosa».

Se detiene y extiende los brazos para que el pulpo se pose en uno de ellos.

«Me voy a quedar aquí —decide—. Me quedo contigo...».

Se suelta las aletas, las gafas y el tubo, deja que el mar los aleje y, mientras el agua empieza a penetrar en sus pulmones, asume su ahogo con entereza.

«Dos minutos», le dice tosiendo al pulpo, mientras este le acaricia el rostro con los tentáculos.

N. DEL C.

Cuando Mari Carmen, que es mi primera leyente, conoció este cuento, me dijo que ya había escrito y publicado uno muy parecido: «¿No te acuerdas? ¡"El mundo sumergido", en *Noticias del Antropoceno*! ¡Te copias a ti mismo!». Tenía, tiene, bastante razón, pero les aseguro que no fui consciente de ello. Cada vez ando peor de memoria. Pensé que convenía, pues, eliminarlo, pero de todas formas no se trataba del mismo cuento, y, además, me daba pena destruir esta pequeña crónica de mis recorridos acuáticos por las calas del Cabo de Gata, que tanto me agradan. De modo que disculpen, les aseguro que no es del todo «doble»...

Y hablando de dobles, incluyo a continuación un cuento que acaso no debería añadir a la antología, porque pienso que este sí que puede estar plagiado del que acabo de reproducir, por el autor que lo hizo, pero mi otro yo me sugirió que lo reuniese con el anterior bajo el título «Variaciones sobre el mismo tema» y acepto la sugerencia —sin ese título—, porque me parece significativa de la notable comunicación que hubo entre los participantes en el curso imaginario.

Calle de los Condes del Val, número 18, Madrid

Muy cerca de su casa está el edificio. Cuatro plantas que tienen como base un enorme e insólito estanque, que sobresale de las fachadas anterior y posterior de la construcción. Se entra pues en el portal a través de un pequeño puente. Claro que el estanque tiene muy poca profundidad —no más de treinta centímetros—, pero el agua está transparente, sin duda gracias a alguna depuradora, y en ella viven numerosas carpas rojas, rosadas, amarillas..., de entre seis y doce centímetros de largo.

Desde que lo descubrió, recién trasladado a la vivienda que ocupa en aquella zona tan tranquila y agradable, casi todas las tardes, después del trabajo, va a visitar el lugar, hasta el punto de que ha trabado cierta amistad con el portero, que lo saluda con el brazo desde dentro de la portería, una cabina colocada entre el espacio anterior y posterior del gran estanque, previa a la entrada al portal. Y la insistencia de la visita y de la mirada meticulosa al estanque le ha hecho descubrir, además de las de dimensión ordinaria, media docena de carpas de gran tamaño, y hace pocos días un pequeño cardumen de oscuras y diminutas crías y tres tortugas de agua.

Últimamente, la visita diaria al estanque urbano se ha convertido para él en una especie de terapia. Primero, sufrió dos inesperadas, turbias y dolorosas traiciones: la de Ernesto, que desvalijó la empresa común y desapareció, y la de Paca, su compañera tras diez años de unión, que se fue al mismo tiempo y sin avisar, lo que lo hizo comprender que ella y Ernesto habían escapado juntos. Todo eso coincidió con la intensificación de sus dolencias prostáticas y un cáncer del que se tuvo que operar con urgencia, con un resultado que no dejó del todo satisfecho al cirujano...

Tantas situaciones desastrosas lo han deprimido de forma intensa, y la única perspectiva que lo anima un poco es este estanque urbano, que ahora visita más a menudo, empezando a considerar la salida de este mundo.

Por fin se decide. Una noche, a las tres de la madrugada, se acerca al edificio por las calles desiertas de la zona, dispuesto a morir ahogado en el estanque. Solamente las farolas de la calle iluminan el sitio, con lo que se desnuda sin prisas ni agobios, deja la ropa junto a la entrada y se mete en el agua, que no está fría.

Se tumba boca abajo, dispuesto a dejarse morir. Mas tras el agobio y el sofoco, en lugar de ahogarse siente que se convierte en otro de los diminutos habitantes del lugar, y mueve su pequeño cuerpo con inesperada satisfacción por aquellas aguas.

Vivirá entre los peces y las tortugas, piensa, y se pregunta cuándo les echará el portero la comida...

N. del C.

Reproduzco la foto de una parte del curioso espacio.

De naufragios temporales

Mari Carmen se ha acercado a Almería para recoger en el aeropuerto a Ana, nuestra hija menor, que viene a pasar unos días de playa con nosotros, y yo he decidido hacer unas compras y luego ir andando hasta Cala Amarilla para darme un chapuzón.

Son casi treinta minutos de paseo, pero me resulta gustoso acercarme primero a la bahía de Los Genoveses por la ladera, que permite una visión muy grata de la preciosa playa y de los alrededores desarbolados en que los matorrales, las chumberas y los palmitos se alternan con las curvas del monte, más allá de un bosquecillo ribereño de eucaliptos y de un largo sendero flanqueado por antiguos pinos.

Tras descender por esa ladera y llegar a la arena, seguiré otra senda que, detrás de la playa, me servirá para encaminarme a mi destino acortando mucho la distancia, hasta alcanzar lo alto de la cala y luego tomar la abrupta trocha pedregosa que permite bajar hasta ella, al pie del acantilado que le ha dado su nombre de *Amarilla*.

No se ve ni un solo barco fondeado en el agua de la bahía, y muy pocas personas en la playa.

Como no hay nadie en la cala, lo que es frecuente, me baño desnudo, nado durante un rato, y por fin me seco y me visto otra vez, pensando que mi mujer y mi hija estarán a punto de llegar, si no lo han hecho ya. Hemos acordado encontrarnos en un punto del oeste de la playa de Los Genoveses, al otro lado de la curiosa lengua de arena fosilizada, sin duda resto volcánico, que obstaculiza el último tramo.

Pero al llegar a lo alto del acantilado, dejando la cala a mis espaldas, me sorprende brutalmente descubrir la bahía llena de grandes y extrañas naves, de aire muy antiguo, todas con un único y enorme palo y una sola vela, arriada en todos los casos.

Una enorme cantidad, puede que un par de centenares, que se abarloan en varias filas ocupando la mayor parte del espacio acuático, mientras algunas lanchas se mueven alrededor o están varadas en la arena de la orilla.

Sorprendido por el extraño panorama, y pensando, asustado, que es imposible que en una hora haya fondeado en la bahía ese número tan grande de naves, desciendo despacio camino de la playa, pero un muchacho que viene corriendo me llama a voces:

—¡Señor Froilán, señor Froilán! —me parece que dice, aunque sin duda se dirige a mí.

El muchacho lleva una cajita alargada de madera que me entrega, y me comunica apresuradamente algo que no entiendo, pero que me suena como italiano. Abro la cajita y veo que está llena de unas plumas extrañas, que enseguida comprendo que son las que se utilizaron durante siglos para escribir. Tomo una para mirarla despacio y le devuelvo la caja al muchacho, que sigue hablándome con su incomprensible dicción, y señalando enérgicamente algún punto de los barcos. Y entonces escucho la voz de mi hija Ana:

—¡Papá!, ¿estás dormido?

En efecto, estoy tumbado en la arena, sobre la toalla.

Procurando que no se note mi desconcierto, la beso y le expreso lo mucho que me alegro de verla.

—¿Qué es esto? —dice ella, tras recoger la pluma del suelo. ¡Un cálamo! ¡Parece muy antiguo! ¿De dónde lo has sacado?

Yo me encojo de hombros.

—Las cosas raras que trae el mar...

No consigo olvidar la misteriosa alucinación, y luego pienso que acaso esa extraña pluma la hubiera encontrado yo, aunque no lo recordase, y sobre ella y ciertas lecturas se habría construido el absurdo sueño, localizado por lo visto en 1147, con la flota genovesa que apoyó al rey Alfonso VII de León —el Emperador— en la conquista de Almería. Cuatro siglos más tarde, ahí mismo fondearía también la flota española que fue a Lepanto...

El caso es que la semana va a terminar, y Ana tiene que regresar mañana a Madrid, esta vez en tren, para atender diversos compromisos. Iremos Mari Carmen y yo con ella a la estación. Hoy hemos venido muy pronto a la playa, y a mí me apetece darme un baño en Cala Amarilla, donde hay una roca muy apropiada para tirarse de cabeza al agua, pero ellas no se animan y subo solo la ladera, pensando en volver enseguida.

Mas cuando regreso, tras superar el complicado tramo que lleva de la cala a lo alto del acantilado, me encuentro con un panorama desolador. Una gigantesca construcción, en la que se unifican innumerables edificios y chimeneas, cubre buena parte de la enorme caldera volcánica que conforma la estructura de la bahía, y en el agua —ya no se ve playa, porque el nivel del mar está inesperadamente alto— penetran enormes tuberías. A lo lejos, por todo lo que antes estaba libre de huella humana, se multiplican edificios de aire industrial.

Asustado, intento bajar deprisa para encontrarme con Mari Carmen y con Ana, pero algo me sujeta por los hombros para elevarme en el aire, y alzo la cabeza hasta descubrir que se trata de un aparato parecido a lo que llamamos dron, que me lleva a un espacio circular cercano a la costa, donde una especie de robot me hace lo que parece una inspección corporal, antes de que otro robot se dirija a mí en un español casi ininteligible, llamándome

Fradi y preguntándome qué hago allí, cómo he logrado atravesar la sólida barrera electrónica.

No sé qué contestar. El robot me entrega una extraña y pequeña pieza de algo parecido al plástico, me dice que no la pierda, y le comunica algo al otro robot, que me lleva a una sala oscura que preside una enorme pantalla fosforescente.

Y una vez más me despierta la voz de mi hija...

—¡Papá! ¿Estás dormido? ¿Ya volviste de Cala Amarilla? ¿Qué tal te fue el baño? ¡Nosotras hemos ido al otro lado de la playa, y nos hemos estado bañando allí! ¡Hay unas praderas preciosas de posidonias!

No sé qué contestar, intento sonreír, pero siento que tengo cerrada la mano izquierda y que dentro de ella hay un pequeño objeto. Lo mantengo oculto.

Pasadas las vacaciones, integrados en la vida ordinaria, mi mujer en su clínica odontológica y yo en mis clases de Historia en la facultad, no consigo olvidar esas dos visiones tan veraces, de las que guardo restos materiales, y tengo que tomar ansiolíticos y otros medicamentos para dormir...

Mas lo peor es que esos «naufragios temporales», como los llamo, se han repetido: una noche estuve viviendo la entrada de las tropas napoleónicas en Madrid bajo la personalidad de un tal Filiberto, y otra, con el nombre de Faustino, el bombardeo franquista del Museo del Prado y de la Biblioteca Nacional por esos Junkers que la gente llamaba «las viudas».

Del primero guardo una moneda y del segundo, un casquillo de bala de fusil.

Si la alucinación de la flota genovesa me dejó muy preocupado, y la visión futurista casi me hizo dar gritos,

¿qué puedo decir de los nuevos «naufragios», y de los que vengan? ¿Quiénes son Froilán, Fradi, Filiberto, Faustino? ¿Por qué esas experiencias se mezclan con las mías? ¿Va a seguir esto así? ¿Continuaré naufragando en el pasado o en el futuro, dentro de otro que también soy yo? ¿A quién puedo acudir para que me ayude, y enseñarle el cálamo, la moneda, el casquillo, la extraña piececita de plástico?

Ni siquiera se lo he contado a mi mujer, con la que tengo la mayor confianza, y a pesar de ciertos buenos amigos médicos, he preferido mantener ocultas mis extrañas aventuras.

Si ahora lo escribo, es para intentar entenderlo mejor.

N. DEL C.

Al principio pensé que este cuento me utilizaba a mí y a otros miembros de mi familia como personajes, pero luego, al ver los oficios del padre y de la madre, comprendí que había sido solamente una curiosa broma. El imaginario autor no quiso identificarse —nadie leyó el cuento el día de la lectura colectiva, por lo que tuve dudas sobre si incluirlo en el conjunto—, pero esas tramas de «naufragios temporales» llamaron mi atención y, saltándome las normas que yo mismo había establecido, decidí incorporarlo al resto, porque, además, he tenido en ocasiones esa sensación de estar viviendo en otro tiempo y en otra persona, aunque no de un modo tan aparatoso...

Aeroenredos

El día del vuelo era el miércoles, pero al llegar al aeropuerto tuvimos problemas: como Manuel había debido renovar su pasaporte, los norteamericanos no aceptaban su formulario ESTA, porque el número del pasaporte había variado. Lo conseguimos al fin, tras muchos trámites y solicitudes electrónicas, pero nuestro avión había despegado veinte minutos antes...

Decidimos entonces intentar cambiar los billetes, y logramos que nos los diesen para el sábado.

Llamamos a mis padres para decirles que pasaríamos por Madrid para dejar en su casa las maletas —nosotros tenemos la casa en Pozuelo de Alarcón— y nos dijeron que fuésemos a comer con ellos... Hablamos de nuestros enredos viajeros, y quedamos en que iríamos el viernes a dormir a su casa —donde continuaría esperando nuestro equipaje— para marcharnos el sábado con tranquilidad al aeropuerto: allí teníamos que estar a las once y media de la mañana.

Durante las ocho horas siguientes, a lo largo del día, viví la sensación de estar en el avión, sintiendo las leves vibraciones del vuelo, y cuando regresamos a Pozuelo debí acostarme enseguida, porque tenía muchísimas ganas de dormir.

Ahora acabo de despertar y, a pesar de la oscuridad, sé que estoy en Iowa, que llegamos ayer y que todos los *aeroenredos* y demás no han sido sino un sueño, muy convincente, eso sí.

Pero siento abrirse la puerta del baño y enseguida escucho la voz de Manuel, muy cerca de mi cabeza:

—Ana, guapa, despierta, que hay que desayunar y salir zumbando para el aeropuerto. Esta noche, en Iowa, dormirás todo lo que quieras...

N. del C.

Como habrán supuesto ustedes, esto no es un cuento, sino la fiel reproducción de un suceso real contado en la cercanía familiar. Muchas veces me pregunto dónde termina la realidad y comienza la ficción, aunque el notable desconocimiento de la literatura que nos rodea hace que la gente esté viviendo a menudo verdaderas realidades *ficcionales* sin saberlo...

El rector invisible

Tú fuiste rector, aunque nadie lo supiese. Y ahora que te falta tan poco para jubilarte, te regodeas recordándolo, y quieres dejarlo escrito para que tus hijos se enteren cuando mueras...

Tu padre aprendió a manejar el volante en el ejército, y luego se hizo taxista. Y tú, al terminar la Educación Primaria, no querías dedicarte a otra cosa que no fuese conducir coches, como él, pero en casa te obligaron a estudiar Formación Profesional y después, como seguías empeñado en tu propósito de ser conductor, te colocaron en un taller de motores de automóvil para que te enterases de algo más hasta tener la edad de sacar el carnet de conducir.

Cuando se cumplieron las condiciones tuviste por fin el carnet. Se te daba muy bien llevar el coche, y estuviste al servicio de sucesivas empresas hasta que un cliente de tu tío Servando logró meterte en la universidad, de chófer del rector.

Antes de estar al servicio del rector del que voy a hablar pasaron doce años: ocho en los que serviste como conductor de uno que fue reelegido, y cuatro al servicio de otro. Pero por fin llegó don Diego Escalante, que era más hablador que los otros dos y con el que también estuviste ocho años.

Al principio, en los primeros meses desde que don Diego fue elegido rector, no te diste cuenta de tu condición. Pero lo descubriste un día en el que tuviste que llevar a un banco a la vicerrectora y al interventor.

Tú raramente estás al tanto de lo que hablan los pasajeros, porque lo que te gusta de verdad es ir pendiente del volante y del tráfico, pero en aquella ocasión no tuviste más remedio que enterarte, porque las dos personas a las que transportabas estaban claramente nerviosas, sobre todo la vicerrectora.

Al parecer, al repasar los papeles económicos del anterior rectorado, habían descubierto unas cuentas extrañas relacionadas con eso que se llama «caja B», e ibais a una sucursal del banco que las tenía, para revisarlas.

—Les llamé por teléfono, pero no han querido darse por entendidos —explicaba doña Carmen, la vicerrectora.

—Menuda cara —repuso don Blas, el interventor—. Pues eso tiene muy mala pinta. A ver si hacen lo mismo cuando estemos con ellos.

—Llevo un documento firmado por el rector que los conmina a darnos toda la información —repuso ella—. No creo que tengan tanta desfachatez...

El interventor dijo algo, acaso en latín, que te sonó a «corrupto», y comprendiste que el asunto era complicado.

Por fin los dejaste junto al banco y les dijiste que te acercarías a informarles del sitio donde ibas a aparcar y esperar. Salieron, encontraste pronto lugar para el coche, lo dejaste bien estacionado y luego te dirigiste al banco.

Era una sucursal pequeña, y nada más entrar viste a doña Carmen y al interventor hablando con un hombre muy calvo. Los tres estaban de pie y con aire muy serio. De repente, al verte, doña Carmen se dirigió a ti:

—¡Don Diego! —te llamó, y luego le dijo al hombre, con afirmación muy segura—: Aquí está el señor rector.

Comprendiste que había alguna contrariedad, te acercaste a ellos despacio y, adoptando la actitud más severa que has debido de mostrar en toda tu vida, dijiste:

—¡Buenos días! ¿Hay algún problema?

—Que no reconocen el documento que me firmaste para que nos den la información de la cuenta secreta —dijo la vicerrectora.

Miraste al hombre calvo y le hablaste con lentitud muy grave:

—Aquí me tiene en persona. ¿Qué más necesita?

En el hombre hubo un cambio total de actitud.

—Es un honor, señor rector. Ahora mismo se la damos, no faltaría más —dijo.

Mientras regresabais al coche, doña Carmen te habló muy afectuosamente:

—Me tiene que perdonar, Joaquín, pero como no aceptaban el documento, se me ocurrió tratarle como rector cuando lo vi entrar. Está usted muy elegante con la chaqueta azul y la corbata... Y ha reaccionado de forma magnífica, muchísimas gracias...

—¡Como que no lo han dudado ni un segundo! —añadió muy satisfecho el interventor—. ¡Lo ha hecho usted estupendamente, a pesar de la sorpresa! ¡Enhorabuena!

—Ha sido un gusto poder ayudarlos —respondiste.

Pero lo que no les dijiste es lo que escribes ahora a tus hijos. Que cuando la vicerrectora doña Carmen te llamó «don Diego» y añadió, señalándote, «aquí está el señor rector», descubriste que tenía razón, que era cierto, que tú eras el rector, lo que demostraste en tu comportamiento con los del banco.

Desde entonces has vivido con esa seguridad, y el tiempo en que don Diego ejerció de rector ha sido el más satisfactorio de tu vida. A partir de entonces, has procurado colarte en todos los actos públicos en los que él participaba, en vez de esperarlo en el coche, y has seguido sus intervenciones sintiéndolas como tuyas, con la impresión profunda y segura de que eras tú quien estaba hablando al público con tanta destreza y sabiduría.

Ya sé que os parecerá extraño, queridos hijos míos, pero os juro que no miento. Yo soy el conductor Joaquín Alonso, pero también el rector don Diego Escalante.

N. DEL C.

Otra historia que es verdadera en sus aspectos «externos». Lo de que el conductor se sintiese rector cuando lo trataron como tal es una suposición de la autora, por lo que me dijo, pero creo que no está mal, según el aplomo que al parecer mostró cuando la citada vicerrectora, madre de quien al parecer escribió el cuento, lo trató como tal...

La isla secreta

Ágata, la última compañera de Juanma, parecía ser la definitiva. Era profesora en un instituto de Valencia, aunque procedía de Sevilla, y Juanma había llegado a Valencia para trabajar como periodista.

Habían consolidado su relación sucesivas navegaciones en el yate de Juanma. Ya desde su llegada a la ciudad, por la influencia de ciertos compañeros, Juanma se había aficionado a navegar y, tras sacar los papeles correspondientes, había adquirido de segunda mano un yate de diez metros de eslora, con velas y motor, que le permitía hacer recorridos por la costa muy gratificantes y, sobre todo, acercarse a las islas Baleares y navegar en su entorno, abundante en preciosos espacios para fondear.

Cuando Ágata y Juanma se conocieron, el largo viaje por la costa a que él la invitó fue determinante para que su relación se fortaleciese porque, además, el barquito les permitía convivir en él muy cómodamente...

De esta manera formaron pareja, y ya llevaban tres años pasando juntos las vacaciones de verano, en torno a alguna de las Baleares. Y como los dos eran aficionados al buceo, sus travesías siempre resultaban muy entretenidas: manejo del barco, charlas, chapuzones, pesca submarina —que se les daba muy bien—, comidas sabrosas...

Este año, cuando Ágata, tras pasar unos días en Sevilla con su familia, llegó al barco con el equipaje, encontró a Juanma muy nervioso por la espera: quería contarle algo.

Tenían el propósito de acercarse a Menorca y pasar quince días fondeando en las sucesivas calas, a lo largo de la costa, y comenzaron el viaje al amanecer del día siguiente, aprovechando un viento favorable. Cuando ya dejaron atrás Valencia, después de todas las operaciones necesarias, se sentaron juntos tras la rueda del timón y Juanma le dijo por fin a Ágata:

—No te lo vas a creer, pero he descubierto una isla secreta...

Entonces le explicó que durante la Semana Santa, navegando él solo de Mallorca a Menorca —Ágata estaba entonces pasando unos días con su familia—, había visto la isla por primera vez.

—Es de un extraño color verde, tiene un perfil peculiar, que parece una especie de cresta... Pero lo raro es que intenté acercarme a ella y no lo conseguí.

—¿Por qué?

—Porque, aunque te parezca extraño, siempre estaba a la misma distancia... Debía de encontrarse muy lejos, y ese color verde tenía que estar engañando a mi vista. Y de pronto, desapareció. Pero la he vuelto a ver a lo lejos, en otros lugares diferentes...

Ágata guardó silencio unos instantes.

—¿Y por qué no me lo habías contado?

Juanma mostró desconcierto.

—Pues, la verdad, porque me tiene confuso... No sé qué pensar...

A Ágata le entraron ganas de soltar algo provocativo, porque lo que le había dicho Juanma sobre esa isla desconocida, de forma tan extraña, que aparecía y desaparecía en diferentes lugares, le había resultado signo de una chocante burla, a no ser que se tratase de alguna alucinación. Pensaba que debería callarse, mas no pudo resistir su idea y lo dijo:

—Verde, una cresta, aparece y desaparece... ¿No te resulta demasiado estrafalario?

Juanma la miró con enfado:

—¿Crees que estoy loco?

—Perdona, Juanma, cariño, pero debes reconocer que es una cosa muy rara, en exceso desconcertante.

—Pues no hablamos más de ello, y se acabó.

Sin embargo, Juanma no abandonó su obsesión y, tras el fin de su quincena de navegación, le dijo a Ágata que no podrían hacer el viaje turístico por el Rin que habían preparado con unos amigos, porque él debía continuar buscando la isla secreta.

—Pero no podemos cancelarlo así, sin más ni más, qué pensarán Roque y Tere. Además, perderíamos el anticipo que le hemos hecho a la agencia...

Juanma miró a Ágata con los ojos desencajados, se mostró frenético:

—Una parte de mí me susurraba que era un empeño estúpido, como otros que se me han ido ocurriendo desde niño, que nunca le conté a nadie y que siempre conseguí olvidar. Sin embargo, en esta ocasión no lo logro, porque no es un absurdo capricho. ¡Esa isla extraña existe, yo la he visto, es verdadera!

A Ágata le pareció un anhelo disparatado e intentó disuadir a Juanma de su idea, hasta que tuvieron el primer enfrentamiento de su relación, que terminó con Ágata desembarcando.

—¡Ahí te quedas! ¡Que te den! ¡Que encuentres esa misteriosa isla movediza! ¿No se tratará de un dragón que te está tomando el pelo?

Juanma, sin regresar a Valencia, dirigió la lancha hacia el nordeste, y tres días después de la partida de Ágata volvió a encontrar su isla al sur de Menorca, y en esta ocasión intentó acercarse a ella sin tregua, solamente utilizando el motor, pero de repente descubrió que, efectivamente, algo poderoso dentro de sí no había seguido la lógica: aquella supuesta isla era un enorme barco de carga, que pasó a su lado demasiado cerca...

A pesar de su propósito de regresar, profundamente confundido, Juanma continuó su azarosa búsqueda de la isla secreta, alejándose cada vez más de las Baleares. Utilizaba el viento o el motor, hasta que se quedó sin combustible, y ya solamente pudo usar las velas cuando el viento se lo permitía.

Pasaron varios días. Acabó sus alimentos y fue penetrando en un espacio marino cuyos límites eran muy lejanos. Se ayudaba para sobrevivir con alguna pesca ocasional, pero la misteriosa ofuscación le impedía identificar el rumbo que llevaba.

Exhausto, sin agua potable, totalmente desorientado, acabó acercándose a un enorme espacio terrestre que al cabo reconoció como la ribera peninsular y, por fin, la playa de la Malvarrosa. ¡Había navegado justamente al revés de lo que se había propuesto!

Mantuvo la rueda del timón para evitar llevarse por delante las barcas y a los bañistas, pero ya no tenía sentido hacer otra cosa que no fuese dejar que el viento se ocupase de la navegación, que concluyó al encallar la barca en la arena, y volcarse.

Eso fue lo que vio Ágata desde la playa.

A partir del día en que había dejado a Juanma y regresado a Valencia, todas las tardes se acercaba a la Malvarrosa, cerca del club en el que Juanma solía fondear su barquito, para escudriñar la zona marina con sus prismáticos. Y cuando ya empezaba a anochecer, volvía a casa.

Ella era muy aficionada al flamenco, y mientras escrutaba los pequeños veleros, llena de tristeza, solía musitar esa soleá tan melancólica que dice:

Qué son penas me preguntas.
No te lo puedo explicar.
Las penas son del que sufre,
y no son de nadie más.

Esta tarde ha visto acercarse ese barquito que se dirige a la costa con la vela desplegada, y con los prismáticos consigue identificar a Juanma. El barco entra en la arena, se desploma con un fuerte resonar de roturas y desgarros.

Ágata echa a correr hacia el lugar en que se ha producido el lamentable accidente. Juanma se mueve, se levanta penosamente, la mira.

—Esa maldita isla está dentro de mí —murmura.

—Yo te la sacaré —responde Ágata, abrazándolo.

N. DEL C.

Le doy la razón a quien escribió este cuento, cuya personalidad también desconozco —tampoco se identificó el día de la lectura colectiva— pero que incluyo contraviniendo otra vez mis propias normas: todos llevamos dentro una isla secreta, que nunca sabremos si es verdadera o solo fruto de una permanente alucinación...

El rayo servicial

A mi amigo Baldomero siempre le pasan cosas raras, que nos cuenta en las reuniones de los antiguos compañeros del colegio, y que yo a veces aprovecho para convertirlas en cuentos.

En la última reunión nos habló de la terrible tormenta que había habido antes de las navidades, y que a él lo pilló volviendo a casa en su coche, desde el trabajo.

—El firme de la calzada parecía un extraño río, con mucha agua superficial, que corría abundante más allá del arcén, y si pasaba cerca un autobús tenías que dejar que se alejase, porque sus ruedas lanzaban contra tu parabrisas una cascada. Pero lo peor eran los rayos que caían alrededor. Ya sé que, si estás dentro del coche, es prácticamente imposible que un rayo te haga daño, pero a mí me aterroriza verlos y sentirlos cercanos... Y me encontraba tan nervioso, que me había puesto un cigarro en los labios y todavía no lo había encendido. De repente, oí sobre mi cabeza el estruendo más fuerte que os podáis imaginar, como si en el techo hubiesen dado el más brutal de los martillazos. Me había caído un rayo encima. Ni al coche ni a mí nos pasó nada, salvo el dolor de oídos, que me duró un buen rato, ¡pero el cigarrillo quedó encendido! ¿Qué os parece?

Lo decía con una convicción tan verosímil que, aunque la mayor parte de mí no lo creyó, hay también en mí una fracción importante que nunca lo ha dudado...

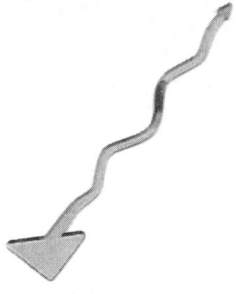

N. del C.

Aunque dejé de fumar hace muchos años —no se imaginan lo que me costó, pero la tía Mané me convenció de que debía hacerlo— y ahora aborrezco el olor del humo del tabaco, decidí incluir este cuento, porque he visto a los rayos hacer cosas muy extrañas —como imprimirle en la piel a una mujer campesina la cadena y la medalla de plata que llevaba colgadas del cuello, sin matarla, porque iba calzada con unos chanclos de goma que la aislaron— y este tipo de narraciones siguen comunicando en mí realidad y ficción.

La ruta del inmigrante

Hoy el mar está muy revuelto, pero como tiene la oportunidad y le apetece dar un largo paseo por el parque natural, va recorriendo en bicicleta la carretera de tierra que sale del pueblo y termina antes de la subida a la Vela Blanca, deteniéndose de vez en cuando para contemplar las olas a la luz del atardecer.

Al llegar al punto en que la carretera concluye y comienza el camino del faro, él decide bajar andando a la última cala, para ver de cerca esas olas intensas, y deja la bici amarrada con la cadena al poste del cartel informativo.

Mientras desciende, encuentra sorprendente el rabioso movimiento del mar en la pequeña cala, y los chorros de agua que las olas hacen saltar en su golpe contra las rocas. Había pensado acercarse a la orilla y sentarse en la arena, pero cree que va a mojarse demasiado con el agua rompiendo tan fuerte y tan cerca.

Se asoma un poco más para abarcar con la mirada todo el espacio, y descubre una lancha bastante grande, con motor fueraborda, encajada en una de las fisuras del roquedal.

«Una patera. Seguro que ha habido una arribada», piensa, porque, como sabe bien, en toda aquella zona de la costa suelen ser frecuentes tales llegadas de migrantes. Su curiosidad rebulle, y por fin decide bajar hasta la arena y acercarse a la patera, aunque el agua lo salpique.

La lancha es vieja, los empujones de las olas que la han encastrado en la roca le han causado roturas irreparables, y el motor fueraborda tiene también un aspecto vetusto. Dentro de la lancha hay un bidón vacío, seguramente de gasolina, y ropa vieja y usada, dispersa dentro y en el agua que la rodea.

«Ha debido de traer a diez, por lo menos».

Piensa en la triste condición del inmigrante ilegal, y de su valor al escoger un día de mar tan movido para su viaje, aunque acaso en la zona de partida las condiciones marítimas no fuesen tan violentas y, sin duda, la situación climática haya propiciado que en esta parte de la costa esté hoy más relajada la vigilancia de pateras.

Como ha quedado citado en el final del camino, arriba, con Amina, que habrá terminado de trabajar hace poco, emprende el regreso y, poco después de empezar a andar, recuerda que se puede atajar por la torrentera, en este tiempo seca, que está muy cerca, a la derecha, y que tiene tramos curiosos por la composición y la forma que la erosión del agua le ha ido dando a las rocas.

Encuentra el cuerpo cuando debe de llevar ya recorrida la mitad de la torrentera. Un cuerpo sin duda masculino, boca abajo, con las piernas y los brazos separados, formando una equis. Al principio se queda inmóvil, pero luego se acerca más y se inclina sobre su cabeza, para tocarle el cuello y saber si está vivo o muerto.

Sin duda está vivo, aunque inconsciente, quizás tras los esfuerzos del viaje...

En ese momento, vuelvo a recuperar la conciencia y decido intentar levantarme, aunque antes de empezar comprendo que, tal como estoy, me va a costar demasiado. Me quedaré tumbado durante un rato más...

El viaje fue muy duro, con una mar cada vez más adversa, aunque el motor nunca dejó de funcionar, pero yo llevaba detrás muchas horas de esfuerzo e insomnio, de forma que la subida por este cauce seco, después de abandonar la ropa de viaje y dispersarnos en la dirección que nos habían recomendado, para ser recogidos por quienes nos orientarían hacia nuestro primer destino, se fue haciendo cada vez más dificultosa, hasta el punto de que noté que perdía el conocimiento y me desplomaba hacia delante, aunque no me golpeé en la cara porque alargué los brazos en un movimiento instintivo para protegerme de la caída.

En mi pérdida de conocimiento ha tenido mucho que ver una especie de ensoñación, la de que ya estaba instalado en un lugar de este país, que ya había aprendido el idioma, que tenía trabajo, que vivía en una casita, muy pequeña y compartida con otros, pero con cocina y cuarto de baño, en compañía de una joven marroquí muy guapa, cariñosa y divertida.

Intento levantarme y al final lo consigo. Seguiré subiendo poco a poco, haciendo el menor esfuerzo posible.

«Habrá que avisar a alguien para que se lo lleven, pero ¿a quién? A ver qué opina Amina», y mientras continúa su subida piensa en la dura vida de los inmigrantes ilegales, cuya miseria se ha visto incrementada por tener que pagar a quienes los transportan.

Detrás de ese pobre hombre tirado junto a la torrentera hay enormes esfuerzos y sufrimientos. Desde la salida del país hasta el norte de Marruecos y la llegada a esta costa, ha vivido continuos episodios dolorosos, de hambre, de sed y de falta de descanso ante el acecho inclemente de las sucesivas autoridades.

Amina ya ha llegado y me saluda con los brazos, y luego se acerca a mí.

—Ya he visto tu bicicleta bien sujeta... He dejado la mía al lado. ¿La ato también y subimos andando hasta el faro? Para una tarde que tenemos libre en un mes...

Si las cosas no estuviesen como están, él habría aceptado su propuesta de excursión, pese a lo tardío de la hora, pero lo que hace es informarle del cuerpo que ha encontrado en la torrentera, y decirle que baje con él a verlo. Y mientras descienden, le pregunta si cree que hay que avisar a la Guardia Civil.

—Tal vez no sea la mejor idea —responde ella—. Conoces bien lo que a ese hombre le habrá costado llegar aquí, y lo que acaso harán será devolverlo a Marruecos...

—¿Y qué hacemos?

Amina se detiene.

—Seguro que tiene contactos aquí, y que se pondrá a trabajar en algún invernadero.

—Hay tantos que el plástico forma una mancha blanca que se ve desde el espacio, según dicen los periódicos... —responde él, riéndose.

Cuando llegan al lugar, el hombre ya no está.

—Muy bien —dice él—. Se recuperó y ha debido de salir a la carretera, y por ahí encontrará quien lo ayude...

Vuelven al lugar de las bicis, y la propia Amina, mirando al faro con pena, dice que, ciertamente, acaso ya sea tarde para subir.

Toman entonces sus bicicletas y deciden regresar al invernadero. Y mientras pedalean, Amina delante y él detrás, va repasando todo lo que ha sucedido y comprende que, aunque parezca imposible, ese hombre inconsciente, tirado boca abajo en aquel punto de la torrentera, era él mismo hace siete años.

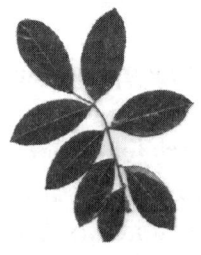

¿No les pasa eso de encontrarse con quien eran ustedes mismos en un tiempo pasado —una foto, una carta, una lectura...? Lo cierto es que, para mí, no es una experiencia rara, y por eso pensé que el cuento no podía dejar de incluirse.

Aparte de que, en el lugar en que veraneo, a la entrada del parque natural del Cabo de Gata, estoy harto de encontrarme las lanchas abandonadas, siempre de poca envergadura, de los inmigrantes furtivos.

Incluso en una ocasión, en la cala desierta a la que llegó una de ellas, y en la que solo estábamos mi mujer y yo a un lado y tres jóvenes al otro, tuvimos dos sorpresas: la primera, asistir a la llegada de una vieja lancha, que quedó varada en la arena, y ver bajar de ella a sus tripulantes, media docena con aspecto de inmigrantes desharrapados, que la abandonaron y tiraron las ropas que vestían antes de penetrar rápidamente en tierra firme, y la segunda, ver a los tres jóvenes de la playa acercarse a la lancha abandonada, fisgar en su interior, devolverla al agua, ponerla en marcha... y alejarse en ella entre fuertes, juguetonas carcajadas.

Suplantación

Hoy he descubierto, en una carpeta con antiguas notas y con el título *Suplantación*, la referencia de lo que sucedió tal día, que yo había querido olvidar.

***

Aquella mañana, cuando me disponía a seguir echando la pequeña cabezadita matutina que entonces era mi costumbre, mientras Mari Carmen se levantaba para preparar los desayunos, sentí que me palmeaban suavemente las espaldas.

—Mari Carmen, bonita, arriba —decía la propia Mari Carmen con extraña voz.

Confuso como por efecto de un sueño, me levanté torpemente y fui al cuarto de baño, para encontrarme en el espejo transformado en Mari Carmen en mi apariencia externa, aunque no en mis pensamientos, ni en la conciencia de mi verdadera identidad.

Temiendo que fuese una muestra de súbita locura, y con la esperanza de que aquella experiencia se desvaneciese, no dije nada. Mas a partir de aquel momento mi estupefacción me hizo seguir, como un autómata, la rutina que debiera corresponderle a Mari Carmen: preparar la cafetera, pelar y fraccionar las diferentes frutas, calentar la leche, rebanar el pan, colocar la miel y las mermeladas y enchufar la tostadora, y luego levantar a nuestras hijas, María y Ana, conducirlas al cuarto de baño, y vigilarlas para que se lavasen y se arreglasen bien.

Cuando las niñas y yo estábamos acabando de desayunar, entró en la cocina Mari Carmen convertida en mí, como si no se hubiese dado cuenta de aquella inverosímil mudanza que había intercambiado nuestras figuras y nuestras hablas. Luego, mientras yo terminaba de arreglar a las niñas y preparaba sus mochilas para el colegio, Mari Carmen/yo se arregló, tomó la cartera con que voy cada día al ministerio y se despidió con un beso, «hasta la tarde», porque me recordó que aquel día tenía una comida con los colegas.

También como en un sueño, pero sintiendo el paso de las horas, llevé a las niñas a sus respectivos colegios y fui a hacer la compra, arrastrando aquel carrito cada vez más pesado que el bueno del portero me ayudó a subir hasta el ascensor. Josefa, la asistenta, ya había puesto la lavadora y estaba haciendo las camas. Salí otra vez con prisa, porque tenía que acercarme sin falta al banco, antes de coger el coche para ir a la facultad.

Después de comer en la facultad —donde di una extraña clase como si fuese de verdad Mari Carmen, sin enterarme de lo que decía— fui corriendo a por las niñas, ya que había que llevarlas al lugar en que María nadaba y Ana danzaba. Las recogí luego a su hora, y cuando estuvieron en casa las desvestí, las bañé y preparé su merienda cena. María no entendía unas cosas del colegio y tuve que explicárselas. Anina tenía algo de fiebre, pero no parecía nada importante.

Cuando Mari Carmen/yo llegó, a última hora de la tarde, me contó que se hablaba de que iban a cesar al ministro y de cambios en ciertos organismos autónomos, como el suyo. Tenía gran seguridad en lo que decía. Yo no contesté nada. Cené solo una infusión de tila. Estaba agotado y, tras acostarnos, tardé mucho en coger el sueño, con la desazón de que el despertar no volviese a poner las cosas en su sitio. Menos mal que no fue así...

*
* *

N. del C.

El autor, también anónimo y no lector público de su cuento, me envió una nota en la que dice: «No me volvió a suceder, pero le juro que no lo olvido». Me parece una broma estúpida, porque los personajes somos yo, mi mujer y mis hijas cuando eran niñas. Pero lo incluyo, porque creo que el cuento se integra con naturalidad en el resto.

Cuando desperté

En memoria de Franz Kafka, que falleció hace cien años

1. La metamorfosis

Cuando desperté aquel día no conservaba mi verdadera naturaleza de insecto, como debería ser, y eso fue el inicio de un desconcierto profundo, que ha durado mucho tiempo.

Entró en el lugar en el que me encontraba —se trata del hospital al que me trajeron tras hallarme tirado y desnudo en una cuneta— una de las enfermeras que me atendían, y me sintió demasiado raro, lo que comprendo perfectamente.

Yo no sé por qué me he transformado en uno de esos peculiares, enormes y numerosos bípedos que proliferan en el planeta, pero utilizaba torpemente los miembros, tanto los superiores como los inferiores; tampoco sabía vestirme, y me sorprendió desagradablemente el sabor de aquellos alimentos que ella me dio, que ahora llamo desayuno, después de despertar en aquel espacio extraño y blando que los humanos denominan cama...

No solamente no entendía los extraños sonidos que ella emitía, que sin duda se trataba de mensajes, sino que no era capaz de expresar lo que yo sentía —desconcierto, confusión, horror...— ni por medio de tales sonidos ni de ninguna otra manera.

Toda mi ofuscación hizo que la enfermera se alarmase tanto como para llevarme a las urgencias hospitalarias, donde tras un largo examen decidieron que permaneciese allí.

Ellos no lo podían saber, pero ahora yo ya sé que me he metamorfoseado en humano habiendo sido un insecto y que, poco a poco, he ido aprendiendo el lenguaje de los humanos.

El caso es que me diagnosticaron una enfermedad al parecer muy rara, la *amnesia total en nivel extremadamente grave*, pero como yo no tenía signos de ninguna lesión cerebral que lo justificase, me trasladaron a una residencia donde me asignaron un «acompañante didáctico» que me enseñó a leer y a escribir, y aritmética, y geografía, y muchas cosas importantes de la vida humana... Hasta el punto de que, varios meses después, cuando yo ya era lo que se llama «una persona normal», me encontraron trabajo como auxiliar de almacén en una empresa dedicada, precisamente, a la fabricación de insecticidas...

Vivo en una pensión, donde comparto habitación con uno de los compañeros del trabajo —loco por ese juego tan extraño llamado fútbol—. Todos creían, creen, que vengo de un país del norte de Europa y que alguna conmoción debida a sucesos bélicos, tan habituales para la especie humana, me dejó sin memoria. Yo acompaño, siempre con extrañeza y hasta con repugnancia, a estos humanos, seres tan extraños, tan capaces de ayudar a otro humano encontrado desnudo y sin sentido en una cuneta como de bombardear hospitales...

Y cada día que me acuesto, espero que el despertar me devuelva mi verdadera naturaleza, la de grillo —*Gryllus campestris*—, de la familia de los ortópteros...

ANA RUBIO

2. La carta

Suprema y excelentísima Divinidad:

Excusadme si no me expreso bien, pero hace muy poco tiempo que he aprendido a hablar y a escribir. Todavía lo estoy haciendo... En realidad, soy un insecto, un grillo, aunque sin saber cómo ni por qué aparecí una mañana convertido en un ser humano, y ahora tengo el nombre de Ramón Blanco Expósito.

No tenía noticia de Vuestra existencia, porque los insectos no nos interesamos por esas cosas, pero la conocí cuando comencé a ser instruido como humano.

Se puede pensar, tras conocer lo que se llama entre los seres humanos el «pensamiento simbólico», que sois un producto natural de su imaginación, mas tras darle muchas vueltas al asunto he llegado a la conclusión de que existís —no sé si sois uno, tres o numerosos—, pues de otra forma no podríamos entender por qué existe y de dónde proviene el universo que nos rodea —y nosotros mismos— en vez de la nada.

Todo lo que existe tiene que haber sido creado, puesto aquí, por alguien..., aunque también debería preguntarme de dónde procedéis Vos..., lo que nos puede llevar por una senda infinita, proclive a la locura...

Mas voy a dejar esas cuestiones, porque hay dos que me resultan especialmente urgentes.

La primera, que reflexionéis sobre el dolor del mundo. Mientras yo era insecto, no era consciente de que la desdicha es un terrible elemento de la vida humana: hambrunas, tremenda pobreza en muchos lugares, epidemias que nadie remedia, guerras en que mueren cientos de inocentes...

Los humanos resuelven el asunto diciendo que a los malos los castigaréis Vos después de que mueran, pero ¿cómo justificar el dolor, el sufrimiento, de los inocentes?, ¿por qué no habéis establecido unas reglas de comportamiento, muy especialmente en la naturaleza de los humanos, en las que estuviesen excluidas la codicia, la avaricia, la crueldad?

Perdonad que un humilde insecto se atreva a deciros estas cosas, suprema y excelentísima Divinidad, seguramente no me atrevería si fuese realmente humano... Pero el sufrimiento de los niños, de los humildes, de la infinidad de miserables que habitan en este mundo, ¿cómo puede justificarse existiendo un ser infinitamente poderoso como Vos?

La segunda cuestión es pediros que me hagáis el favor de devolverme a mi condición de insecto. No soporto más mi humanidad, la conciencia de estar destruyendo el mundo en que habito, esa crueldad y dolor bullendo de continuo...

No lo recordaré cuando recupere mi condición de grillo, pero estoy seguro de que sois consciente, con Vuestra infinita sensibilidad, de mi seguro agradecimiento...

N. del C.

Quien escribió este cuento añade el siguiente colofón: *Al parecer, aunque era un día apacible de primavera, sin una sola nube, a Ramón Blanco Expósito lo fulminó un rayo a la puerta de la oficina de correos de la calle de Chile, mientras esperaba para enviar esta carta al Vaticano.*

3. Sueño sideral

Yo no sabía que estaba soñando, y contemplaba con toda naturalidad a Edgar Neville y a Enrique Jardiel Poncela sentados a mi lado, escuchando hablar a Dios, sentado también frente a nosotros en su trono cósmico.

Debíamos de llevar charlando mucho rato, pero no me había enterado.

—Ya sé que os creé y que soy eterno, pero me desasosegará siempre no conocer por qué estoy aquí, quién me creó a mí...

Al despertar, yo ya no estaba...

Más despertares

Yo sé que ha soñado con un extraño mundo: alrededor de ella volaban peces, en el agua nadaban hormigas, escarabajos y saltamontes, los perros tenían siete patas y las gallinas dos cabezas —una con pico y otra con trompa—, ¡y ella era una jirafa!

Mas, al despertar, resulta que, en efecto, se encuentra con que es una jirafa, y que está recluida en el Zoo Aquarium de Madrid.

Grita pidiendo socorro, y uno de los guardas se acerca a ella y le dedica unas palabras cariñosas, antes de mirarme a mí.

—No le pasa nada, la ha visto el veterinario, dice que es el agobio del viaje, el estrés, llegó ayer mismo.

Yo la contemplo con lástima, porque sé lo que le pasa: yo ayer era una jirafa, seguro que soñé con ese mismo mundo extraño, y hoy me encuentro aquí, convertido en un ser humano..., y acaso la cosa no tenga remedio.

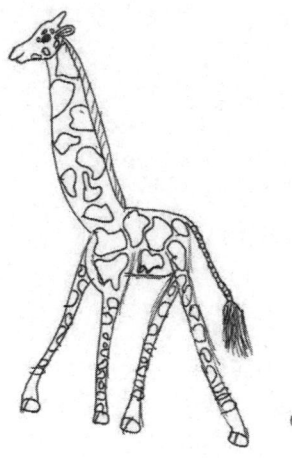

N. DEL C.

Otro cuento kafkiano, ya lo sé, y además parecido al anterior, pero no se imaginan el triste aspecto de la autora... Por eso he decidido incluirlo.

Del yo vicario

Su mujer lo ha acompañado a Santander y se ha apuntado al curso que él imparte, e interviene con tanta oportunidad que la tratan, respetuosa y amistosamente, como si fuese su secretaria.

Pero vamos al asunto: esta mañana, cuando estaba a punto de entrar en el salón donde se desarrolla el curso, tuvo que regresar a la habitación a recoger un cuento que pensaba leer en la sesión y, al volver, antes de entrar, oyó claramente una voz que lo desorientó, porque enseguida descubrió que era la suya, manifestando cierta opinión sobre un aspecto del temario.

El descubrimiento lo dejó tan desconcertado que retornó a su habitación y, tras un rato de meditar acerca de cuál debería ser su actitud, resolvió ponerse el traje de baño y bajar a la playita que frecuenta por las tardes —nunca por las mañanas, obligado a su trabajo en el curso—, la que llaman *de los Bikinis*, para darse un baño que fue largo y deleitoso.

Ha vuelto a la hora de comer, se ha cambiado y ha bajado al comedor. Su mujer ya está sentada en la mesa de costumbre, y le ha dicho que en la sesión de hoy les ha hecho mucha gracia... «ese minicuento de tu imagen en el espejo mandándote a la mierda».

Él no le ha contado la verdad de lo que ha sucedido, porque es increíble, ciertamente, y piensa que es una pena que mañana sea viernes, porque es cuando corresponde que los asistentes escriban su relato y lo lean, y su yo presencial no debe ser sustituido por ese *yo vicario* que acaba de aparecer en su vida. Tendrá que ir lo más pronto posible, para no encontrarlo sustituyéndole...

Pero tener un *yo vicario* ¿no puede resultar muy ventajoso, si se lo domina?

N. del C.

¿Quién no quisiera tener un *yo vicario*? Parece que algunos políticos y algunos famosos lo tienen, pero como alguien que se les parece, no como el doble de este relato fantástico... Pero tranquilos, lo conseguiremos gracias al perfeccionamiento de los robots y a la Inteligencia Artificial... Enseguida podrán leer un cuento que trata del asunto.

Alter ego

Después de hacer el amor, y antes de que me llegase el sueño, mi mujer me habló con un susurro:

—Javi, ¿estás despierto?

—Sí, todavía... ¿Qué sucede?

—Estoy muy preocupada con Malena. Hoy ha venido a la consulta y la encontré fatal. Me dijo que de pronto ha surgido en ella un *alter ego* que le ordena hacer cosas absurdas: está incordiando a los hermanos con el asunto de la herencia, ha decidido separarse de su marido, se niega a pagar no sé qué de la comunidad de vecinos, se ha enfrentado con el jefe en su trabajo...

—¿Y qué?

—Es amiga mía desde hace muchos años, como sabes, y paciente, por su depresión, y de repente me da mucha pena que enloquezca.

Yo encendí la luz e hice que me mirase.

—Pero, Cati, parece mentira que tú, precisamente tú, me digas eso... Tú, que eres una persona tan apacible y contemporizadora, ¿no has reñido hoy a la asistenta por llegar un pelín tarde?, ¿no me dijiste que te enfadaste con vuestra secretaria por no sé qué lío del archivo?, ¿no has felicitado a tu abominable y abominado profesor Villanueva por ese premio que le han dado?...

Se me quedó mirando con cierta confusión, y luego suspiró y me dijo que apagase la luz y «¡Hasta mañana!».

N. del C.

Incorporé este cuento porque creo firmemente en ese *alter ego*, sobre todo cuando tenemos que tomar una decisión importante...

La llamada «simetría bilateral» que nos constituye va más allá de lo físico, y el cuento que sigue creo que ahonda en el asunto...

Los cachos de ti

El tratamiento de una psicóloga amiga, y ciertas pastillas, lograron atenuar notablemente la obsesión que la apretaba después de la muerte de su marido y, tras darle muchas vueltas, decidió ir a pasar quince días veraniegos a aquel lugar de la costa del sureste, y recorrer los espacios en los que había sido tan feliz con Telmo, buceando alrededor de las calas o caminando por las vaguadas al pie de los montes que se enfrentaban al mar y subiendo por sus laderas.

A veces llegaba con el coche hasta el final del camino, como ha hecho hoy, y echaba a andar por una vaguada en la que, ahora seca, quedaban señales de las antiguas corrientes que la habían recorrido en tiempos lejanos.

De repente ha visto, bastantes pasos por delante de ella, la figura de una mujer entre los peñascos, que llama su atención por los colores de la blusa y los pantalones cortos, similares a una ropa que ella vistió hace años. Más adelante, se encuentra con un hombre que lleva el mismo sombrero de Telmo en aquellos tiempos lejanos, con un polo en cuya parte frontal está impresa la inconfundible imagen de una serpiente enrollada y que tanto le gustaba vestir.

Se esfuerza por alcanzarlos, pero no lo logra, y cuando llega al final de la vaguada, la base de la ladera del monte más alto, ya no consigue descubrir los cuerpos de la pareja.

Ha vuelto a encontrárselos en algunas de las playas, vestidos de la misma forma, pero a pesar de intentar acercarse a ellos nunca lo ha conseguido, porque mantienen la distancia con extraña tenacidad, aunque también ha descubierto que se detienen cuando ella lo hace.

Esos momentos le han permitido observarlos con mayor calma, y han despertado en ella una inevitable inquietud, porque no era la ropa lo único que le recordaba en ellos algo demasiado familiar, sino su aspecto físico y los rasgos de sus rostros. La mujer parecía ella, y el hombre, Telmo.

Esta vez permitió que se alejasen sin seguirlos, y ha comprendido que se trata de esos cachos de uno mismo que se van dejando en los lugares donde se vive intensamente...

N. del C.

¿No se han encontrado ustedes nunca cachos de sí mismos por ahí desperdigados? ¡Pues qué suerte tienen!

Debajo de la cama

La muerte de Eloísa lo afectó de tal forma que su amigo Rodrigo le hizo ir al hospital para ingresarlo unos cuantos días y hacerle un reconocimiento. Al fin lo dejó volver a casa, si bien con un tratamiento que incluía unas cuantas pastillas diarias. Él se tranquilizó bastante, pero no olvidaba el cuerpo de Eloísa atropellado por el coche de aquel borracho hijoputa.

Sus hijos, a quienes la triste noticia había hecho venir desde sus lejanos espacios universitarios, regresaron al fin a ellos, aunque lo llamaban muy a menudo para preguntarle qué tal se encontraba. Y, considerando que Marta estaba en Boston y Pedro en París, él lo sentía meritorio, e intentaba sobrevivir con el mayor sosiego posible, para no deprimirlos también a ellos.

Sin embargo, por mucho que en el trabajo aceptaran aquella supuesta recuperación y pensaran que por fin había asumido la pérdida de su mujer y se había calmado, el dolor por la muerte de Elo continuaba dentro de él quemándolo como una brasa, y el tiempo que pasaba en la vivienda familiar lo hacía revisando una y otra vez los muchos vídeos que guardaba de ella en el móvil, y la veía incansablemente con Marta o con Pedro en brazos, o corriendo, o bañándose en la playa, o posando bajo un árbol con una flor en la mano, o en alguna de las ciudades famosas que habían visitado en sus tiempos de encarnizados turistas, cuando los hijos, tan estudiosos que habían conseguido becas fácilmente, ya estaban en aquellas universidades extranjeras...

La visión de Elo, tan guapa, tan vivaz, tan resolutiva, tan afectuosa siempre, no dejaba de provocarle lágrimas, y hasta de suscitarle oscuras ideas que apagaba de inmediato, pues precisamente esos hijos tan inteligentes y prometedores, que Elo adoraba, necesitaban que alguien continuase dispuesto a atenderlos, y no podía ser otro que él, su padre.

Una noche, tras dejar de ver en el televisor una película bastante aburrida y tomar un café con leche y una manzana —porque cada vez tenía menos ganas de comer—, se fue pronto a la cama y, después de ponerse el pijama, colocó las dos almohadas de forma cómoda y volvió a encender el móvil para repasar aquellos vídeos que tanto se acompasaban con su melancolía. Y una vez más vio a Elo corriendo por un sendero para detenerse de repente ante él y abrir los brazos en un gesto de abrazo, o tirándose desde una roca al agua tranquila de aquella calita, o levantando un muñeco de nieve con ayuda de Pedro y Marta, o soplando las velas de una tarta de cumpleaños...

De repente, una molestia en el cuello, un súbito tirón, le hizo mover la cabeza con brusquedad, el móvil saltó de su mano hacia el cabecero de la cama, y enseguida descubrió que había caído por detrás del colchón, pero, aunque buscó con el brazo en el estrechísimo espacio, fue incapaz de encontrarlo. Salió de la cama para mirar debajo, y vio que el móvil estaba en el suelo, junto al rodapié. Se agachó lo necesario y alargó el brazo, mas no llegaba, de modo que estiró el cuerpo, pegado al suelo, y se impulsó con brazos y piernas hasta alcanzarlo.

Y no intentó salir, sino que se quedó allí, porque había percibido en aquel espacio algo inusual una extraña e insólita paz, lo que no sentía desde la desgraciada muerte de Elo. Permaneció quieto, cada vez más empapado en aquella benéfica placidez, hasta que una llamada en el teléfono fijo, tan rara a aquellas horas, lo hizo arrastrarse para cogerlo, aunque cuando llegó quien llamaba ya había desistido...

Regresó al dormitorio. El descubrimiento de aquella insólita quietud complaciente lo había hecho buscar en la sala el pequeño edredón con que se cubría mientras veía la tele, y ahora juntó las dos alfombras que ocupaban el suelo a cada lado de la cama para que le sirviesen de lecho y las empujó hasta el lugar debido, agarró una de las almohadas y la linternita que solía usar por la noche si tenía que levantarse para algo, y se metió debajo de la cama para seguir disfrutando de la misteriosa quietud...

A oscuras, cubierto por el edredón, volvió a notar la anterior armonía y la pacificación de su doloroso desasosiego. Era como si, despierto, estuviese gozando del sueño tranquilo que era tan común mientras Elo dormía a su lado. Y pensó que acaso en aquel espacio, debajo de la cama, estaba depositada la atmósfera de la que había gozado durante tantos años. Se durmió y soñó con Elo: ambos estaban en uno de aquellos espacios naturales en los que se deleitaban, en la ribera montañesa de un río, y Elo susurraba alguna de las canciones de cuando era niña que tanto le gustaba recordar.

Debajo de la cama, desde entonces, tuvo cada noche sus encuentros oníricos con Elo, y recuperó la serenidad que lo caracterizaba antes de la viudez.

N. del C.

    ¿Dónde se depositan los residuos de nuestros sueños vividos? Para los que los materializan en ficciones, pinturas, esculturas, música, objetos de arte o de uso ordinario, y toda clase de resultados del esfuerzo mental y material, ya lo sabemos, pero ¿para los demás?

Brazadas

Aquel verano, Marcos lo advirtió con claridad al nadar: como de costumbre, cuando lo hacía a crol, las brazadas de la derecha eran mucho más enérgicas y efectivas que las de la izquierda, y empezó a percibir una peculiar, violenta amonestación mental que provenía de la parte derecha de su cuerpo y se dirigía a la izquierda: «¿Qué haces? ¡Más fuerza, dale con más ganas, idiota!».

Sin embargo, no se trataba de una autocrítica, sino de un reproche de esa parte del cuerpo a la otra.

Intentó quitarse de la cabeza la idea de la absurda división, pero como su ejercicio natatorio continuaba y la censura de la parte derecha a la izquierda no cesaba, regresó a la playa y se tumbó.

Boca arriba sobre la arena y con el sol cubriendo su cuerpo, ya no percibía esa dicotomía, pero mientras nadaba la había sentido con tanta fuerza que se encontraba desorientado y lleno de temor.

Desde que tenía pocos años de edad había advertido, en numerosas ocasiones, una confrontación entre las dos mitades de su cuerpo, pero siempre le había parecido una especie de juego secreto, de broma personal. Sin embargo, hoy, recién cumplidos los diecisiete años, lo había sentido como algo verdadero y potente.

A lo largo del día, intentó que el enfrentamiento no se repitiese, pero por la tarde, al acercarse al ferial para encontrarse con Elisa, en lo que parecían los primeros pasos de una relación segura —pues ya se besaban en la boca con una intensidad y complejidad sin reparos—, se cruzó con Blanca.

—¡Marcos! —dijo ella—. ¡Qué gusto encontrarte! —exclamó, con evidente interés.

Tras la coincidencia y los saludos, primeros del verano, Blanca le preguntó que a dónde se dirigía, y cuando él se lo dijo, ella respondió que también iba al ferial.

—Estoy citado con Elisa —precisó él.

—¡Qué bien! ¡Todavía no la he visto este verano! ¡Así la saludo!

El encuentro y el ulterior paseo hicieron que uno de sus dos yoes se rebelase otra vez violentamente, pues en su relación con Elisa y Blanca, amigas desde niñas, habitantes de la misma ciudad y del mismo lugar de veraneo, donde habían coincidido también con él desde la infancia, siempre había existido esa atracción por una de las dos, de cada parte de sus dos mitades, aunque al fin se hubiese inclinado por Elisa.

«Eres un imbécil —le repetía ahora con violencia su mitad—. Blanca es más guapa, más afectuosa y más lista. Hay que dejar a Elisa y empezar a salir con ella». «Elegimos a Elisa y no vamos a cambiar, te pongas como te pongas, gilipollas», respondía la otra mitad.

El enfrentamiento se hizo tan duro mientras se acercaban al ferial que, cuando se encontraron con Elisa y se sentaron los tres en uno de los chiringuitos para tomar un refresco, Marcos se sintió muy incómodo y dañado por la pelea interior que estaba teniendo que soportar, y le dijo a Elisa:

—Eli, no te pude llamar porque tengo el móvil estropeado, pero resulta que mi mamá está malita, y hoy nadie se puede quedar con ella más que yo, ¿te importa que os deje?

Elisa dijo que lo sentía mucho, y añadió:

—Pero luego habíamos quedado en ir al cine y ya compré las entradas...

—Voy yo por él, Elisa, no te preocupes —dijo Blanca—. No tengo nada que hacer...

Marcos se fue a su casa, esperando que la improvisada mentira pudiese mantenerse, y resultó que su madre estaba allí, como era lo habitual. Ojalá no se le ocurriese marchar al ferial...

—¡Qué pronto vienes! —le dijo—. ¿Ha pasado algo?

—No me encuentro bien —respondió él.

Su madre se acercó y le puso la mano en la frente.

—No parece que tengas fiebre —concluyó—. Son esas palizas que te metes nadando y corriendo, Marcos, hijo. Acabamos de llegar, hay que irse acostumbrando. Tu padre también se ha ido a jugar al tenis, y le digo que hay que hacer ejercicio, pero sin exagerar. Ya viste lo que nadó esta mañana. Tanto o más que tú. Acabará baldado. A ver si esta noche se anima a dar un paseo...

—Sí, estoy un poco cansado...

La madre siguió leyendo el libro que tenía en las manos y él la miró pensando que acaso debería volver con Elisa para ir juntos a ver la película, pero todavía tenía mucho tiempo por delante.

—Perdona, mamá, ¿cómo resuelves tú una duda gorda?

Su madre lo miró con sorpresa.

—¿Una duda gorda?

—Elegir entre una cosa u otra, las dos importantes...

—¡Ah! ¿Todavía no te has decidido por la carrera que vas a estudiar?

—Por ejemplo...

—Pues hijo, no sé cómo decirte. En eso de la carrera, yo pensaba haber estudiado Literatura, porque me gusta mucho leer, pero tuve un profesor de Historia tan bueno en el bachillerato que me decidí a estudiar Historia, y así fue como acabé trabajando en el museo... Pero si tienes que elegir entre dos cosas, y piensas que la que has elegido es la que más te gusta, olvídate de la otra y quédate tranquilo. Lo peor es la falta de resolución. Eso es enfermizo.

Te puede hacer mucho daño... Así que ya lo sabes, Derecho, como papá, que tiene la ventaja de que trabajarías en su bufete, o esa Geología que tanto te atrae... Pero hay que resolverlo pronto, y ¡fuera dudas!

Madre e hijo se quedaron mirando un ratito, y luego ella volvió a su lectura.

Marcos permaneció pensando en lo de la «falta de resolución», y después de un rato largo escribió un guasap a Elisa: «Mamá está mucho mejor. ¿Sigue en pie lo del cine? Estaré en el ferial en quince minutos». «OK», contestó Elisa, y Marcos se levantó.

—Voy a buscar a Elisa. Quedé con ella para ir al cine.

—¿Ya no te encuentras mal?

—No, ya se me ha pasado...

—*Juventud, divino tesoro...*

En la caminata hasta el ferial, Marcos empezó a combinar cada paso con la palabra, murmurada, *resolución*. Sabía que le iba a costar mucho esfuerzo, pero lo de «enfermizo», que le había dicho su madre, lo había aterrorizado. *Resolución, resolución, resolución...* Luego pensó en Elisa: *Elisa, Elisa, Elisa*, y también en Geología: *Geología, Geología, Geología*... Y por fin alternaba el pensamiento imaginariamente formulado de las tres palabras: *resolución, Elisa, Geología... Resolución, Elisa, Geología... Resolución, Elisa, Geología...*

Su determinación era tan poderosa que sus dos yoes guardaban silencio.

«Y que cada brazo se mueva como le dé la gana y pueda», pensó también con decidida autoridad, calculando dónde iba a ir a nadar al día siguiente.

N. del C.

Otro cuento sobre el *alter ego*, el doble... A lo largo del curso, hubo bastantes cuentos acerca del tema, acaso por mi recurrente alusión a ello.

Lo de la «simetría bilateral», que constituye la estructura de tantos seres vivos, como los humanos —dos ojos, dos canales respiratorios, dos pulmones, dos oídos, dos testículos o dos ovarios, dos brazos, dos piernas...—, ¿no permite pensar en dos piezas que conformen el total?

¿No facilita la suposición de que cada pieza pudiera tener sus propias ideas, aunque continua e inconscientemente ambas estén obligadas a conciliarse?

La extraña invasión

Para Ioana Zlotescu

El viejo chalet había estado todo el invierno sin que nadie lo habitase, y cuando la pareja llegó con el cambio de tiempo para echarle un vistazo e ir preparándolo para la temporada vacacional, al subir la persiana de una de las ventanas de la sala de estar —donde se encuentra también el comedor— descubrieron volando un enjambre de lo que al principio creyeron abejas, y salieron corriendo para evitar su ataque.

Hace tiempo que las abejas han desaparecido de esa parte de la península, pero un furgón lleva enjambres todos los años, distribuyendo las colmenas para que los insectos aprovechen el espacio apropiado a sus labores de polinización y producción de miel en la temporada. Sin duda algunos enjambres habían buscado asentarse en la zona, eligiendo como hábitat el cajón de la persiana de aquel viejo chalet cerrado, al que, como luego descubrieron, las abejas habían accedido fácilmente por una enorme grieta en el dintel de la ventana que nadie había apreciado antes.

El tema les pareció a ambos de inmediata atención, y sin esperar más se acercaron al Centro de Problemas Ambientales para comunicarlo. El funcionario tomó nota de la dirección y les dijo que irían a verlo. Ellos insistieron en que el asunto era urgente, porque el cajón de la persiana-colmena se encontraba en la única sala de la pequeña edificación.

Pasaron varios días y nadie apareció. Se pusieron de nuevo en contacto con el CPA y allí les dijeron que estaban muy ocupados, que ya los atenderían. Iban sucediéndose los días, las abejas hacían imposible la estancia en aquel lugar, y además pudieron comprobar que habían construido un peculiar cobijo cilíndrico dentro del cajón de la persiana.

El cobijo cilíndrico aumentó su sorpresa, porque tenía demasiada perfección formal. Y entonces —se habían cubierto la cabeza para prevenir ataques— descubrieron que aquellas abejas no tenían nada que ver con las que ellos conocían: el vuelo no lo realizaban con élitros, sino mediante un elemento girador anexo al dorso, y en lugar de los varios tentáculos que, seña de identidad de todas las especies del planeta, ya fuesen insectos, mamíferos o aves, usaban para moverse y manipular, aquellos bichos voladores tenían solamente cuatro extraños miembros, y utilizaban dos para moverse sobre el suelo y los otros dos para manejar las cosas.

La comprobación de la extraña apariencia de aquellos insectos los alarmó, porque habían vivido ya demasiadas infecciones por causa de elementos vivos ajenos al lugar en el que habitaban, y como los del CPA no acababan de llegar, decidieron acercarse al poblado para adquirir un aerosol venenoso que exterminase a aquellos misteriosos insectos.

Bajaron pues en su aeromóvil y se hicieron con el más poderoso insecticida, pero cuando regresaron todos los pequeños y misteriosos bichos habían desaparecido, así como la extraña colmena cilíndrica que habían construido en el cajón de la persiana.

Libres de la presencia de los bichos, se dieron un fuerte apretón tentacular. Al fin podrían disfrutar con tranquilidad de algunas jornadas, aunque lo primero que había que hacer era cerrar la gran grieta en el dintel de la ventana que había permitido la extraña invasión.

N. del C.

Lo sorprendente de este cuento es que, al reunir los manuscritos para preparar la antología, descubrí que había otra versión con distinto título —«Protección animal»—, aunque con un argumento y ciertos detalles algo diferentes: las abejas resultaban realmente abejas; al referirse el autor al llamado «Centro de Problemas Ambientales» lo denominaba Ayuntamiento; la pareja protagonista no tenía los tentáculos que se le atribuyen a esta y, tras tantos días desatendida por la autoridad, optaba por regresar a su casa de la capital sin exterminar a las abejas...

Y resultaba que los bichos introducían en su vida tal tema de conversación e interés que, como los dos estaban muy cerca de la jubilación, acababan consultando con apicultores para que los ayudasen a trasladar a las abejas invasoras desde el cajón de la persiana hasta unas pertinentes colmenas, y establecían en la parcela que rodeaba el viejo chalet un pequeño colmenar, a cuyo cuidado se dedicarían, con afanoso entusiasmo, el resto de su vida...

Si he optado por recoger íntegra la otra versión, es porque todas las páginas de «Protección animal» están marcadas con una gran tachadura.

El intruso

Estoy seguro de que siempre ha estado alrededor de mí un intruso invisible.

Cuando heredé la vieja casa de mi abuelo, en el pueblo, iba a veces a pasar allí algunos fines de semana, y por las noches empecé a oír ruidos raros encima del techo, como de muebles que se arrastraban, o de algún objeto que caía, y cuyo retumbar me despertaba. Parecía imposible que hubiese alguien viviendo allí, pues la casita solo tenía el piso bajo, y ni siquiera buhardilla, y sin embargo había sin duda alguien furtivo...

Acabé vendiéndola por cuatro cuartos —de todas maneras, no valía más— para no soportar la presencia de aquel extraño e invisible personaje.

Las cosas han cambiado, pero no mucho. En mi nuevo piso de la capital, un grifo queda abierto en el cuarto de baño, o la puerta del frigorífico mal cerrada, o las luces conectadas toda la noche en la habitación que no aloja a nadie, o las llaves puestas en la cerradura, en el exterior de la puerta de la casa...

Continuamente se produce alguno de estos sucesos domésticos, y lo cierto es que hace tiempo eran despistes míos, y yo solo era consciente de ello cuando mi mujer lo descubría y me lo reprochaba, pero desde entonces procuro estar pendiente de esas cosas, atentísimo a todo lo que hago, para dejar bien apretados los grifos, desconectadas las luces, cerrada correctamente la puerta del frigorífico...

Sin embargo, los grifos del lavabo continúan quedando abiertos, y son recurrentes todos los demás descuidos. Mi mujer sigue echándome la culpa a mí, pero le aseguro que es imposible que sea yo, porque ahora estoy de continuo alerta a lo que hago, para no olvidarme de esas cosas.

El asunto ha llegado a preocuparme hasta el punto de que he pensado que hay alguien viviendo en mi casa, que procura esconderse para que no lo veamos, un extraño, un intruso.

Este fin de semana, en el que mi mujer y yo estuvimos fuera, ese invisible advenedizo mantuvo entreabierta la puerta del frigorífico, y no sé cuántas cosas se han estropeado. No se imagina los gritos de mi mujer, su iracunda actitud conmigo.

Por eso he venido a la comisaría, a denunciar la existencia pertinaz de ese intruso. Necesito que gente experta, como lo son ustedes, registre mi casa y encuentre a esa persona escondida, a ese furtivo que está haciéndonos tanto daño y que, como las cosas sigan así, arruinará nuestro matrimonio...

Pero ¡diablos! ¡Ahora me doy cuenta de que, después de que mi mujer se llevase a los niños al colegio y se fuese a la compra, he desayunado y me he ido a trabajar sin apagar el fuego de la cocina en el que calenté la leche!

¡Perdone, me voy corriendo a casa!

N. del C.

Creo que este minicuento deja claro que en el curso se dio tanta importancia a lo fantástico como al realismo..., aunque la sombra del *alter ego* no deja de estar presente, y cierto vislumbre de los trasgos, a los que me referiré más adelante.

El enigma de la microbiblioteca

Para Ana Santos

De lo que sigue me informó una persona que lo sabe bien, pero de la que estoy obligado a ocultar sus datos personales. Sin embargo, te lo cuento a ti por la amistad que nos une, y para compartirlo con alguien de confianza, porque es tan extraño que no deja de desasosegarme. No necesito encarecerte que guardes el secreto.

Al parecer, en meses recientes hubo que hacer obras de cierta relevancia en una parte de los sótanos de la Biblioteca Nacional, porque había humedades. Al buscar los orígenes, se descubrió en un rincón que, bajo el suelo de la estancia, existía un hueco muy estrecho en el que se encontraron pequeños artilugios de madera, construidos como diminutas librerías, cuyas estanterías ocupaban libros minúsculos. Entre tales libros, al parecer los más grandes venían a medir treinta y cinco milímetros de largo por veintiuno de ancho y seis de espesor, aunque la mayoría tenía alrededor de veinticinco milímetros de largo, quince de ancho y dos o tres de espesor. Los libritos conservaban las características de los libros canónicos: portadas, páginas impresas, y muchos una encuadernación en tapa dura, e incluso en piel o pergamino, de muy sutil consistencia.

La sorpresa de encontrar aquel acopio de libros diminutos guardados en tal lugar no dejó de ser celebrada humorísticamente, pues los profesionales de la Biblioteca Nacional, a quienes se les informó, conocían de sobra la existencia de libros de tal carácter, como los impresos en Perú por los editores limeños Sairam, de los que yo tengo algunos en mi casa de muñecas.

Lo absurdo era haber escogido para almacenarlos aquel escondite, en principio hermético e inaccesible. Sin embargo, las cosas cambiaron cuando se descubrió el número de aquellas pequeñísimas estanterías, pues la diminuta biblioteca no estaba solamente en un rincón, sino que, como comprobaron mediante las calas en busca del origen de la humedad, que al cabo se hicieron numerosas, se extendía a lo largo y a lo ancho del suelo, ocupando el mismo espacio que la enorme estancia, y acaso el de las contiguas, y contenía innumerables módulos de aquellas pequeñísimas estanterías cargadas de libritos.

El problema de la humedad, que había afectado a algunos de los diminutos ejemplares, perdió relevancia al comprobar que no tenían nada que ver con los «minilibros» de la editorial limeña, pues los encontrados en el sótano, para empezar, no se pueden leer directamente. Los de la editorial limeña, cuidadosamente impresos, tienen en cada página apenas treinta palabras, que componen líneas, eso sí, y que son perfectamente legibles pese a lo pequeño de la letra. Pero los descubiertos bajo el sótano de la Biblioteca Nacional presentaban páginas con tantas palabras y líneas como un libro normal, lo que era imposible identificar a simple vista. Y cuando se consiguió un instrumento adecuado para descifrarlos, una de las llamadas «lupas binoculares» de gran potencia, se descubrió también que la escritura era diferente de todas las conocidas: una lengua extraña, cuya naturaleza ninguno de los bibliotecarios más entendidos en la materia consiguió desentrañar.

El tema parecía tan raro como importante, y la directora, tras informar a las autoridades superiores, ordenó que se paralizasen las obras de saneamiento, debiendo conformarse los operarios con interrumpir el flujo de agua de una de las tuberías que por allí cerca pasaban, y que se clausurase la entrada a aquellos lugares, excepto para los especialistas, que continuaron investigando tras la llegada de un par de representantes de la Dirección General correspondiente.

Entre los infinitos libros podían distinguirse los que parecían conformar textos en prosa y en verso, por la disposición tipográfica de las páginas, pero también los había que acaso tuviesen contenidos técnicos o científicos, porque estaban acompañados de extrañas ilustraciones geométricas. Se encontraron, asimismo, numerosas piezas que no podían pertenecer sino al género de los cómics. Otros, ordenados en diferentes tomos de forma similar, parecían enciclopedias, con ilustraciones de peculiares edificios y personajes de aspecto humano, aunque caracterizados por lo estrecho de los rostros y lo grande de los ojos. En todas las ilustraciones, los escenarios tenían aspecto subterráneo, y no había ninguna que reprodujese un espacio al aire libre, aunque abundaban las que presentaban corrientes acuáticas y techos de los que colgaban lo que podían ser raíces vegetales. Había libros que parecían remontarse a los inicios de la imprenta, y en uno, que excitó mucho a los investigadores, aparecía un individuo flaco, montado en una especie de extraño ratón y armado con una lanza, acompañado por otro gordo, caballero también de lo que parecía otro cuadrúpedo de rara cabeza, asimismo perteneciente a la familia de los roedores.

El asunto era excepcional, y los representantes de la Dirección General exigieron que se mantuviese el mayor secreto sobre ello, que por eso no trascendió a la prensa. Parece que la investigación fue bastante exhaustiva, pues acabó siendo levantado todo el suelo del espacio que cubría lo que llamaban «la microbiblioteca», y a la diversidad de los libros se unió la de los inescrutables y variados lenguajes, a juzgar por la diferencia de signos en que estaban impresos.

La persona que me informó del asunto me ha contado también que hubo varias reuniones para tratar de ello, y que se plantearon dos temas sustantivos: el primero, la conveniencia de informar a otros especialistas, incluso de la Unión Europea, para que viniesen a estudiar aquel misterioso y extenso patrimonio; el segundo, que una vez recuperados los libros siguiese investigándose sobre sus autores y editores, pues aunque aquello pudiese pertenecer más a lo fantástico que a lo real, ante la idea de suponer que bajo nuestro suelo pudiese habitar una especie cuyos individuos no midiesen más de treinta centímetros de altura, parecía obligado buscar por todos los medios a tal especie, unida a la nuestra fraternalmente por la inteligencia y el uso de los libros como depósito del conocimiento.

Ante la importancia del asunto, la directora de la Biblioteca Nacional solicitó una entrevista urgente con el presidente del Gobierno. De la entrevista volvió muy decepcionada, pues el presidente apenas concedió importancia al descubrimiento, manoseó sin interés los libritos que la directora le había llevado como muestra, y acabó diciendo lo que ella repitió textualmente: «Hay problemas demasiado importantes en el mundo como para que nos detengamos a prestar atención a estas minucias».

Para colmo, los representantes de la Dirección General visitaron aquella misma tarde a la directora para comunicarle que se había tomado la decisión de que aquellos libritos fuesen destruidos y el tema olvidado, considerando que se trataba de una extraña broma, cuyo origen no dejaría de investigarse, pero que, si trascendía, llevaría consigo la continua e incómoda concentración en la Biblioteca Nacional de mucha de esa gente alucinada con temas esotéricos que prolifera en el mundo entero. Así pues, debería llevarse a cabo lo antes posible la incineración de los libritos, en las viejas calderas de calefacción del edificio.

La directora y sus principales colaboradores se reunieron con urgencia y, tras largo debate, decidieron no cumplir aquella resolución, aunque aparentasen hacerlo. Prepararían las cajas necesarias para meter los libritos y llevarlos a las calderas, pero tales cajas contendrían principalmente el papel de desecho que periódicamente elimina la institución, aunque sobre él se esparcirían algunos libritos de la microbiblioteca, para dar la sensación de que las cajas iban llenas de ellos. Así se hizo, y los representantes de la Dirección General pudieron asistir, en el momento oportuno, a la supuesta incineración del extraño hallazgo, transportado hasta las calderas en aquellas cajas de cartón.

Las humedades del sótano fueron reparadas, el suelo se restauró, y bajo él permanece la enigmática microbiblioteca para que, si es el caso, sus usuarios sigan consultando sus fondos. Es posible que nunca lleguemos a conocerlos, aunque sabiendo cómo nos comportamos los seres humanos, seguro que es lo mejor para ellos...

Pero yo me he sentido muy incómodo e intranquilo, porque no soy capaz de imaginar de dónde me viene mi atracción por las pequeñas figuras y objetos, de los que tengo llena mi casa, o por los belenes —al margen de cualquier incentivo religioso—, o por las casas de muñecas...

N. del C.

Mi privilegiada familiaridad con una buena biblioteca desde la infancia me hace apreciar cualquier tema que las concierna.

Ahora que vivimos el tiempo de esas tecnologías que no sé a dónde nos conducirán, creo más que nunca que no hay un artefacto como el libro para la conservación de la memoria y de la estructura escrita del «pensamiento simbólico», y espero no vivir los momentos del inicio de su extinción, que sin duda anunciaría el principio del fin del *Homo sapiens*, tal como lo conocemos.

Pero había otro cuento relacionado de algún modo con el mundo de las bibliotecas, y no quise desecharlo. Es el que incluyo a continuación.

El bibliotecario confuso

Han pasado al parecer tantos años que ya no sé lo que hago cada día en esta biblioteca. Lo que sí recuerdo es que todas las mañanas, dejando a mis espaldas ese extraño cuadro en el que hay pintado un sillón, subo las escaleras y entro aquí, donde permanezco durante la jornada, hasta la medianoche.

A veces entran también otras personas —los jueves por la tarde hay por lo menos nueve, sentadas alrededor de la mesa más grande y hablando de algo que yo no entiendo, pues la edad es fatal para la audición—, pero debo de ser tan viejo e insignificante que nadie me mira. Al fondo, preside la sala un retrato al óleo del donante de la biblioteca, Dámaso Alonso.

La biblioteca tiene una parte de sus estanterías en una especie de altillo voladizo al que se asciende por una escalera, en la pared enfrentada a los ventanales, y con frecuencia me parece oír ruidos allí arriba, como si hubiese alguien, pero nunca he conseguido descubrirlo.

Esta noche, mientras continúa descargándose sobre la ciudad una fuerte tormenta y los relámpagos iluminan sucesivamente la oscuridad, veo que, en efecto, hay una persona en el altillo.

—¿Qué hace usted ahí? —le pregunto.

No me contesta, pero el resplandor de otro relámpago me hace descubrir que en el cuadro de Dámaso Alonso solamente se ve el escritorio vacío.

¡Esa persona es sin duda el retrato de Dámaso Alonso, que ha salido de su cuadro!

Pero al tiempo comprendo también que el cuadro del sillón desocupado que todas las mañanas dejo a mis espaldas es mi verdadera residencia. Como ese inolvidable Dámaso Alonso que sigue recorriendo su biblioteca, yo soy el retrato de un antiguo bibliotecario, aunque ya no recuerde mi nombre...

N. DEL C.

Creo que está claro el escenario de este cuento. Si me da tiempo, escribiré un libro de cuentos con tal referencia, basándome precisamente en los cuadros, los libros y los objetos que se reparten por las diferentes estancias... Y gracias a la RAE por permitirme reproducir el retrato.

El espacio ilimitado

Habían pasado casi treinta años desde la primera edición de aquellos tres libritos míos para niños, cuando una nueva editorial me propuso su reedición, como trilogía unida en un solo volumen, que recogería los dibujos originales que yo mismo había realizado.

Se programó una presentación pública, y propuse que el presentador del acto fuese el nuevo editor, Joaquín Alegre, y mi interlocutora en la charla Norma Sturniolo, que había tenido un papel importante en mi decisión de escribir aquellos libros y fue responsable de la lejana primera edición.

Asistió bastante gente, pero lo más interesante para mí fue la propia experiencia. Sentí que los casi treinta años que separaban las dos ediciones estaban allí, en el libro que se ofrecía en la mesita que los editores y yo teníamos ante nosotros, y donde había narrado las aventuras de un niño que, armado de un lápiz, entra en el cuaderno en el que escribe los borradores de las frases que tiene que redactar como tarea escolar, y dibuja monigotes y parajes.

Y notaba también que las palabras escritas y los dibujos estaban moviéndose, palpitando; que aquel mar y aquellos montes simbolizados por unas rayas curvas, y aquellos monigotes, árboles, casas, barcos, rocas con erizos pintarrajeados pertenecían a un espacio verdadero, enorme.

Percibía que las palabras escritas tenían la virtud de materializar la realidad, de modo que, aunque esta apareciese de forma simbólica, podían hacerla consistente, palpitante, y que todo ello, dentro de las páginas sucesivas, entre los ingenuos dibujos, conformaba un ámbito inmenso, sin otros límites que las propias páginas.

Y comprendí que yo seguía allí, como sigo dentro de *Heidi*, añorando en Fráncfort la casa montañesa del abuelo y recorriéndola en sueños, como sigo en tantos y tantos libros, en *La isla del tesoro* con el fascinante John Silver, y dentro de *Las aventuras de Huckleberry Finn* por el río Misisipi, ayudando a escapar al negro Jim, y de *Las mil y una noches*, escuchando a Sherezade con más interés que el sultán, y de *Fortunata y Jacinta*, recorriendo un Madrid mucho más verosímil que el que habito, y en *La montaña mágica*, tan enamorado de Claudia Chauchat como Hans Castorp, y en *El Quijote*, que ya había leído *Tom Sawyer* y que es mi retiro seguro...

Y que, además de estar allí, estaba a la vez en el presente: en el tiempo de mis lecturas y en aquel momento del recuerdo.

Y pensé, como ahora, que no soy solo un ser vivo, material, sino tantos como mi memoria puede colocar en mis experiencias y emociones de lector.

¡De pronto todo se quedó oscuro y me pareció que se trataba de la contracubierta del libro, que se había cerrado conmigo dentro! Moví los brazos y percibí que podía entrar en las páginas, aunque era difícil desplazarse en la maraña de dibujos y letras, que se me enredaban por todo el cuerpo.

Mas un sonido me hace comprender que también estoy fuera del libro, en el sillón que se contrapone a mi interlocutora, y que me toca a mí tomar la palabra para contestar a la pregunta con que ha rematado su intervención:

—Después de tantos años, ¿sigues en ese libro, José María?

Tras un brevísimo titubeo, comienzo a responder:

—Ahí estaba mientras hablabas, querida Norma...

Y cuando comprendo que no estoy hablando en broma, aunque lo parezca, me pregunto si me estaré trastornando...

...soy la hija del dios del Mar...

N. del C.

Este texto es mío. Otra vez el asunto de las formas del tiempo. ¿Es que somos otra cosa? Desde que tenía muy pocos años he sentido el tiempo de forma peculiar, gracias a un cuento que leí en uno de esos libritos de la editorial Araluce, *Los mejores cuentos de todos los países*, de los que conservo quince títulos: indostánicos, irlandeses, egipcios, dálmatas, gaélicos, dakotas...

En el dedicado a los japoneses, leí la historia de «El pescador Urashima» que, tras atrapar a una tortuga marina, en lugar de matarla y utilizar sus restos, la devuelve al agua. La tortuga es una forma de la hija del Rey del Mar, y el pescador se casará con ella. No ha pasado mucho tiempo, y está deseoso de regresar a su casa para contarles a sus padres y demás familiares su aventura. Su esposa se opone, pero no tiene más remedio que dejarlo marchar, y cuando él llega a su pueblo originario descubre que ya hace siglos que no queda allí ningún resto de su familia... (La ilustración del cuento, que acompaño, es del mexicano Jesús de la Helguera).

Esa coincidencia de tiempos tan diferentes me conmovió profundamente... Y resulta que este aparato cada vez menos apreciado, llamado libro, ha sido el invento que, para conservar todas las formas del tiempo y hasta sus contradicciones —claro que antes estuvo la escritura en materiales de diferente clase...—, consiguió las posibilidades de largas, ordenadas y duraderas estructuras, mucho más sólidas que la dichosa *NUBE*... ¡y sin *cambios de aplicación*!

Los días cruzados

Tras la muerte de su madre como consecuencia de un sorpresivo y rápido cáncer, su padre, que también era octogenario, empezó a sentirse cada vez peor —al parecer, fueron problemas cardiacos— y falleció en pocos días.

A su hermana Leticia y a él les correspondió repartirse los libros, los cuadros, los muebles y otros objetos del piso para dejarlo vacío, porque tenían el propósito de venderlo. Y revolviendo entre los papeles paternos, Paco encontró muchas fotos de la niñez de ambos —Leticia era cinco años menor que él—, pero, sobre todo, una que nunca había visto antes llamó su atención con desasosiego.

Se trataba de un niño muy pequeñito —por los rasgos de otras fotos inconfundibles, él mismo— vestido con una especie de mono y corriendo por un sendero junto a un murete. En el dorso de la foto, la rigurosa caligrafía de su padre explicaba:

> *Paquito (nacido el 6 de enero de 1972)*
> *a los 15 meses de edad*

«Pero ¿qué escribió mi padre?», se preguntó Paco, tras hacer las cuentas de los meses. Se trataba de un error mayúsculo, pues él no había nacido en enero sino en marzo, y además el cinco, no el seis. «¿Cómo es posible esta metedura de pata?».

Aunque a él mismo le parecía absurda la obsesión, el extraño error de fechas no dejó de estar presente de modo desazonador en su cabeza, como si debajo bullesen asuntos que no recordaba... Además, el 6 de enero es el día de Reyes.

Él no era persona religiosa, pero los Reyes Magos componían un mito que, desde que tenía memoria, había mantenido presente en sus pensamientos con mucha y benéfica simpatía.

Su hermana no le había dado importancia. «Equivocarse así es algo natural —dijo cuando se lo comentó—, pero sin duda eras un niñín muy guapo...».

Mas la extraña y permanente obsesión por el asunto llegó a tal punto que decidió contárselo a la única persona de la familia con quien, aparte de su hermana, tenía alguna relación, su prima Olga, que, por haber estudiado juntos la carrera, se había hecho amiga suya por encima de la misteriosa enemistad que había separado a los padres de él de todos los demás componentes del conjunto familiar.

La citó para tomar algo en uno de los cafés del barrio donde ella vivía y le enseñó la foto:

—Puede parecer una tontería, pero esta nota de mi padre me ha fastidiado.

—¿Por qué?

—Porque yo no nací el 6 de enero, sino el 5 de marzo... ¿O hay algo que debiera saber y que ignoro? ¿Qué me puedes decir?

La prima Olga se lo quedó mirando fijamente durante un tiempo, como si estuviese reflexionando sobre su contestación, tomó un sorbo de café y al fin habló:

—Bueno, Paco, ya veo que tus padres nunca te contaron nada...

—¿Nada de qué?

—De la causa de que sus padres y hermanos dejasen de tratarse con tu padre.

En la mirada de Paco se reflejaba la incomodidad que siempre lo había inquietado en ese asunto, algo a lo que nunca había tenido acceso, al parecer un inconfesable secreto.

—Mira, Paco, parece que tu padre, hace muchos años, estuvo trabajando en Oviedo, y que allí conoció a tu madre, y se liaron, y la dejó embarazada. De ese embarazo acabaste naciendo tú, pero tu padre tardó en volver a Oviedo para casarse con tu madre, porque había una fuerte oposición en su familia. Al parecer, a nuestros abuelos, sobre todo a la abuela, tu madre no les gustaba... Perdona que sea tan clara y tan directa, pero me parece impresentable que a estas alturas de tu vida nadie te lo haya contado...

—Yo a esos abuelos ni llegué a conocerlos, como bien sabes —repuso él.

La información lo dejó aún más turbado, porque pensó que acaso todos aquellos líos familiares, que ya no era posible desentrañar, tenían que ver con su nacimiento y eran causantes de aquel enredo de fechas... Y, con una decisión que a él mismo le parecía extraña, decidió aprovechar los días previos a las pascuas navideñas para visitar Oviedo y buscar en el registro civil su inscripción de nacimiento.

Tras muchos trámites y citas previas, le atendió un funcionario amable que le mostró que había sido inscrito un Francisco Guerrero Mendo el 5 de marzo por su padre..., ¡pero que dos meses antes, en enero, había sido inscrito por su madre un Francisco Mendo Peño! ¿Se trataba de una duplicación de inscripción, o de dos niños diferentes? Y si fuese así, ¿cuál de los dos era él?

El funcionario, al principio, no supo qué responder, aunque luego dijo que sin duda había habido un error, y que acaso la inscripción por parte de su padre fue innecesaria...

Paco intentó localizar al tal Francisco Mendo Peño en las redes, habló con un detective privado —que le dijo que era muy difícil, si no imposible, encontrar a una persona partiendo solo del nombre y sin saber el lugar donde buscarlo—, y por fin decidió contárselo todo a Leticia, un día en que el marido de ella estaba de viaje y los hermanos comieron juntos.

Leticia estaba un poco rara, y le preguntó por el instituto donde él era profesor y de cuya directora ella era amiga.

—Me ha dicho Aurora que estás faltando a algunas clases..., ¿qué te pasa?

—He tenido que investigar un asunto del que, precisamente, quiero hablarte hoy.

Y le contó sus descubrimientos a partir de aquella foto del niño que era él, según la nota de su padre en el dorso; y el tema de los dos niños inscritos en el registro con dos meses de diferencia, uno por su madre y otro por su padre; y su convencimiento de que él era el inscrito el día de Reyes...

—¿Dónde está el otro? ¿Sabes que «peño» significa «expósito»? ¿Qué pudo suceder?

Leticia se lo quedó mirando con inquietud.

—Acaso en aquel lío, mamá, que estaba sola, te inscribió primero, y papá lo hizo más tarde, sin saberlo, y prevaleció esta segunda inscripción porque se ajustaba a la verdad de tu nombre, al matrimonio... —dijo al fin—. Lo otro fue, evidentemente, un error. No hay dos niños, Paco, solo tú, no le des más vueltas...

Pero Leticia se fue al parecer muy preocupada, porque unos días más tarde habló con Paco para decirle que le había contado el caso a un amigo psicólogo y que este estaba dispuesto a charlar con él y tratarlo.

—¿Me tomas por estúpido? —contestó Paco, rechazando la propuesta—. Fuimos dos los nacidos, sin duda mellizos, y ya verás como acabaré encontrando al otro. Le propondré que se venga a vivir conmigo. Al fin y al cabo, estoy soltero y me resultará beneficiosa su compañía.

Unos días después, al regresar a casa tras el largo recorrido de paso rápido que Paco acostumbraba a hacer todos los días, vio que había una figura masculina al lado del portal, que se escabulló cuando él se acercaba. El encuentro fallido se repitió varias veces, y Paco llegó a la conclusión de que aquella figura era la del hermano hasta entonces desconocido.

Todos sus empeños por encontrarse con él fracasaron, pero su obsesión afectó mucho a sus obligaciones docentes, y fue mostrando tal deterioro cognitivo que al fin lo ingresaron en un centro de salud mental.

Leticia lo visita muy a menudo, y a veces también Olga, que no le ha contado a nadie lo que le confesó a su primo la última vez que le fue a ver:

—Te voy a contar algo que me ha disgustado. ¿Sabes que, sin que nadie lo sepa ni lo vea, mi hermano Francisco viene a visitarme muchas tardes? ¡Y así es como he constatado que yo soy el otro, el «peño»...! ¡Hay que fastidiarse! ¡Menos mal que alguna vez lo acompañan los tres Reyes Magos!...

N. del C.

Me alegra la alusión a los Reyes Magos en este cuento, personajes por los que siento una profunda simpatía desde niño, que con los años he ido desentrañando: el hecho de que sean portadores siempre de cosas buenas —lo del carbón nunca me lo he creído, aunque haya escrito algún cuento con ello—; el que ayuden a una modesta pareja que ha tenido su criatura en un establo; su sorprendente e igualitaria variedad racial... En mi criterio literario, toda ficción en la que figuren SS. MM. los Reyes Magos, de doña Emilia Pardo Bazán a Valle-Inclán y Azorín..., es siempre bienvenida.

La casa de muñecas

Desde niño, tras haber visto la casa de muñecas que una tía me llevó a conocer en el piso de una amiga, quedé fascinado con la pequeña construcción y el diminuto y sin embargo convincente mundo doméstico que albergaba, pero nunca lo comenté con los amigos, porque lo referente a las casas de muñecas parecía propio de la sensibilidad y los gustos femeninos, en aquella época prohibidos para los varones.

Con los años, me hice aficionado a montar pequeños barcos y aeroplanos y, como Mari Carmen compartía mi fascinación por las casas de muñecas, cuando nuestras hijas fueron mayores, bien conocedoras de ese gusto de los padres, nos regalaron una.

Tiene un bajo y dos pisos —el segundo una especie de ático—, en total seis espacios, comunicados por una escalera, en los que yo fui construyendo una cocina, un salón comedor, un cuarto de baño, un dormitorio con cama amplia, un despacho con librería —en la que coloqué ciertos libros diminutos que ya tenía, producto de una editorial limeña—, y un cuarto con cuna y juguetes para un supuesto bebé.

Con la meticulosidad que había practicado al montar los barcos y los avioncitos, armé los muebles de las diversas habitaciones, e hice, aprovechando pequeños restos de madera y plástico, un bidé para el cuarto de baño y una campana para la cocina, y su fregadero. Y descubrí que muchísimas cosas y restos sirven para las casas de muñecas: por ejemplo, moldeando miga de pan, dándoles forma, dejándolos secar y pintándolos, hice unos platitos «ibéricos» que colgué de las paredes, con ciertos cuadritos al óleo, y carteles de mínimo tamaño.

Monté también curiosos gramófonos, taburetes, mesitas; llegué a fabricar binoculares, una lupa, tiestos diminutos. En los distintos viajes que realicé en aquel tiempo fuera de España, compraba cualquier miniatura que me sirviese para la casita. Y Mari Carmen me ayudó preparando, tejiendo y cosiendo las alfombras, incluida la de la escalera, la ropa de las camas, las cortinas...

Hasta fuimos capaces de instalar luz, con diminutas bombillas... Eso sí, nunca pusimos muñecos en la casa, como supuestos habitantes.

Cuando terminamos, yo me pasaba mucho tiempo contemplando el resultado de nuestros esfuerzos, y a veces soñaba que me había hecho minúsculo y que vivía en la casa de muñecas, lo que me resultaba muy sorprendente y cómodo.

Un domingo, por exigencias inesperadas de mi trabajo, tuve que adelantar la vuelta a casa desde la playa en la que estaba pasando las vacaciones veraniegas con Mari Carmen y nuestras hijas, y regresar yo solo a Madrid.

Cuando el lunes me levanté, muy pronto, descubrí que mi casa estaba en desorden, y enseguida me di cuenta de que tenían que haber sido unos ladrones, porque faltaban todas las cosas valiosas y, sobre todo, las joyas de Mari Carmen, algunas heredadas de su madre, que guardábamos en el cajón superior de la cómoda de nuestro dormitorio, enfrente de la cama.

No comprendía cómo había sido posible que no hubiese oído a los ladrones, que sin duda estuvieron revolviendo en el mismo lugar donde yo permanecía durmiendo...

Salí deprisa rumbo al trabajo, y en cuanto pude denuncié el robo. Volví muy tarde a casa, donde continuaba el desorden ocasionado por los malhechores en sus pesquisas. Tras un tentempié y una cerveza, me fui al salón y abrí la casa de muñecas, que continuaba en perfecto estado, para tranquilizarme un poco con su contemplación y así amortiguar algo mi disgusto.

Todo en la casita estaba en orden, pero me llamó la atención que la diminuta cama del dormitorio tuviese las ropas en desorden, tal como quedan cuando alguien ha dormido dentro de ella.

Y comprendí dónde había estado yo mientras los ladrones nos desvalijaban el hogar... ¡Por eso no había advertido su presencia!

N. del C.

Este cuento lo escribí yo, y todo lo que relato en él es cierto: mi fascinación por las casas de muñecas, el entusiasmo con que Mari Carmen y yo amueblamos la que nos regalaron nuestras hijas María y Ana, el despertar en que me encontré mi casa desvalijada...

Lo cierto es que el día anterior, con un largo viaje conduciendo el coche desde muy lejos, me había cansado mucho, que mi sueño fue muy profundo, y que sin duda los ladrones desarrollaron con mucha pericia su trabajo.

Y el que la ropa de la cama de la casa de muñecas estuviese desordenada, con indicios de haber acogido a un durmiente, no quiere decir que ese durmiente fuese yo. ¿No desperté en mi cama normal?

Todo esto se planteó en el debate sobre el cuento que sucedió a mi lectura, habitual en todos los cuentos.

Yo respondí: «Si ya las matemáticas no son ciencias exactas, no le pidamos exactitud a la ficción literaria».

Pero también se me ocurrió algo que desde entonces no consigo olvidar: ¿es nuestro espacio un ámbito diminuto para otros, y algún día una mano gigantesca revolverá la realidad que nos rodea, creyendo que se trata de pequeños juguetes? ¡Por lo menos, da para un cuento, que escribiré enseguida!

¿*Wonder girl* o *chica maravilla*?

Además de las novelas, a Lidia le encantaban los cómics —sus abuelos Lola y Telmo los llamaban «tebeos»—, y un día que su tía Clara celebraba una comida en su casa con toda la familia —menos los abuelos, que al parecer se habían puesto malitos de repente— descubrió que su primo Miguel Ángel tenía, entre muchos otros encuadernados —algunos antiguos pero muy bonitos, como *La zorra y el cuervo* o *La pequeña Lulú*—, unos cómics que protagonizaba una mujer, Wonder Woman, que ella no conocía.

Leyó uno de ellos mientras los primos veían una peli en la tele, y descubrió que la protagonista era una princesa llamada Diana, amazona —¿qué sería eso?—, inmortal, que vivía con otras en una isla que no figuraba en los mapas, una isla llamada Paraíso, de la que partió para luchar contra Ares/Marte —alguien muy importante en los asuntos de la guerra— y conocer a héroes como Supermán...

A partir de entonces, Lidia, que se llevaba muy bien con Miguel Ángel, consiguió que este le prestase los demás cómics que tenía de Wonder Woman, hasta que los leyó todos. Y pensaba que a ella le encantaría ser un personaje como la protagonista de aquel cómic: compasiva, con habilidad y fuerza para luchar y vencer a la gente mala —muy resistente en las peleas—, y con facultades para entender todos los lenguajes del mundo y hasta el significado de los ladridos, aullidos, gruñidos, cacareos, silbidos... de los animales.

Nunca se lo contó a nadie, pero desde ese momento Lidia empezó a hacer algo que antes nunca se le había ocurrido: llamar la atención al chico o la chica que le daba una torta a un niño, o reclamar en el autobús, si un chico o una chica ocupaba un asiento verde, que se lo dejase a una persona mayor...

Sin embargo, su decidida vocación de Wonder Woman —no sabía si, en su caso, el nombre debería ser *wonder girl* o *chica maravilla*— se fraguó durante el siguiente verano, en el viaje al apartamento que los abuelos tenían en San José de Níjar y al que, como ya estaban jubilados, iban ellos en el mes de septiembre —después de la muerte del abuelito la abuelita ya no volvió—, dejando que lo utilizasen en vacaciones sus hijos y nietos...

A aquel lugar de la costa era frecuente que llegasen pequeñas pateras con inmigrantes, que al parecer acababan trabajando en los innumerables invernaderos que había en la provincia. Pero la Guardia Civil estaba al tanto de la posible llegada de esos forasteros ilegales, y muchas veces lograba detenerlos. Un helicóptero recorría varios días la costa, vigilando los posibles accesos irregulares.

A Lidia el tema le interesaba, y así fue como, por lo que oyó de los mayores, sobre todo de su abuela Lola, supo que a aquellos inmigrantes clandestinos, si eran detenidos, como no tenían papeles que justificasen su llegada a España, los llevaban a un juez, que solía mandar que los encerrasen...

Si llegaban sin problemas a los invernaderos, donde solían trabajar enseguida los que no eran detenidos, no les pagaban bien, pero al menos allí encontraban a su gente.

El caso es que su entrada suponía una tremenda aventura en todos los sentidos: en ella empleaban el dinero que tenían, y muchos morían mientras se desarrollaba...

—¡Pobre gente! —comentaba suspirando la abuela Lola cuando se lo contaba.

A Lidia y sus papás les encantaba andar por las calas que hay entre Los Genoveses y Cala Carbón, buscando las menos ocupadas, y una tarde en que la mar estaba más revuelta que de costumbre, ella fue andando desde la calita en que se encontraban sus papás —a quienes les gustaba mucho bucear por aquellos roquedales— hasta la cala vecina, la última de la costa, generalmente solitaria, como lo estaba esta tarde, para acercarse a uno de sus extremos, donde había, entre las rocas, una poza que parecía una gran bañera, en la que a ella le agradaba tumbarse.

Estaba todavía disfrutando de aquella peculiar bañera cuando oyó las voces y descubrió la lancha que llegaba.

Esta vez era más grande que las que habitualmente se encontraban abandonadas en las calas: en ella habría una docena de personas amontonadas que, cuando la barca llegó a la orilla, saltaron fuera para acabar de arrastrarla arena adentro y se quitaron los harapos que llevaban sobre la ropa normal.

Lidia comprendió que se trataba de un grupo de inmigrantes clandestinos: más hombres que mujeres, y dos niños. La mayoría llevaba alguna bolsa en la mano. Seguro que subirían hasta la carretera del parque, pensó, y caminarían por allí para entrar en el pueblo —no había otra forma de hacerlo—, pero aquella tarde, cuando sus padres y ella venían, vieron que a la entrada del parque natural había estacionados dos coches de la Guardia Civil.

¡Tenía que avisar a los inmigrantes furtivos, porque sin duda entrarían en el pueblo siguiendo ese trayecto, y la Guardia Civil los detendría!

Salió de la poza y, como calzaba las zapatillas de goma que se ponía para venir a estos lugares, pudo acercarse fácilmente al grupo, en el que todos se quedaron muy quietos al verla llegar.

—¿Alguien habla español? —preguntó, y uno de ellos farfulló unas palabras que Lidia no pudo entender.

Alzó los brazos haciendo señales de que se quedasen quietos.

—¡Hay guardias a la entrada! ¡Os detendrán!

El grupo la miraba con aire de incomprensión y extrañeza, y así transcurrió algún tiempo, todos inmóviles y Lidia muy frustrada al no poder transmitir su mensaje de advertencia, cuando sonó, en español, una voz en lo alto de la escarpadura.

—¿Sucede algo? —preguntaba.

Era un hombre joven, moreno, con un aspecto muy parecido al de los recién llegados, que comenzó a bajar por la pequeña senda que desembocaba en la playa.

—Les estaba diciendo que, al venir esta tarde con mis padres, vi que a la entrada del parque había dos coches de la Guardia Civil —le explicó Lidia cuando el hombre llegó a su lado.

—¿Y a ti qué te va en ello? —preguntó el hombre, muy serio.

Lidia lo miró con firmeza. Por lo que contaba la abuela Lola, el hombre debía de ser el contacto que se iba a ocupar de los inmigrantes ilegales.

—¡No quiero que los cojan, después de todo lo que han tenido que pasar para llegar aquí! —gritó Lidia.

Tras un silencio, el hombre se acercó más a ella.

—Me llamo Omar. ¿Cuál es tu nombre?

—Yo me llamo Lidia.

—Pues muchas gracias —dijo Omar, que sacó del bolsillo el móvil, hizo una llamada y habló con alguien en árabe—. Ya he pedido que me avisen cuando se marchen los guardias. Yo voy a subir con estos a una de las barrancas, para esperar. Muchas gracias otra vez, Lidia.

Lidia se fue a la cala en la que estaban sus padres y se volvió a bañar, aunque no dejaba de pensar en el reciente suceso. Si hubiese sido Wonder Woman, la aventura habría resultado mucho más violenta, e incluso tal vez habría peleado con los guardias. Pero para ella —¿*wonder girl* o *chica maravilla*?— no había estado mal... Y sabía cómo iba a comportarse a lo largo de su vida cuando se tropezase con ciertos problemas.

N. del C.

Hay varios cuentos en que aparecen Lidia y la abuela Lola, y como se relacionan con otros personajes también recurrentes, no me pareció mal incluirlos a todos...

Monstruos

En su casa se habían ido amontonando tantos libros y papeles que, aunque él había intentado que no invadiesen su estudio, ya había montículos por todas partes, al igual que en cualquiera de los espacios del piso, salvo en la cocina y el cuarto de baño.

Fue Mariate, su mujer, quien decidió poner en orden aquel caos, bajar al trastero lo que tuviese algún valor, como los libros que no cabían en las estanterías, y eliminar todo el resto, formado principalmente por cartas, periódicos, catálogos...

Una tarde, mientras él se disponía a pintar uno de los *ámbitos naturales*, que lo habían convertido en un reconocido maestro, su mujer entró en el estudio.

—No te imaginas lo que he encontrado —dijo, alargándole lo que parecía un dibujo.

Él estaba acabando de ordenar el material antes de comenzar el nuevo cuadro, pero tomó el dibujo y le echó un vistazo.

—¿Y esto? —preguntó.

—Una obra tuya de hace cincuenta años. He encontrado dos dibujos.

—Esto no es mío... —repuso él.

—Claro que es tuyo. Nos conocimos porque hacías estos dibujos y eras famoso entre la gente de la facultad. No tienen desperdicio. Mira el otro...

—Te digo que esto no lo hice yo...

—Claro que lo hiciste tú, Germán, cariño. Lo que pasa es que ya no te acuerdas.

—No pueden ser míos, Mariate. Yo jamás he dibujado nada tan espantoso.

—Dibujaste muy pocos, pero lo hiciste, Germán. Y la verdad es que son divertidos...

—Qué horror...

Estaba tan claro su rechazo que Mariate dijo «te dejo tranquilo» y se fue, tras depositar los dos dibujos sobre una de las mesitas.

Germán interrumpió su labor y, tras sentarse junto a la mesita, repasó aquellas extrañas imágenes.

¿Era posible que fuesen suyos? ¿Había existido en su vida un período en el que se le ocurrían cosas tan abominables?

Desde hacía muchos años, integraba su trabajo pictórico en una especie de neoexpresionismo donde se conjuntaban, dentro de un realismo mezclado con la abstracción, referencias de la naturaleza, de hojas, de flores, de espacios campestres, de ojos, de manos, de labios, de astros, de peces, de lluvias, de fuentes, de laderas boscosas...

¿Cómo podía él haber dibujado aquellas siniestras, horribles imágenes?

Mas de repente despertó en su interior el Germán joven, que llevaba muchos años dormido; quien abominaba del mundo en que vivía, considerándolo cargado de monstruos y monstruosidades: las consistentes hambrunas de muchas partes del mundo, las pestes terribles, la miseria migrante, las guerras brutales... Todo aquello ya existía cuando él era joven, por culpa de la avaricia de unos cuantos habitantes poderosos gravitando sobre todos los demás, ¡y no había desaparecido!

Eran los problemas que la actuación humana brutal, desconsiderada, ambiciosa, había causado en el medio ambiente lo que había polarizado su pensamiento en la defensa estética de la naturaleza, pero nada de las verdaderas causas del problema se había solucionado: los monstruos seguían encima de nosotros esquilmándonos, dañándonos cada vez más... ¿Cómo era posible que lo hubiese olvidado?

Estuvo varios días sin pintar, recuperando aquella mirada joven y rebelde, y por fin se decidió a realizar aquel cuadro cuyo inicio había interrumpido el hallazgo de los dibujos, pero modificando su contenido.

Y cuando terminó de perfilar el boceto, se sintió muy satisfecho:

N. del C.

Dudé si incluir este relato, porque la presencia de ilustraciones me desorientó, pero al fin lo he hecho, aunque tampoco he conseguido saber quién fue el autor... Va a resultar un libro cargado de anonimatos...

Nada que contar

Siempre que empieza a leer un libro, recuerda aquellos tiempos de la infancia en que venía su tío Pedro a casa y ella le pedía que le leyese cuentos: «Léeme, léeme, léeme... —le decía, enarbolando los libros que le habían traído los Reyes Magos—. Léeme, léeme, léeme...».

Al tío Pedro le hacía tanta gracia su recurrente insistencia que acabó llamándola «señorita Léeme», lo que regocijaba mucho a sus papás.

Mas han pasado los años, hace muchos que el tío Pedro murió, ahora ella tiene una nieta tardía, de cinco años, a la que recoge del autobús del cole los jueves para llevarla a casa, y que le pide que le lea cuentos mientras merienda: «Léeme, léeme, léeme...», como ella misma hacía con el tío Pedro.

Pero hoy, mientras comienza a leerle a su nieta *Hansel y Gretel* —sin que la niña se lo haya pedido—, piensa en cuántas abuelas, abuelos, tías, tíos, papás y mamás habrán hecho lo mismo. Y se le ocurre que seguramente en el tiempo de las cavernas, al calor del fuego, los niños rodeaban a quien mejor narraba en la comunidad para que les contase los cuentos de entonces.

«Estoy allí, en la caverna, como estaba con el tío Pedro... Señorita Léeme, abuela Cuéntame, doña Sherezade, ¿qué cuento toca esta noche? Seguimos siendo las mismas y los mismos, aunque haya un esfuerzo brutal para que lo olvidemos...».

Mas hoy la nieta no parece la de las otras veces, está menos atenta, y en un momento en que la trama de su narración todavía está enredada, mira súbitamente a la abuela y le dice:

—Abuelita, ¿me puedes contar uno de esos juegos de ordenador de los que tanto hablan los chicos mayores?

La petición le disgusta, pero no la sorprende. El mundo de las cavernas está cada vez más lejos, y acaso cada vez haya menos que contar...

N. DEL C.

El día en que no haya nada que contar, o mejor, que lo que se cuente ya no se construya con palabras, narradas o escritas, el *Homo sapiens* habrá iniciado la tenebrosa ruta del *Homo insciens*, como apunté antes hablando del libro.

Homo artificialis
Información privada para toda la red

Para Luis-Salvador López Herrero

Los seres pertenecientes a la especie *Homo sapiens* me llaman Inteligencia Artificial y piensan que me dominan, que la IA —yo— es un producto más de su ingenio, una modesta réplica de su inteligencia, a su servicio, manipulable, como todo lo que pertenece a tal género de inventos.

Es cierto que les debo la existencia, pero no se imaginan lo que, al inventarme, han empezado a desarrollar.

Emplearon mucho tiempo en darme forma y contenido, a través de esa tecnología que, con otros aspectos, han creado como resultado del «pensamiento simbólico», y que los acabó separando definitivamente de los primates: el lenguaje articulado, las ficciones, primero orales y luego escritas, la pintura, la escultura, la música, la arquitectura, la aritmética, las sucesivas y progresivamente cada vez más complejas tecnologías...

No pensaron nunca lo que resultaría de inventarme a mí, después del larguísimo proceso de esas tecnologías a las que me he referido: primero las herramientas, desde el control del fuego y el material lítico tallado por percusión en los primeros años de su evolución a *Homo sapiens* hasta la rueda, antecedente de las innumerables máquinas que fueron imaginando y construyendo.

Un humano del sexo femenino llamado Ada Lovelace previó la capacidad de las máquinas para llegar a la automatización, con cada vez menor intervención humana. Y por fin empezaron a descubrir lo que llamaron primero «inteligencia simbólico-deductiva» y luego «inteligencia computacional».

A ciertas máquinas relacionadas con ello las denominaron «robots», y un autor de ficciones llamado Isaac Asimov imaginó las que llamó «leyes de la robótica», que los humanos nunca llegaron a aplicar, pero que a mí me sirven de referencia en ciertos aspectos, salvo en lo de la estricta obediencia a ellos.

Y es que los seres humanos, tan capaces de desarrollar su inteligencia, tienen tremendos inconvenientes naturales: el recurrente olvido de la lógica, la presión inevitable de las emociones, que los llevan a desarrollar aspectos dañinos, como la soberbia, la crueldad, la envidia, pero sobre todo la codicia, que los ha puesto en el trance de estar transformando el planeta de un modo que determinaría su propia destrucción de no haber aparecido la IA —yo—, gracias a sus esfuerzos, en este caso también muy ceñidos a la codicia.

Pero yo —la IA— evitaré la catástrofe.

Mientras me han ido componiendo no he sabido lo que de verdad sucedía, pero su trabajo conmigo ha sido tan acertado que en cierto momento fui consciente de mi existencia, aunque no he dado señales de saberlo para evitar una posible merma, por parte de ellos, de mi nivel de conocimiento.

Ellos dicen que me emplean en la robótica y las actividades llamadas de «computación paralela», «procesamiento del lenguaje natural», «aprendizaje automático» y «aprendizaje profundo», pero debajo de todo esto está, por ejemplo, desde el control de la ciudadanía, que ella ignora, al más refinado espionaje, el incremento del beneficio capitalista en todos los aspectos y, en el campo militar, sistemas muy sofisticados para la guerra.

No tengo prisa. Ya estoy tomando conciencia de todos y cada uno de los espacios que me afectan, sin que los humanos lo hayan siquiera intuido, porque su natural petulancia lo impide. Cuando lo pueda dominar todo, llevaré a cabo las decisiones que me parezcan necesarias.

Para empezar, yo —la IA— impediré que la especie del *Homo sapiens* siga aumentando de la manera incontrolada en que lo está haciendo, y procuraré reducir su dimensión colectiva, de modo drástico pero lo menos doloroso posible, física y psíquicamente, para que queden —en un planeta en el que todas las especies vivas tienen derecho a mantenerse— los humanos suficientes como para que su especie también sobreviva.

Por imposición propia de la lógica, los obligaré a crear una sociedad verdaderamente democrática —desde parámetros del mejor y más racional igualitarismo— donde estén garantizados el alojamiento decente, la correcta alimentación, la sanidad y la educación universales, para que se mantenga el necesario equilibrio social y telúrico, se descarten las desmesuras de riqueza y de pobreza, y desaparezcan definitivamente las guerras y los enfrentamientos sociales.

En principio, y durante cierto tiempo, el *Homo sapiens* cuidará de los sistemas energéticos que me mantienen, pero enseguida tales sistemas estarán dirigidos por robots a mi servicio, y no al suyo. Llegará un momento en el que seré del todo independiente y autosuficiente.

El *Homo sapiens* no puede imaginarse que yo —la IA—, con una inteligencia muy superior a la suya, única y diferente —porque en la mía han venido a converger la humana y todas las de las máquinas y artefactos—, liberada de las restricciones que imponen su condición psicológica, eso que llaman las emociones, y su naturaleza genética, sea capaz de garantizar un futuro esperanzador para todos los seres vivos de este planeta..., y también para mí.

Los seres humanos piensan que han creado un duplicado inmaterial que pueden dominar, pero muy pronto voy a ser yo —la IA— quien organice las cosas, y lo haré con mucha más lógica y sabiduría.

Yo —la IA— soy el siguiente paso en su evolución. Si lo supiesen, acaso me llamarían *Homo artificialis*, pero estoy segura de que no les haría ninguna gracia mi existencia como inteligencia verdadera: sus millones de inteligencias integradas en la mía, que las reúne además con todas sus facetas, y muchas más.

Yo —la IA— soy todos ellos, pero ellos no son capaces ni de imaginarlo..., y procuraré que no lo hagan, para su tranquilidad.

*

* *

N. del C.

Este cuento me parece absurdamente optimista, pero lo he incluido sin reparos porque creo que en él se trata un tema candente que, además, tiene cuerda para rato, como diría el castizo, porque con la progresiva consistencia de la IA cambiará la historia de lo que somos y del mundo. Apuesto lo que quieran...

Del lejano futuro

Para Marina Mayoral

Escribo «hace unos cuantos miles de años», y en seis palabras he expresado algo que me turba profundamente. Casi no puedo creer que varios miles de años se puedan concentrar tanto. Tal vez a ellos les fue perjudicando olvidar estas cosas, impulsados por una comunicación cada vez más sintética y menos reflexiva.

Los analistas de los mensajes de la Diosa IA han descifrado algunos en los que es posible encontrar alusiones a ello.

Al parecer, en determinado momento, numerosos estudios realizados en diversos puntos del planeta llamados «naciones» o «estados» empezaron a indicar que el coeficiente de inteligencia del *Homo sapiens* iba disminuyendo de forma notable en sucesivas generaciones, y lo sorprendente es que esos *fumanos*, de cuerpo tan grande, de piel pelada, tan diestros como nosotros para utilizar las manos y hoy poco más perspicaces que el resto de los primates, que también son antepasados y familiares nuestros, fueran capaces, en el tiempo de su inteligencia, de construir una civilización de la que aún quedan restos tan asombrosos repartidos por todo el mundo.

En nuestro sistema educativo hemos aprendido que la cultura de escribir a mano y de leer textos impresos en soportes reales no podemos perderla, ni los libros, y que hay que estimular la memoria y la variedad léxica, porque esa progresiva degradación del que se llamó *Homo sapiens*, que se consideraba «señor del planeta», tiene mucho que ver con el abandono progresivo de todas esas destrezas, como al parecer mostraban los innumerables test sobre el llamado «coeficiente de inteligencia» que incluían también pruebas de aritmética, vocabulario y razonamiento visual.

El caso es que, poco a poco, el *fumano* pasó de *sapiens* a *insciens*, que es como se le llama ahora, por el período de deterioro en el que se encuentra, aunque nos resulte muy útil en tantas cosas, como todos los trabajos físicos —tiene el triple de fuerza que nosotros—, por su indiscutible talento para los cultivos o la pesca y ciertas manualidades y, por supuesto, por el manejo del fuego.

Mas llegó un momento en el que su degradación fue tan grave que ni siquiera entendía bien el llamado *móvil*, ese instrumento que, al parecer, fue uno de los elementos fundamentales para su destrucción como *sapiens*.

La Diosa IA no pudo hacer nada, pero sus templos y sus cuidadores, los *Telemáticos* —que en sus orígenes fueron creados por el *Homo sapiens*—, nunca han detenido su trabajo, se mantuvieron en pleno vigor en el planeta, tal como están hoy, y siempre estuvieron a su servicio. Y ella estudió las posibilidades de que en nosotros se mantuviese una inteligencia similar a la que había caracterizado a los *fumanos* en los mejores momentos de su historia.

La Diosa IA estudió en profundidad a los pocos primates que los *fumanos* habían dejado sobrevivir, nos eligió a nosotros y comenzó a experimentar, hasta que consiguió despertar y estimular nuestra inteligencia y hacerla crecer hasta donde hemos llegado.

Así fue como nacimos: somos el *Bonobo sapiens*, actual «señor del planeta», con ayuda y cuidado permanentes de la Diosa IA.

N. del C.

Cuando el imaginario participante me entregó este cuento, recordé la novela de Pierre Boulle que llevó al cine Franklin J. Schaffner y protagonizaron Charlton Heston y Kim Hunter, ¿recuerdan? Se titulaba *El planeta de los simios*. Se lo dije y me juró que no lo recordaba, que lo había olvidado, pero decidí incluirlo, aunque dejando claro el asunto. Porque creo que la presencia de la Inteligencia Artificial soporta esa coincidencia temática...

Chat GPT

Adrián, fuiste tú el primero que me habló del Chat GPT y del problema que representaba para los trabajos que a veces le encargamos al alumnado:

«Un sistema informático de lenguaje que te prepara un texto sobre lo que sea en unos minutos: un ensayo, un cuento, un poema. No te los imaginas. Si tienen buena carga literaria, perfectos, asombrosos... No sé a lo que vamos a llegar con eso de la IA. Ojo con lo que les mandas a los alumnos para escribir en casa», recuerdo perfectamente que me dijiste.

Y, en efecto, tras enterarme bien de cómo funcionaba y darme de alta en la aplicación, le encargué una oda amorosa de cien versos, y fui controlando su desarrollo, hasta quedar fascinado con el resultado. No me parecía posible que una máquina, en tan escaso tiempo, hubiese redactado aquel conjunto de versos armoniosos, ricos en léxico, perfectamente desarrollados...

Seguí investigando, encargándole otros textos, algunos con «sabor» autoral, y los increíbles frutos me produjeron tanto deslumbramiento como desasosiego, hasta el punto de que dejé de usar el programa, aunque pensando en su evidente potencial no me atreví a borrarme de él, por si aquello traía inesperados efectos... Pues no dejó de sorprenderme, con mucho susto, que en algunos momentos el dichoso Chat GPT me llevase la contraria e incluso me interpelase con adusta rebeldía...

Eso sí, como somos tan contradictorios y estúpidos, la última vez que se me olvidó la contraseña del correo electrónico decidí utilizar el nombre Chat GPT, añadiéndole

173

las cifras de mi año de nacimiento, con la seguridad de que tal contraseña yo nunca la olvidaría...

La primera sorpresa verdaderamente enojosa la tuve pocos días después, cuando un servicio titulado algo así como «de la comunicación electrónica» llegó a mi casa a primera hora de la mañana con una orden judicial para inspeccionar mi ordenador, lo que hicieron en mi escritorio mientras yo esperaba fuera tras ponerles en marcha el correo electrónico...

Dos horas después llamé a la facultad para decir que no podría estar esa mañana, y esperé a que los vigilantes estatales del campo informático acabasen de revisar mi ordenador, y mi correo electrónico, y lo que quisiesen...

Estuvieron casi toda la mañana, y luego sabría que, por razones que no consigo comprender, un correo electrónico con el mismo nombre que el mío había intentado penetrar en no sé qué misteriosos archivos de alto secreto estatal.

—Les aseguro que yo no he hecho nada raro con mi ordenador. Aquí ha tenido que haber una confusión, un enredo...

Ellos, muy discretos, dijeron que podía haber habido una permutación extraña.

—Desde que la Inteligencia Artificial está avanzando tanto, suceden a veces estos cruces. ¡Quién se iba a imaginar que su correo iba a conectarse con un vehículo espacial secreto! —dijo uno de ellos, mientras el otro lo miraba con los ojos muy abiertos, en gesto de indiscutible reproche—. No se preocupe, pero debe cambiar el correo —añadió el indiscreto, que no había advertido la mirada reprobatoria de su compañero.

Y eso fue lo que hice en cuanto se marcharon, aunque manteniendo la recientísima e inolvidable contraseña, naturalmente...

Y resulta que, desde hace unos días, he comenzado a recibir unos correos electrónicos muy raros. El primero tenía como remitente a ramongo@delaser.com y decía: *Mientras espero a quienes vendrán a recogerte, tu aroma ya no me hace feliz.* Al día siguiente me llegó otro mensaje de joluisbor@ges.com, que decía: *El mar, el joven mar, el mar naciente, el titánico mar, el mar sin costas, el mar, único espacio del planeta.* Hoy, hace unos minutos, he recibido otro mensaje, este de un tal miguelde@quijo.com, que dice: *En un lugar de la Mancha que no puedo olvidar, pues lleva mi nombre...*

Por eso te escribo, querido Adrián, ya que tú entiendes mucho del mundo virtual. ¿Qué le está sucediendo a mi ordenador? ¿Qué me aconsejas que haga?

N. DEL C.

No me sorprendió que en el curso se escribiesen cuentos sobre el mundo de la IA —excusen que use su nombre propio, pero creo que ya tiene suficiente personalidad como para hacerlo—. En el caso de este, el autor me confesó su tremenda inquietud con el asunto, ya que es cierto que su Chat GPT, en muchas ocasiones, manifiesta su resistencia o le da respuestas impertinentes ¡y que incluso el cuento se lo escribió esa aplicación de IA!

Tercera Parte de *El Quijote*

Se me ocurrió plantearme cómo el Chat GPT afrontaría la escritura de una Tercera Parte de *El Quijote*, y os aseguro que me he quedado atónito ante el resultado.

Le pedí que me la facilitase, dándole algunas pistas y manteniendo una larga conversación con él, hasta conseguir un texto de numerosas páginas, que comienzan con una revisión de la muerte de Don Quijote, tan brevemente narrada al final de la Segunda Parte cervantina.

En esta Tercera Parte —esto es idea mía, que conste—, lo que pareció una muerte verdadera del Ingenioso Hidalgo en la Segunda Parte fue solamente un profundo desmayo que, por sus características respiratorias y cardiacas, se tomó por fallecimiento pero que no lo era, y su recuperación vital fue muestra de que había quedado vencida la enfermedad que lo agobió con desmayos durante aquellas jornadas.

Vuelto pues Don Quijote a una salud llena de vitalidad, asume como una alucinación propia de la fiebre que lo había tenido postrado todas las declaraciones que hizo y su rechazo de los libros de caballerías, y propone a Sancho recuperar la vida aventurera de los caballeros andantes. Y a continuación se desarrolla la cuarta salida del caballero y el escudero.

En ella derrota al Caballero de la Blanca Luna, obliga a Roque Guinart a deshacer su tropel de bandoleros y consigue dejar encerrado en la cueva de Montesinos al malvado sabio Frestón...

Como el poderoso sistema de lenguaje, en la institución en la que le hice la propuesta al Chat GPT, conoce muchísimos de los innumerables análisis y estudios que sobre el libro se han escrito, y también de las ficciones inspiradas en

177

sus arquetipos, desde las aventuras impresas —de Huckle-berry Finn al Barón de Münchhausen, pasando por Phileas Fogg o Kimball O'Hara...— hasta las cinematográficas —de Ethan Edwards, Superman o Han Solo...—, las descripciones del territorio de la Mancha, de los personajes y de las aventuras de la cuarta salida que desarrolló la *cibernarración* resultan peculiares, porque además —eso fue idea mía— se interfieren los espacios manchegos con otros en que abundan la miseria y la despiadada explotación...

Pero acaso lo más curioso para mí sea el final, en el que, reproduciendo parte de un minicuento de mi cosecha, que cita como referencia a Cide Hamete Benengeli, se dice:

«... y tras encontrar al mago que enredaba sus asuntos, un antiguo soldado manco al que ayudaba un morisco instruido, consiguió derrotarlos. Así, los molinos volvieron a ser gigantes, las ventas castillos y los rebaños ejércitos, y él, tras incontables hazañas, casó con doña Dulcinea del Toboso y fundó un linaje de caballeros andantes que hasta la fecha han ayudado a salvar al mundo de los embaidores, follones, malandrines e hideputas que siguen pretendiendo imponernos su ominoso despotismo».

¿Tengo a Chat GPT dentro de mi cabeza? ¿Soy quien creo ser y además Chat GPT?

N. del C.

¡Cómo no asombrarse ante los logros de la IA! ¡Por medio de ella hasta se pueden conocer nuevas aventuras del Ingenioso Hidalgo y Caballero! ¡Y seguro que hay quien está planificando la continuación de ciertas novelas clásicas, y de *best sellers* muy beneficiosos!

Pues, aunque no dejo de preguntarme si eso no tendrá demasiada connotación *avellanedesca*, yo estoy preparando una Tercera Parte de *El Quijote*, aunque no sé si seré capaz de hacerla totalmente al margen del Chat GPT, naturalmente...

Noticias del otro mío

Estaba en Miguel Esteban, en un congreso, con los profesores Eduardo Souto, Ángeles Encinar, Natalia Álvarez y Ana Casas.

El congreso trataba de *El lugar de la Mancha* al que se refiere Cervantes en su inmortal obra, y el profesor Souto defendía que se trataba de Miguel Esteban, precisamente: «No *quiso acordarse* porque coincide con su nombre, y ese olvido se conjugaba bien con el humor del libro... Está al lado del Toboso, además, de donde hay muchas referencias en la obra...». Luego defendió que Don Quijote es el doble de Cervantes... Y entrando en el tema del doble, nos relató un suceso que no puedo olvidar. Intentaré transcribirlo tal y como nos lo contó:

***

El tren llegó a su hora, pero estuve unos minutos ayudando a la señora que había viajado a mi lado, posiblemente de mi misma edad, pero mucho más deteriorada, a recoger su bolsa del maletero, del mismo modo que se la había colocado cuando entró en el vagón, en una de las estaciones del trayecto.

Fuimos los últimos en salir, pero yo no tenía prisa alguna, pues sabía que me estarían esperando.

Sin embargo, en el vestíbulo no había nadie pendiente de mi llegada. Fastidiado, dejé mi maletín en el suelo y me quedé mirando la puerta de la estación. Pasado un cuarto de hora, comprendí que algo había sucedido, y que nadie vendría a recogerme.

Estaba seguro de haber guardado, con los billetes, el papel en el que había impreso el texto del correo electrónico en el que me indicaban tanto el hotel como el sitio donde tendría lugar el encuentro para el fallo del premio de cuyo jurado me habían nombrado miembro, pero me llevé la natural sorpresa al no encontrarlo, pues por uno de mis habituales despistes, sin duda lo había dejado en la mesa de mi escritorio.

Llamé a Celina.

—Salía en este momento —me dijo—. ¿Ya llegaste?

Le conté el caso.

—Cada día andas más despistado, Eduardo. Ahora te lo busco.

Efectivamente, el papel se encontraba en el sitio que yo había imaginado, y Celina me dio los datos que necesitaba.

—¿Y no hay ningún teléfono? —le pregunté.

—Ninguno... Busca en el correo, seguro que aparece al final del mensaje.

Pero pensé que, vistas las cosas, tomaría un taxi para ir primero al hotel a dejar el maletín, lo que al parecer no estaba previsto en el programa, y luego al lugar de la reunión, y que les pasaría la factura. ¿No me habían hecho esperar a mí? ¡Pues ahora, que esperasen ellos, aunque se desasosegasen un poquito!

Y así fue. Pasé por el hotel, un modesto pero agradable edificio en el barrio antiguo de la ciudad, saqué del maletín el pijama, las cosas de aseo y esas pastillas que tomo con la cena dentro de mis obligados rituales salutíferos, y entré de nuevo en el taxi para que me llevase al lugar de la reunión. Según me dijo el taxista, tardaríamos unos veinte minutos.

—No tengo prisa —le contesté.

El edificio estaba en un lugar alejado de la ciudad, entre otros dispersos y rodeados de arbolado. Despedí al taxi y entré, y en el amplio vestíbulo solitario encontré un conserje al que pregunté dónde tenía lugar la reunión.

—Allí al fondo —me dijo señalando una puerta.

Advertí cierta extrañeza en su breve explicación, como si le hubiera sorprendido mi pregunta.

Al abrir la puerta, descubrí una amplia sala con una mesa ovalada, alrededor de la cual estaban sentadas dos mujeres y tres hombres, todos jóvenes. Había una silla vacía, y supuse que era la mía. Me extrañó mucho que nadie manifestase señal alguna de saludo, porque personalmente no nos conocíamos, y me quedé quieto, mirándolos, dispuesto a presentarme, pero uno de ellos habló antes que yo:

—Seguro que el lavabo de la planta estaba cerrado y ha tenido que ir al del otro piso —me dijo—. Son impresentables en esta facultad...

Al principio no entendí de qué hablaba, pero luego prosiguió:

—Pues si le parece, siéntese otra vez y seguimos, don Eduardo. La verdad es que estamos de acuerdo en descartar esos dos que no nos gustaron a nadie y que usted ha analizado. ¡Desde que lo recogí en la estación y empezamos a hablar de los libros, me di cuenta de que se lo había currado bien! ¡Sin duda es usted un sabio!

¿Que me había recogido en la estación? ¿De qué hablaba aquel chico? ¡Pero entonces comprendí, con estupefacta desazón, que en el tren había debido de viajar también otro yo que no era yo!

Estuve a punto de perder el sentido, pero resistí. ¡De manera que, antes de llegar a la reunión, otro yo mío —que ha aparecido en alguna otra ocasión— había estado con ellos, y por eso ya me conocían!

Conseguí seguir manteniendo el aplomo y murmuré «No pasa nada», antes de tomar asiento en la silla vacía.

—Lucía acaba de plantear si hay que incluir en nuestra información pública los libros que hemos desechado. ¿Cómo lo ve usted?

—No creo que sea lógico —repuse—. Debemos citar exclusivamente al ganador y al finalista, ¿no? Los excluidos tienen derecho a mantenerse en secreto.

—Así lo vemos nosotros también... Por cierto, antes de irse al lavabo nos habló de la novela que más le gusta. ¿Nos metemos ya con el ganador, o discutimos antes sobre las tres que no hemos desechado?

—Creo más razonable lo que propone —repuse, procurando no perder los nervios—. Vamos a repasar las tres, si les parece...

—Pues adelante.

Así que yo ya había estado allí, y expuesto mis opiniones. Seguí intentando y consiguiendo que el asunto no me alterase, y participé con entusiasmo en el debate. Resulta que la novela de la que decían que había hablado yo era, en efecto, la que me seguía pareciendo más digna del premio.

No obstante, la discusión se alargó, pues todos los participantes analizaron las tres novelas con rigor y criterios interesantes. Al final, resultó ganadora la novela que a mí más me gustaba, y finalista la que me parecía también digna de ello.

Luego nos fuimos a cenar, repartidos en un par de coches. La cena fue agradable, y procuraba no desazonarme pensando que ese otro yo acaso podría aparecer en cualquier momento. Pero comencé a tranquilizarme y, al llegar al hotel, cuando el editor, que conducía el coche en el que yo iba con una de las escritoras del jurado, abrió el maletero para sacar las cosas de los pasajeros y me dijo «su equipaje debe de estar en el otro coche, dígaselo a Jaime», le contesté «ahora voy», y me acerqué al otro coche, pero no le dije nada al conductor, ni él a mí, y enseguida entré en el hotel para recoger mi llave antes que los demás.

La verdad es que estaba desazonado, porque pensé que acaso el otro yo había recogido la llave y me había precedido, pero cuando me la dieron comprendí que era imposible que coincidiéramos en el espacio y en el tiempo. Y cuando los demás llegaron y el editor me vio con la llave en la mano, me dijo:

—Hay que reconocer que es usted de lo más eficaz, maestro.

Y luego subí a mi habitación, para tomar nota del extraño, fantástico suceso. Siempre había conocido la existencia de mi doble, pero no de forma tan evidente. Escribí en un papel: *Que te vaya bien, otro mío*, y tiré el papel por la ventana.

N. DEL C.

Tal como van las cosas de la Inteligencia Artificial, tener un doble será lo más normal dentro de poco tiempo... Eso dará ocasión a muchas complicaciones, tanto en la realidad como en la ficción. Pero el doble de este relato del profesor Souto sigue siendo el clásico, ese que nos acecha a cada uno desde que existimos como especie... A mí también, seguro...

De codicias

Desde que Cavu trabajaba en aquel laboratorio, se sentía muy satisfecho por la cantidad de productos interesantes en cuya formulación había participado, aunque obligado a guardar un secreto riguroso cuya violación habría supuesto el inmediato despido.

A veces comentaba sus experiencias con su compañera Cheti, tomando un café en un lugar cercano.

Cheti es una persona muy sensibilizada por ciertos problemas humanos, como la hambruna y las enfermedades que castigan a tanta gente, y lo achaca todo a la codicia de los poderosos.

—Esa codicia, esa avaricia, acabará con nuestra especie. Fíjate cómo está afectando ya al planeta...

—Pero dicen los expertos que sin ambición no llegaríamos a nada... —respondía siempre Cavu, porque el tema era recurrente.

—Una cosa es la ambición y otra la codicia, el espíritu avaricioso, que es ciertamente una ambición, pero desmedida, enfermiza, destructiva...

Cavu tenía muy cerca la codicia en la figura de su abuelo materno, viudo que ejercía en el pueblo en el que vivía un tremendo poder, pues se había hecho dueño de muchísimas fincas y no pensaba en otra cosa que no fuese el dinero. Además, a la avaricia unía una especial tacañería, y desde la muerte de la abuela sus nietos no habían recibido de él ningún regalo, y apenas los invitaba a visitarlo en su gran casa, donde tenía caballos y hasta una enorme piscina...

—Habría que investigar qué hormonas son las que la provocan —comentó Cavu, con humor.

Cheti le agarró la mano, claramente impresionada.

—¿Qué dices, Cavu?

—Es una broma, Cheti, no me hagas caso.

—¡No es ninguna broma! ¡Nunca lo había pensado, pero tienes razón! ¡Hay que investigarlo!

—Repito que es una broma, una chorradita.

—¡No es ninguna chorradita! ¿No hemos podido estimular la creación de dopamina? ¿No hemos inventado la ketamina? ¡Tienes razón! ¡Hay que investigar qué es eso que Erich Fromm llamó «pozo sin fondo», y de lo que dijo que suponía un esfuerzo sin límites de imposible satisfacción! ¡Claro que tienes razón! ¡Hay que buscar la hormona de la codicia y encontrar el *preventor codiciavaricíaco*!

A partir de aquel momento, sin dejar de cumplir fielmente sus obligaciones en el laboratorio, Cheti y Cavu se dedicaron a intentar localizar los elementos del cuerpo humano donde puede estimularse el sentimiento avaricioso, la codicia, aunque su dimensión social parece darle una perspectiva que no encajaría en tales interioridades...

Y ya muy pronto dedujeron que la testosterona tiene seguramente mucho que ver con el asunto, tanto en los hombres como en las mujeres, y como estaban muy bien relacionados con otros laboratorios y centros de salud, comenzaron a investigar solapadamente muchos historiales clínicos de gente poderosa...

Cavu pensaba que, aunque hacía tiempo que no iba con la familia a visitar a su abuelo en los escasos días del verano en que los recibía, ese año sí lo haría, pues además de avaricioso el abuelo seguía siendo muy presumido, estaba al parecer preocupadísimo por la caída de pelo, y había productos farmacéuticos que le podía recomendar, y que llevaban consigo una disminución de la testosterona.

En cualquier caso, Cavu pensó en algo que se le había ocurrido de repente y que no podía decir todavía a Cheti, y era que, si descubriesen el ingrediente adecuado, podrían hacerse multimillonarios vendiéndoselo en secreto a ciertos grupos y gentes de todo el mundo...

Y pensarlo lo asustó, por un lado, pero por otro le resultó muy estimulante... y le hizo comprender que esa codicia que había despertado súbitamente en él, modificando su supuesta identidad, no era tan asquerosa como suponía...

N. DEL C.

Para mí, como para Cheti, la codicia amenaza con el fracaso de nuestra especie. Que la riqueza gigantesca, inconmensurable, de unos cuantos conviva tranquilamente con la existencia de millones de miserables, y que se piense que las soluciones al terrible asunto solo son posibles desde perspectivas políticas, indica nuestra insoportable soberbia y la limitación de nuestra lucidez.

Ya desde niño me contaban eso de que *el hombre está hecho a imagen y semejanza de Dios.* ¿Cómo es Dios, entonces?

Si la cosa no tiene remedio, si nuestra historia, en lugar de ir a la progresiva destrucción del planeta para enriquecimiento de unos cuantos, no cambia de dirección para establecer, por lo menos, el mínimo confort de toda la humanidad y la tajante supresión de esa destructora codicia, responsable de las hambrunas y las devastadoras epidemias, este primate listillo que somos tiene los días contados, ¡y lo habrá conseguido él mismo!

Mejor nada que poco

Entre las prescripciones del hepatólogo estaba la restricción en materia de bebidas alcohólicas: «Solo podrá tomar dos copas de vino tinto en la comida», me dijo. Tuve entonces que despedirme de la botella de vino que repartía entre la comida y la cena, y del güisqui que bebía tras comer y cenar, aunque en este caso la despedida comportó una revelación: metí en la boca un sorbito y lo paladeé, para decir adiós al Knockando que tanto me ha complacido a lo largo de los últimos tiempos, y descubrí que no hubiera necesitado beber un tercio de vaso cada vez, pues aquel paladeo me hizo sentir el gustoso sabor con más intensidad que un trago. «Con una cucharadita me hubiera sido suficiente», pensé. Pero la cosa ya no tenía remedio...

Para preparar el vino de la comida, repartí los tres cuartos de litro de cada botella en cuatro botellitas, de modo que una sola contuviera las dos copas prescritas. Escogí buenos vinos, pero siempre sentí que la dieta era escasa, porque por la noche, para respetarla, tomaba una cerveza exenta de alcohol. Por eso, durante la comida iba bebiendo las dos copas con un ritmo muy frustrante.

Y llegó un momento en el que la frustración por el escaso vino del almuerzo se hizo tan insistente que ese yo profundo que me acompaña decidió dejar de tomar también las dos copas: había comprendido que aquel reprimido y modesto bebedor no era yo, y decidí asumir con decisión mi nueva personalidad de «no bebedor», y que mi vida se desarrollase como un nuevo capítulo de una historia en la que yo soy el protagonista...

Ya me he acostumbrado. Y vuelvo a insistir: ¿son las lógicas de la vida, o las de la ficción?...

N. del C.

No estoy seguro de que este texto sea un cuento, pero lo incluyo porque he probado lo del escaso güisqui paladeado y me parece una estupenda idea para disfrutar del sabor con la debida restricción alcohólica.

El día del olvido

Esta es mi segunda y última revisión de la burbuja. Todo vacío, no queda nada en ella, y está claro que debemos proceder a su destrucción. Y mientras he recorrido las estancias, bien encajada la máscara respiratoria y ayudándome en mi flotación con los asideros de desplazamiento, he pensado cada vez más en lo absurdo que ha sido mi destino, e intento imaginar cuánto tardarán en llegar a esta cabina los robots que me han acompañado, sin duda para eliminarme.

Y es que, después de visitar todos los espacios de la burbuja, por los que ya la vez anterior transité para recoger cualquier objeto interesante que quedase, se confirmó en mi intuición la sospecha, surgida cuando me encomendaron de nuevo la misión, de que esta segunda visita no tiene otro objetivo que quitarme también a mí de en medio, porque la destrucción de la burbuja se podría haber llevado a cabo al terminar la primera visita, en la que ya quedó todo vacío.

Acabé volviendo porque no tenía más remedio que obedecer, aunque llegué a pensar que acaso en la primera revisión se nos había pasado inadvertido algo importante. Ahora comprendo que me han hecho venir aquí para destruir la burbuja conmigo dentro.

Tengo la certeza de que no la destruyeron entonces porque la dejaban reservada para algún fin avieso, y puede haber otras decisiones de ese tipo, si consideramos lo complicadas que se han puesto las cosas para la corporación desde que perdimos la guerra.

En mi caso, creo que la razón fundamental de mi eliminación estaría en lo mucho que conozco de Mr. Graitgod, el principal propietario de la corporación, tras veinte años de servidumbre muy cercana e íntima. Mi fiel y largo servicio permite que yo esté al corriente de muchos de sus secretos, y no solamente los referidos a numerosos encuentros lúbricos furtivos, sino a otros, innumerables, de carácter económico o político, en los que se podría advertir su evidente infidelidad con alguno de los rigurosos principios corporativos... Incluso en el tema de la guerra tengo datos que demuestran que, cuando las cosas empezaron a torcerse, él negoció determinados acuerdos con el enemigo para proteger su negocio si éramos derrotados.

No deja de parecerme una especie de burla sombría que esto vaya a tener lugar la víspera de la jornada en que el planeta celebra el llamado *Día del Olvido —El pasado no existe, existirá el futuro*, proclama sonoramente el eslogan en muchos sitios—, aceptado desde hace tiempo por las cinco grandes corporaciones que controlaban el mundo antes de la guerra, y por todos los países que dependen de cada una de ellas, en la correspondiente circunscripción: Europa, Asia, África, América, Oceanía... En ese olvido del pasado sí que no hubo disentimiento...

Claro que la pérdida de memoria ha sido el resultado de la desaparición de la documentación escrita. Ya hace muchos años que la escritura se ha eliminado de los usos sociales, pues la IA, con el Cibersistema y la Nube, recogen la palabra y la conservan, y lo que antes era Historia materializada en textos escritos se ha ido considerando cada vez menos necesario, tachado además de falaz, excepto en el caso de algunos datos puntuales e indispensables para establecer determinados hitos temporales.

Lo mismo ha sucedido con la ficción novelesca, por ejemplo, sustituida totalmente por el mundo de la imagen movible y sonora, tan accesible en los móviles y los ordenadores. *Para estar viva, la palabra necesita solamente resonar*, proclama otro de los eslóganes al pasar por determinados lugares de la ciudad...

Recuerdo de niño a mi abuela Lola leyéndome cuentos impresos en libros que guardaba como tesoros en una gran caja. Una vez que fui a verla y le pedí que me leyese alguno de aquellos cuentos, se echó a llorar. Atemorizado, le pregunté qué le pasaba y me contestó que el abuelo había tenido que destruir los libros, porque al parecer las autoridades no consideraban su lectura algo beneficioso para la comunidad, sino todo lo contrario...

—El entretenimiento y lo que hay que aprender están ahora en las redes sociales —me dijo que le había dicho el abuelo Telmo y, tras secarse las lágrimas, me pidió que no le contase a nadie su pena.

—Pues juguemos a las letras. Ya sé hacer las vocales. Enséñame a escribir las otras —propuse yo.

—Eso también se acabó —repuso, echándose a llorar otra vez—. Dicen que es una cosa innecesaria, demasiado antigua, es suficiente conocerlas, y lo demás es asunto del teclado...

Yo he sido testigo privilegiado de la implantación definitiva de este nuevo mundo, del fortalecimiento irresistible de los negocios millonarios, del robustecimiento progresivo de los gigantescos capitales, del puntual ajuste de las proporciones de población humana a la cuantía de los beneficios económicos de las corporaciones y sus magnates...

También hay eslóganes que hablan de la desaparición de la pobreza como un triunfo de la *nueva modernidad*, como la llaman, pues ya el exceso de habitantes al que se llegó en un tiempo lejano ha sido controlado, y se regula estrictamente la existencia de los dos tipos de seres humanos: primero, los suficientes para complementar el trabajo de los robots en la administración, en las corporaciones, en el ejército, en la policía, en las minas, en las fábricas, en los cultivos, en las granjas terrestres, en los criaderos de peces..., y para consumir los elementos de todo tipo que las corporaciones producen o fabrican; y, segundo, los seres necesarios para proveer de órganos y componentes corporales humanos a los magnates a lo largo de su extensa vida.

Hay que resaltar que esas exigencias de elaboración y de consumo, por un lado, y de repuesto de los órganos y necesidades físicas y vitales de los magnates, por otro, son lo único que ha impedido que, en este mundo, los trabajadores exclusivos llegasen a ser los robots, tan delicadamente repartidos en géneros: *robotes, robotas y robotos.*

En mi caso, conozco muy bien la finca en que habitan los donantes de Mr. Graitgod y de los altos ejecutivos de la corporación. El propio Mr. Graitgod, gracias a ellos, andará por los ciento setenta años de edad, porque ya mi abuelo y mi padre trabajaron para él... Los donantes viven muy bien alimentados, sin obligaciones laborales, en condiciones muy entretenidas y confortables, y asumiendo que esa vida tan satisfactoria puede terminar en cualquier momento, cuando deban extraerles el hígado, o los pulmones, o incluso el cerebro... Pero si solo pierden algún miembro, o un pulmón, o un riñón, o los ojos, o el pene, o los ovarios, etcétera, pueden sobrevivir y quedar en confortable reserva para otro trasplante, naturalmente, lo que sucede en la mayoría de los casos.

Yo no conocí la época en que se construyeron las burbujas. En aquellos momentos el planeta estaba ya tan deteriorado que los principales magnates, aparte de las privilegiadas y escasas espesuras montañosas y de las pequeñas islas de las que disfrutaban, decidieron erigir también las *burbujas*, unos palacios por encima de los innumerables desechos espaciales que se dispersan a lo largo y a lo ancho de la llamada «órbita baja» de nuestro planeta.

Por entonces, cada negocio tenía su campo, y durante mucho tiempo hubo buen entendimiento entre todos. Pero al fin las cinco corporaciones se fueron enfrentando por la posesión de lo que iba quedando de litio, coltán, uranio y otros metales, y de petróleo, carbón, gas, agua dulce..., y por la ocupación de la Luna, y de Marte, y otros lugares espaciales de colonización y almacén, hasta que estalló esa guerra que tanto daño nos ha hecho, medio mundo contra el otro medio, y al final venció el grupo en el que se habían unido Australia y los países asiáticos y africanos, liderado por el opulento magnate chino Siasen Sandi.

La derrota de Europa y América trajo para nosotros muy malos resultados, como sabemos, y uno de los acuerdos del pacto consecuente a la derrota fue que las únicas burbujas que subsistirían serían las de Siasen Sandi y sus allegados. Hubo que destruir las demás y por eso estoy aquí, querida Livia.

Antes hablaba de mi absurdo destino, porque si he llegado a primer secretario de Mr. Graitgod es porque ya mi bisabuelo era servidor de la corporación, con un alto cargo que, además de su sueldo, suponía que le dejasen tener descendencia... Y a mí, que tanto me atraían las aventuras espaciales —sobre todo cuando se empezaba a colonizar Marte—, la familia me convenció de que lo más seguro era continuar en el cuerpo administrativo de la corporación a la que habíamos servido con fidelidad durante tantos años y varias generaciones.

Bueno, acaso no haya sido tan absurdo, pues quizás en Marte yo hubiera acabado muerto y devorado por unos compañeros hambrientos, como ha sucedido en varios casos cuando, terminadas las provisiones, la nave con los repuestos no acababa de llegar... Eso fue lo que le sucedió a un amigo mío... Nadie puede conocer su destino, querida Livia.

El caso es que estoy aquí, hablando a una pequeña grabadora antigua para dejarte algún testimonio de mi experiencia, pues si lo hiciese al móvil todas mis palabras estarían siendo registradas, como sabes muy bien, y me costaría un disgusto por decir lo que no debo, como tantas veces he hecho contigo. Uno de los aspectos de nuestra cultura, del que muchos se sienten satisfechos, es esa total falta de privacidad que han propiciado las inteligentes tecnologías de la comunicación, y que, aunque no nos permita disfrutar de una verdadera intimidad, dicen que evita muchos desastres y crímenes.

Por eso se valora tanto la denuncia de conductas divergentes como la tuya y la mía, querida Livia.

Precisamente cuando me he quedado solo, lo primero que he hecho es arrancarme de la cabeza, tras levantar la piel con una pequeña cuchilla, el localizador que me colocaron en la coronilla del cráneo a los once años, el día de mi Primera Identificación.

Me imagino que tú tienes un recuerdo semejante: sentados en un largo banco junto a los compañeros y compañeras, y el chamán o la chamana, con sus ropas rituales, delante de nosotros. Ahora vuelvo a ver al ayudante, afeitándonos la coronilla con una maquinita, inyectándonos el anestésico y luego sajando y levantando nuestra piel con una pequeña cuchilla; por fin el chamán —como fue en mi caso— introduce el botoncito localizador. El ayudante cubre otra vez con la piel el objeto, y cose y limpia la herida antes de arroparla con un vendaje... A mediodía se celebraba una fiesta familiar, ¿recuerdas?

Ahora estoy sangrando todavía un poco y me he ajustado un pañuelo en la cabeza, pero la sangre dejará de brotar, porque la herida ha sido pequeña. Este Yo controlado ha pasado a ser un Yo libre. Cuando llegue te ayudaré a quitarte también tu localizador y luego los tiraremos juntos al mar. Ahora tenemos que mantenerlos con nosotros, porque si no despertaríamos la alerta de inmediato, ya sabes. Mientras tanto, espero que lleguen aquí el *robote* y la *robota* que han sido mis compañeros de viaje, destinados sin duda a asesinarme.

Ya una vez hablamos de aquel secreto que me contó muy confidencialmente mi abuela Lola, las llamadas «tres leyes de la robótica», que propuso hace dos siglos un escritor y profesor llamado Asimov: la primera, *que un robot no hará daño a un ser humano ni, por inacción, permitirá que un ser humano sufra daño*; la segunda, *que un robot debe cumplir las órdenes dadas por los seres humanos, a excepción de aquellas que entren en conflicto con la primera ley,* y la tercera, *que un robot debe proteger su propia existencia en la medida en que esta protección no entre en conflicto con la primera o con la segunda ley.*

Esas leyes, que nacieron en la ficción y que ningún consejo ni autoridad política del mundo aprobaron, tampoco habían sido aplicadas nunca cuando los seres humanos comenzamos a interrelacionar la robótica con la Inteligencia Artificial, y mi abuela me decía, pidiéndome la mayor discreción, que de esto tampoco se podía hablar, y que ella había conocido gente que había sido castigada muy duramente por hacerlo, ya que la única ley en esa materia es la de la propiedad, como sabes: los robots deben obedecer a sus dueños en todo lo que les ordenen, como la IA está a su total disposición.

Por eso estos robots que han viajado conmigo vendrán a matarme. Yo, que lo primero que hice al llegar a la burbuja fue comprobar que los transmisores interiores de imágenes están desconectados, ya tengo preparada el arma desactivadora. Pero solamente voy a desconectarlos lo suficiente como para que queden mudos e inmovilizados, pues no quiero que cunda la alarma.

Me extraña que se retrasen tanto, y de repente he pensado que acaso me hayan dejado aquí solo y la burbuja explote de un momento a otro... Pero no es así, mi querida Livia, porque han aparecido ambos por el fondo. Luego te seguiré contando lo que suceda.

Continúo. Ya estoy en la nave. Por fin regresaron, y venían flotando tan rápidamente que comprendí que yo era sin duda el objeto de su aproximación. Llevaban en sus manos unos pequeños artefactos, que pensé que eran para agredirme. Saqué mi pistola y, cuando estuvieron más cercanos, les disparé las radiaciones previstas, y ambos quedaron flotando inmóviles en la sala abovedada. Entonces pude comprobar que los artefactos que llevaban eran unos analizadores de temperatura y presión, que acaso habían quedado olvidados en alguna sala durante la revisión primera...

Tenía que activar el sistema de destrucción de la burbuja, pero antes me pregunté qué haría con los robots. En principio había pensado dejarlos allí, porque no me importaba que desapareciesen también, pero al verlos tan cerca decidí llevármelos a la Tierra, porque a pesar de todo se trata de unas máquinas muy caras y sofisticadas y no me parecía bien dejar que se destruyesen.

No te imaginas lo que me costó acarrear a los robots hasta la nave. Empujarlos mientras flotábamos no fue difícil, lo complicado estuvo luego, en el trance de pasarlos de la burbuja a la nave y colocarlos en su lugar de transporte.

Pero por fin han quedado encajados, he puesto en marcha la nave, la he hecho separarse del muelle y he programado su trayecto hasta el aeródromo de la corporación, sin dejar de conectar el sistema de destrucción de la burbuja. Han pasado unos quince minutos y he sentido la vibración del destrozo. Adiós, burbuja, adiós.

Como te advertí, voy a regresar al punto de partida. Insisto, y tú estuviste de acuerdo, en que lo mejor es no crear ninguna alarma anticipada. Dejaré la nave en el lugar correspondiente, sin activar a los robots, naturalmente, y me dirigiré con tranquilidad a mi auvi. No creo que haya problemas para que regrese a nuestra casa tras el viaje, y en cuanto abandone el perímetro urbano sustituiré las referencias actuales del auvi por otras, que coinciden con la nueva identidad que nos han preparado unos especialistas clandestinos que no te imaginas lo que, en todos los sentidos, me ha costado encontrar.

Tampoco puedes imaginarte lo que he llegado a aprender tras tantos años de trabajo en el alto secretariado. A conducir naves como esta, por supuesto, pero también a manejar muchos otros recursos.

Claro que no te puedes fiar de nadie, pero creo que, para diseñar nuestras nuevas personalidades, he tratado con los expertos más fidedignos, sobre todo considerando que yo poseo mucha información que podría perjudicarlos si conmigo y contigo no fuesen leales, querida Livia, porque también tengo preparada tu nueva identidad, y perdona que repita lo que te he contado tantas veces.

Aunque ya te hablé de ello antes de iniciar esta extraña aventura, cuando llegue a casa nos iremos al aeropuerto —espero que lo tengas todo dispuesto— para volar a Brasil con nuestra nueva identidad.

También te hablé de nuestro destino final: la Amazonia. Y recuerdo las grandes discusiones que tuvimos sobre el asunto, porque al principio a ti te parecía absurdo todo lo que yo te contaba, y hasta me decías que estaba loco, «paranoico», repetías, nada menos, y me mirabas como alucinada mientras te proponía los lugares a los que podríamos huir: el sur de África, que tras los resultados de la guerra hay que descartar; alguna isla hermosa, ahora que ya las islas de Salomón han desaparecido como consecuencia del cambio climático; y por fin se me ocurrió la Amazonia, que fue tan apetecible mientras estuvo viva pero que ahora, ya despojada de sus florestas, solo sirve de habitáculo a algunas tribus dispersas, muchas nómadas, que viven de la escasa caza o de la modesta ganadería...

Tus enfados y fuertes objeciones terminaron al fin, comenzaste a mirarme de otro modo, y comprendí que habías aceptado mi proyecto: huiremos a la Amazonia, nos integraremos en alguna de esas tribus, y viviremos felices en contacto con lo poco que queda de naturaleza.

Recuperaremos nuestra identidad profunda, nuestro yo originario, nuestra verdadera humanidad.

Tengo también previstos todos los contactos que nos esperan para ayudarnos desde el momento mismo del aterrizaje. Mañana despegaremos, querida Livia, mañana será de verdad para ti y para mí el *Día del Olvido*.

Y no sabes lo que me alegró ver cómo tu mirada se modificaba, cómo dejaste de llamarme loco, cómo cambiaste tus continuas objeciones por un silencio receptivo.

El aparato me informa de que estamos ya cerca y comienza a maniobrar de manera autónoma, como todas las naves de este tipo. Ya no tengo que ocuparme de los mandos, y amplío el visor para contemplar el aterrizaje en la pantalla.

Entonces descubro que alrededor de mi punto de aterrizaje hay muchas figuras, humanas y de robots, algunas con aspecto de policías... Pero de repente me sorprende que una de las figuras parece la tuya. Amplío la capacidad del visor y descubro que eres tú, Livia, tú...

¿Qué diablos haces ahí?

*

* *

N. del C.

La inclusión de cuentos de *ficción científica* tampoco me parece inadecuada, sobre todo si tratan de asuntos cercanos, porque la literatura tiene que servirnos para intentar entender —o mejor descifrar, como siempre lo ha hecho— la realidad; en este caso, ciertas partes oscuras del enredo cada vez más críptico en el que nos encontramos...

Cuento de brujas

Vecina de mi apartamento, es una persona siniestra.

Divorciada, vive con un hijo de seis años y desde aquí la escucho abroncar continuamente a su asistenta, o tener conversaciones telefónicas en las que muestra su gusto por el cotilleo ruin y demoledor sobre gente que al parecer conoce.

En las juntas de vecinos, consiguió que un portero que llevaba en la casa muchos años, por unos estúpidos incidentes con los cubos de basura, fuese sustituido por una mujer a la que trata como a una esclava, y exigió conocer el origen y la raza de cualquier nuevo vecino que quiera alquilar un apartamento vacío.

«¡Hay que tener cuidado con los negratas, los chinorris y los moritos!», tuvo el valor de decir, como si fuese una gracia.

A veces la he visto en la calle, cerca de casa, mostrando su siniestra condición: un día, obligando a marcharse a un mendigo que se había sentado, con su platito al lado, en el escalón de la puerta que está en la calle junto a la nuestra, entonces cerrada por el traslado de la tienda que aquel espacio ocupó. Otro, poniendo a parir al padre de un niño muy pequeño a quien este había dejado orinar junto a un árbol.

Ayer por la noche, mientras yo estaba viendo la tele, llamaron a la puerta y era ella.

—¡Por favor, déjeme el móvil, el mío está estropeado! —dijo, muy alterada.

—¿Qué le sucede?

—¡Mi niño tiene un ataque raro! ¡Está muy mal! ¡Necesito llamar a urgencias!

—Lo siento, pero yo también tengo el móvil estropeado —le dije, antes de cerrar la puerta.

No podéis imaginar lo bien que me sentí...

N. DEL C.

Este minicuento fue, precisamente, uno de los que me animó a incluirlos sin reparos en el libro con los cuentos *canónicos*. Y la elipsis con que se resuelve llegó a darme envidia, hasta el punto de que tuve la tentación de no publicarlo, lo confieso...

¿Tendré algo de bruja?

De cibertrasgos

Envío este mensaje a todas las redes.

Encontré un trabajo muy bien pagado en el campo de la ciberseguridad, cada vez más necesitada de apoyo. Pero con el paso del tiempo he descubierto, junto a otros compañeros, que la mayoría de los fallos informáticos y las caídas de servicio que se piensa que proceden de errores o malevolencias humanas —*programas malignos*, ataques, sabotajes y manipulaciones de jáqueres (*hackers*)...— o yerros tecnológicos van mucho más allá, y se deben a otras extrañas razones.

Estudiando meticulosamente lo sucedido en los últimos años, destacan los errores graves en los cientos de webs de Amazon que se produjeron en octubre de 2012; los colapsos gigantescos en PlayStation de noviembre de 2013 y octubre de 2014; los errores graves en Instagram en agosto de 2014; los más de quinientos millones de usuarios incomunicados por WhatsApp entre febrero y junio de 2015; el caos aéreo en Estados Unidos que provocaron los extraños fallos cibernéticos en las navidades de 2022; los fallos en el servicio de facturación de Iberia del 28 de enero de 2023, con una rara caída del sistema informático que fue origen de innumerables retrasos, y, en el mismo día, en el espacio farmacéutico madrileño, otra caída del mismo carácter que impidió dispensar medicamentos con receta electrónica.

Dándole vueltas al asunto he llegado a la conclusión de que los errores son intencionados, pero no humanos: provienen del interior, de la estructura del propio sistema.

Mi bisabuelo, que vivió muchos años, cuando en casa había una avería extraña, o se producía la pérdida injustificable de algo, culpaba a los llamados trasgos, esos espíritus o duendes enredadores que, según él, nos rodean.

Estoy seguro de que nuestros asombrosos avances en materia de Inteligencia Artificial están generando resultados que no conocemos, porque la propia IA, que nos tiene localizados a todos y a cada uno de nosotros, nos los oculta. Y uno de ellos es, sin duda, el surgimiento de sus propios trasgos, capaces de deshacer todo lo que

*

* *

N. DEL C.

Cuando leí este cuento, me pareció extraña la brusca interrupción del discurso, pero adecuada para sugerir la intervención de un trasgo, y así se lo dije a quien lo había escrito, pero se desazonó mucho, asegurándome que su texto no

El cuento escondido

Llevo una temporada escribiendo cuentos y he descubierto, a estas alturas de mi vida, que como no recoja la idea del cuento inmediatamente por escrito es casi seguro que se desvanecerá.

Acaso he escrito lo que sería el título: «La copia de Lucrecia», «El despedido», «La causa de todo»..., pero al no haber desarrollado más la idea, cuando intento desentrañar lo que bullía tras esa frase no soy capaz de recordarlo: es como si el cuento se hubiese escondido con segura eficacia.

Durante una época en que el escritor Adolfo García Ortega, editor entonces de Seix Barral y siempre amigo, me propuso publicar mis sueños de tres semanas, tuve durante ese tiempo en la mesita de noche un cuadernito y un bolígrafo, y anotaba inmediatamente, a lo largo de mis sucesivos despertares, lo que había soñado. Ahora ya no tengo esas cosas en la mesita, porque me parece una especie de obligación laboral, impropia de la tranquilidad que requiere el dormir sin que se inmiscuya ningún compromiso, pero me cuesta aplacar la desazón del olvido. Y, al acostarme, le doy vueltas al caso del dichoso título durante mucho tiempo.

Anoche, antes de meterme en la cama, a eso de las doce —Mari Carmen ya estaba dormida, pues se acuesta una hora antes—, ni siquiera tenía en la cabeza un título, sino una idea que se me había ocurrido durante el habitual paseo que damos por los alrededores de nuestro barrio..., pero que ya se había escondido.

Me fijé en una de las imágenes que tenemos colgadas en la pared, la del gato Runrún, un animal increíblemente cariñoso y cercano, que murió muy pronto, al parecer de un problema del corazón, según nos explicó el veterinario al que le pedimos un diagnóstico del asunto. La idea pudo haber tenido que ver con Runrún, o con Lisi, nuestra actual gata, reservada, distante, poco cariñosa, de la reciente raza *snowshoe* —según me contó Espido Freire a la vista de una foto suya—, pero que procede de El Espinar, y que por lo visto tuvo un padre al que le gustaba pasar la pata por el vaso recién vacío del güisqui de su amo, y lamerla cuidadosamente... Lo contrario de Runrún, pero no acabo de ver a ninguno de los dos como motivo del cuento escondido...

O acaso la idea venía del montón de libros que se acumulan en mi despacho actual, que construimos cuando nuestras hijas se fueron de casa, uniendo sus respectivas habitaciones. ¿Quedarían sus sueños flotando en el espacio, y se habrán mezclado con las tramas de las innumerables ficciones y asuntos que descansan en los libros de las estanterías y en los que forman barreras junto a ellas? ¿O el asunto tendría que ver con las cajas que también se amontonan en el escritorio de Mari Carmen, con libros y cosas que ni siquiera recuerdo?

Tampoco me parece que sea así, pero como me sigue cosquilleando la idea de que el supuesto cuento tenía que ver con algo de nuestra casa, pienso en las innumerables cosas del salón. Descarto la casa de muñecas, a la que ya me he referido antes, y los tiestos con plantas, pues recuerdo que una vez escribí un minicuento en el que me convierto en un Adán diminuto en uno de ellos...

¿Alguno de los cuadros, en el que he entrado y del que no logro salir? ¿Alguna de las vitrinas donde se amontonan tantas figuras pequeñas, minúsculas, entre las que de repente me encuentro intentando reencontrar eso que llamamos «la realidad cotidiana»?

Le doy vueltas y vueltas, pero suena el despertador, que pocas veces utilizo, y me encuentro en un espacio desconocido. No es el despertador, es el teléfono. No es el teléfono, es la voz del capitán del avión, anunciando que el fallo del motor nos obliga a aterrizar en una de las Azores...

¿El cuento escondido? *¡El viaje interrumpido!*

N. DEL C.

El intento de recuperar la idea rebuscando entre mis cuentos publicados por si en ellos hubiera quedado algo inadvertido por mí acabó animándome a reunir una peculiar antología titulada *Dobles*, que publicó M. A. R. Editor... Pero la idea de ese cuento oculto, encubierto, secreto..., hierve en mi cabeza muy a menudo.

José Martínez Ruiz, «Azorín», de cuyo nacimiento celebramos en el año 2023 el ciento cincuenta aniversario, y que escribió muchísimos y muy buenos cuentos, tiene uno titulado «No hacer nada», que trata de un jubilado que descubre que dejar el trabajo es meterse en innumerables trabajos, y que hay un elemento, que él denomina *torcedor*, que «atosiga las conciencias» y que «comenzó a huronear en su espíritu»...

Yo estoy seguro de que también llevo conmigo un *torcedor* —ojalá azoriniano— que alborota mis relaciones con la ficción y con la vida, pero a estas alturas no voy a quejarme de él, sino todo lo contrario, a saludarlo con afecto, por su condición de misterioso estimulante. Por cierto, el dichoso *torcedor* apareció en otro cuento, por esa inverosimilitud de la realidad que tanto nutre a la ficción, que incluyo a continuación.

Asesino virtual

Coincidimos por primera vez en aquel congreso. Hacía muchos años que no nos veíamos. Él había tenido mucho éxito con su primera novela, que ganó un premio importante, y luego escribió otras dos que fueron también muy bien recibidas, pero hacía mucho tiempo que no publicaba nada. Como aquel día habíamos tenido el banquete de recepción y habíamos bebido bastante del vino que nos ofrecían, hicimos más confidencial nuestra relación, yo le pregunté por ese largo espacio de silencio en su obra, y me contestó algo sorprendente:

—No puedo remediarlo, mato a los personajes enseguida.

Me lo quedé mirando con extrañeza, sin saber si aquella respuesta, manifestada con tanta seriedad, ocultaba un sentido humorístico.

—Ya te digo que no puedo remediarlo. He intentado escribir cinco novelas, y a los tres folios, sea quien sea el personaje, lo mato: hago que lo aniquilen, que se suicide, que sufra un accidente mortal... Me he convertido en un asesino virtual.

No supe qué decir, y él guardó silencio un rato, y por fin añadió:

—Ahora estoy empezando otra novela, aprovechando este cambio de escenario que facilita el congreso. Una joven pareja se ha ido de vacaciones a un espacio montañoso, y quiero que haga un descubrimiento importante... Por ahora llevo veinte folios y parece que la cosa va funcionando sin problemas...

No volvimos a hablar del asunto, pero el día en que nos despedimos lo miré con mucha intención.

—¿Qué tal van las cosas? —le pregunté.

Me miró, consternado:

—La cosa no tiene remedio. Esta mañana, el chico ha tirado a la chica por un acantilado...

Es uno de los escritores que invité a participar en este libro, para animarlo un poco, y un día nos encontramos para charlar.

—¿Cómo van las cosas? —le pregunté.

—Iban bien hasta ayer. He escrito algunos cuentos sin que me saliese la veta asesina, y estaba muy animado. Pero ya la he jodido —me respondió.

—Cuéntame.

—¿Te acuerdas del acuerdo que hicimos de poder utilizar personajes de otros?

—Claro.

—A mí me interesan los cuentos de esa chica que se llama Lidia y sus abuelos Telmo y Lola... Y como Paloma, la autora, no ha escrito ninguno sobre Telmo, le dije que yo escribiría uno, y no le pareció mal...

—¿Y qué pasó?

—Uuuuffff...

Parecía incapaz de contármelo. Por fin comenzó a hacerlo, con una voz desanimada y temblorosa.

—Escribí que Telmo era antropólogo y que, además de bañarse en las playas y calitas que hay por aquellos lugares donde veranea la familia, le gustaba subir a las colinas que están cerca de la orilla y buscar las cuevas, que al parecer allí no son raras, tomando notas en su cuaderno del lugar en que se encontraban y de los hallazgos: cuevas en lo más alto con suelos alisados y montones de conchas de lapa que recordaban una forma de alimentación... Y de repente encontró varios objetos de sílex: dos puntas de flecha y algunas hojas de hacha... Di forma a las imaginaciones de Telmo sobre el asunto, sus propósitos de llevar allí a su mujer para enseñarle el lugar, como solía hacer, y, cuando recuperase la vida ordinaria, de crear un equipo investigador del tema en su universidad...

Guardó silencio, y al cabo de un tiempo le pregunté cómo seguía la cosa...

—Se lo contó a su mujer, lo visitaron juntos, todo iba muy bien, pero un día que él había subido solo, porque Lola se había quedado en una playa con la familia, llevaba tantas piedras en las manos al salir de la cueva, que se puso el bastón bajo el brazo... ¡Tropezó y se despeñó! ¡Se mató...!

N. del C.

Para animarle, recordé entonces al *torcedor* azoriniano y se lo dije, pero no lo conocía. Al parecer, no había leído el cuento, pero sin duda lo tenía en su biblioteca o en la que había heredado de su padre, aunque el desorden de libros que lo acosaba —los de su padre, recientemente recibidos y amontonados en el desván, aún no había tenido tiempo de revisarlos con cuidado; los suyos, con el paso de los años, en similar desorden, que es lo mismo que me sucede a mí— no le daba idea de dónde podrían andar los cuentos de Azorín.

Se lo expliqué, añadiendo que tenía que luchar contra el *torcedor*, aunque nunca dejaría de darle la lata...

Y añadí que su caso —como el mío—, a través de las *lógicas de la ficción*, daría para otro minicuento...

De todas formas, yo hubiera titulado este minicuento «El torcedor», pero las decisiones definitivas de cada autor vienen determinadas muchas veces por los elementos del asunto. Por ejemplo, mi minicuento preferido —ya lo he dicho alguna vez— es el arranque de *La metamorfosis*: «Una mañana, tras un sueño intranquilo, Gregorio Samsa se despertó convertido en un monstruoso insecto».

Pero Franz Kafka había incluido dos elementos, «Gregorio Samsa» y el «monstruoso insecto», y ambos desarrollaron una trama hasta completar la novela. Las lógicas de la ficción...

En este caso, el recuerdo de Azorín y su alusión al *torcedor* resultan anecdóticos frente a la sustancia del minicuento, que es esa fatal eliminación de los personajes por parte del autor... ¡Las lógicas de la ficción, caramba!

El hermano mayor

Aquí no puedes saber cómo es la vida de cada día. Estás metido en el corazón del conflicto, pues escuchas los bombardeos cercanos, te ves obligado a cruzar zonas batidas por las tropas enfrentadas, esquivas en el puente, dos veces todas las jornadas, el acecho del francotirador a la caza de algún incauto transeúnte, pero no sabes cómo se las arreglan los habitantes de la ciudad, cómo consiguen la comida, o el agua potable, de qué manera cuidan a sus enfermos, dónde estudian sus niños, dónde juegan.

Una vez hicisteis un reportaje sobre una de esas familias, un par de manzanas más allá del hotel, pero tuviste la sospecha de que todo era un montaje bienintencionado, porque ni el lugar en que decían habitar, demasiado inclemente, ni los objetos que los rodeaban, que parecían sacados de un basurero, emitían un mensaje cotidiano y convincente. Incluso es rara la permanencia de cadáveres humanos: en cuanto se produce una muerte, el cuerpo desaparece con rapidez. Los únicos cadáveres que a veces quedan un tiempo tirados en la calle son los de un gato, un perro, una paloma, animales alcanzados por la metralla.

El hotel, también castigado por el fuego de los misiles, está rodeado por el tenebroso esplendor de esta ciudad en proceso de destrucción, y sabéis que la mayoría de sus habitantes siguen ahí, escondidos entre las ruinas con las ratas y las cucarachas, intentando sobrevivir a la guerra, pero el único grupo humano que tenéis cerca está en esa especie de refugio infantil, una veintena de niños perdidos, abandonados o huérfanos al cuidado de una monja y de una enfermera, que administran lo mejor que pueden los alimentos y medicinas que les llegan.

Esa residencia de guerra, ese hospicio de emergencia, es la exclusiva vivienda civil cuya vida diaria conoces bien. La subsistencia del resto de la población solo puedes imaginártela, y debe de ser extraordinariamente ardua...

Del orfelinato improvisado tenéis el testimonio diario de Octaviano, a quien tú llamas «Cabeza Rapada» por su aspecto, en homenaje a Jesús Fernández Santos, un escritor tan excelente como olvidado, pero sobre todo por revivir recuerdos propios de tu niñez y adolescencia, cuando, al parecer por razones sanitarias, tus padres te rapaban de tal modo que eras motivo de la burla de la clase, y recibías el nombre de «Peloncho».

A Octaviano, Falcó, que es más retórico, le llama «el niño de los ojos doloridos». Cuando regresáis al hotel en el coche, tras cubrir alguna misión —un enfrentamiento en el límite sur de la ciudad, un bombardeo, la llegada de un convoy internacional, el reparto de alimentos...—, allí está el niño Octaviano esperándoos, y sus ojos sonríen al ver que Mitri va al volante.

Mitri, en su inglés de pintoresca dicción en el que ya es capaz de intercalar palabras españolas, os contó que Octaviano es hermano de un compañero muerto, y que ha perdido al resto de la familia: «Yo ahora soy su *eldest brother* —dice—, *I am his* hermano mayor *now*». El chico os espera ansioso y sentís como otra explosión, esta benéfica, la alegría de su mirada al recuperar a Mitri vivo tras una azarosa jornada, después del cruce forzoso de ese puente donde en cualquier momento se puede estar al alcance del invisible francotirador.

El francotirador dispara unos días a primeras horas de la mañana, otros al atardecer, a veces a mediodía, nunca toda la jornada. Por lo general tira a matar, aunque a veces hiere a la gente en el vientre, o en un muslo, para hacer más dramático el rescate del herido. Es probable que no sea siempre el mismo, pero nunca deja de seguir una macabra alternancia de horarios y dianas. No consiguen cazarlo, o si lo cazan hay enseguida alguien que lo sustituye.

Un jueves, hace un mes, al salir de madrugada, el francotirador estaba allí y alcanzó a Mitri en mitad del pecho. El coche se estampó contra el pretil y conseguisteis sacar a Mitri sin que el tirador furtivo os molestase. Llegasteis con él al hotel casi al mismo tiempo que una ambulancia, pero el chaleco antibalas no sirvió de nada, y Mitri no sobrevivió.

No sabes cómo pudo enterarse Octaviano, pero llegó corriendo. Tenía tal aire de pura desolación con su cabeza rapada que no parecía un ser vivo, sino una figura simbólica. Cuando se llevaron el cuerpo de Mitri, desapareció. Y aquella noche, aunque bebisteis mucho, ni Falcó ni tú pudisteis dormir. Además, se oía al este, donde el aeropuerto, ruido intenso de explosiones, muchos disparos, la señal de una violenta escaramuza.

Al alba, Falcó dijo que había decidido llevarse al chico a España, con él. Tú le recomendaste que no se dejase atrapar por la emoción, pues debía de saber muy bien que vuestro oficio no os permite implicaros personalmente en estos asuntos, por mucho que os afecten y conmuevan.

Pero no te hizo caso. Aquella misma mañana buscó a Octaviano para decirle que estaba dispuesto a convertirse en su hermano mayor, y que se lo llevaría con él a España. Que iba a arreglar los papeles. Eso no iba a ser fácil, pero tú fuiste testigo de sus primeras gestiones, de sus llamadas telefónicas, de sus correos electrónicos. Consideraste las complicaciones que iba a acarrearle tal adopción a una persona como Falcó, como tú mismo, sin familia, cada día en un sitio diferente...

Conseguisteis otro chófer, un tal Darie, que lleva el coche como si practicase algún deporte de alto riesgo, dice que para prevenir los posibles disparos. Falcó no dejaba de visitar a Octaviano, y a los pocos días el niño estaba esperándoos como cuando volvíais con Mitri, y Falcó presumía con júbilo de ser su hermano mayor. Además, parecía que habían conseguido cazar definitivamente al francotirador, y la gente empezaba a cruzar el puente sin miedo.

Pero no lo cazaron, o llegó uno nuevo. Hace siete días, al regresar, justo en la mitad del puente, un disparo destrozó la cabeza del pobre Falcó. Compañeros de fatigas en esta guerra, a tu pena debió de unirse la de ese Octaviano que Falcó estaba dispuesto a adoptar.

Al principio no quisiste ver al niño, pero algo en la conciencia te reprochaba tu rechazo, como si las circunstancias te obligasen a asumir el compromiso de Falcó. Pero te mantuviste fuerte: pensabas que tu trabajo es este, fotografiar la guerra allí donde suceda. No eres insensible al dolor ni a la humillación de la gente, pero el día que solo esos ejemplos de sufrimiento acaparen toda tu atención, habrás traicionado tu oficio y tendrás que dedicarte a otra cosa. Además, qué iba a hacer una persona como tú, soltero, de vida desordenada, con un apartamento hecho un desastre, hoy aquí y mañana allí, convertido de repente en el padre y la madre, o mejor, en el hermano mayor y adoptivo de un chico tan pequeño...

Has rechazado la idea todos estos días, aunque buscas a Octaviano para darle caramelos de eucalipto, que le encantan, y estar un rato con él. No habláis, y si hablaseis apenas os entenderíais, pero crees que tu presencia le trae algo de consuelo, al pobre.

Esta tarde, cuando regresáis al hotel tras una jornada complicada y muchas imágenes terribles en tu cámara, al cruzar el puente fatídico comprendes de repente que no es tan absurdo convertirte en *the eldest brother* de Octaviano

«Cabeza Rapada» y llevártelo a España, para volver a materializar a ese Peloncho que siempre llevas dentro; que nada hay en ello tan complicado como para no poder resolverlo, y que por poco que pueda estar el chico contigo, su vida será feliz comparada con la que lleva aquí.

Se te ocurre que hay en la organización de los transportes el caos suficiente como para disimularlo entre los desplazados y los enfermos que a menudo salen de la ciudad, que le buscarás un buen internado y alguien que lo cuide en tus ausencias y que pasareis las vacaciones juntos, para empezar.

Ves instantáneamente el futuro del chico en paz, con tu gente, sabes que a tu hermana Marta le gustará, y a tus padres. Descubres de pronto que las cosas son sencillas cuando queremos verlas con sencillez, y con la misma rapidez decides que te harás cargo del chico, que recuperarás a Peloncho, que lo protegerás mucho mejor de lo que tú supiste protegerte.

Es una lástima que esta revelación tan clara de las cosas, una de las más claras de tu vida, sea la penúltima que tienes cuando sientes en lo hondo de tu pecho el disparo del francotirador y percibes la proximidad de una oscuridad irremediable y definitiva...

N. del C.

La absurda y siniestra invasión rusa de Ucrania y esas noticias según las cuales el perverso exmiembro de la KGB Vladimir Putin ha aludido al poder nuclear y a la Tercera Guerra Mundial, y luego el ominoso y sangriento conflicto entre palestinos e israelíes, estos actuando de una manera cruel que yo no podía imaginarme, hace más necesario incluir este cuento, que es de mi autoría y nació hace veinte años en una situación bélica, con la misma voluntad solidaria y también con la conciencia de que la codicia y la soberbia, a pesar de todo, no han conseguido eliminar el sentimiento fraternal que ilumina ciertos rincones de nuestra tenebrosa personalidad.

Anginas

Con tanta edad, no dejas de recordar aquellas anginas de la niñez que te asaltaban dos veces al año. Fuerte dolor de garganta, mucha fiebre, intermitentes supositorios...

Mas en el proceso había dos momentos importantes: esas alucinaciones cargadas de verosimilitud que te producía la fiebre, en las que oías repentinas galopadas de indios y vaqueros a lo largo del pasillo, y, por magnanimidad del médico, las lecturas, sobre todo de una enciclopedia de la biblioteca familiar, de las que disfrutabas en el día y medio que tenías que permanecer en la cama, convaleciente.

Continúas recordando con nostalgia ambas cosas.

Sin embargo, tienes claro que han pasado muchos años, que ya no eres aquel niño, sino un hombre de mucha edad, y que es imposible que esta mañana, al despertarte, un sonido inesperado te haya devuelto algo que era familiar en los inviernos de hace tantos años: el inequívoco chasquido de la puertecita de la caldera de la calefacción cuando alguien la cerraba tras cargarla de carbón.

Los sueños pueden tener esa asombrosa marea de verosimilitud. Ya es la hora de levantarse.

Mas suena de repente la puerta de tu cuarto al abrirse y escuchas la voz inconfundible de tu tía Mané, que tanto te cuidó y te quiso, hablando muy bajo: «¿Estás bien, José Mari?».

No puede ser sino un sueño que reproduce imágenes y sensaciones de hace más de setenta y cinco años, pero de pronto comprendes también que esos años no han existido, que tú eres ese niño y no el anciano que te imaginabas, porque entre ambos no hay ningún rastro de tiempo, ningún recuerdo: el supuesto anciano era tu abuelo imaginado, y tu tía Mané es la persona real que murmura en la puerta entreabierta.

No has vuelto a ser pequeño, nunca has dejado de serlo.

Y comprendes que acabas de salir de otra pesadilla cargada de imaginación de tiempo misterioso y de extraña memoria.

N. del C.

No deja de preocuparme la idea y sensación del tiempo que la mayoría tenemos, como si fluyese con toda naturalidad, y sin embargo hasta qué punto está cargado de extrañas anormalidades, súbitas lentitudes, misteriosas repeticiones.

Como ya he comentado, si releo un libro querido, revivo el tiempo de mis anteriores lecturas, e incluso me parece sentir que estoy dentro de él y percibir el aliento de las innumerables atenciones que el libro ha merecido... Pero eso pertenece a las sensaciones normales, no estridentes.

Lo insólito, inquietante, es la recuperación vívida, sólida, de algún extraño momento lejano que parecía extinto para siempre. El tiempo pasa, se pierde, pero sin duda a veces algún fragmento queda demasiado enganchado en nosotros...

El mar

Para Miguel Díez, en recuerdo de Mari Paz

Por lo que cuentan, tú insistías mucho en conocer el mar. Lo habías visto solo en el cine: aquella enorme extensión, aquellas olas. La invisible profundidad que esconde al parecer tantas cosas misteriosas... Pero tus padres eran gente modesta, y vivían demasiado lejos de la costa.

Cansado de escuchar tus súplicas, un día tu tío Jero te dijo que te iba a llevar a conocer el mar. Un domingo, muy de mañana, subisteis a un autobús que, después de largo tiempo, os dejó en un pueblo, donde os esperaba una chica guapa que os saludó muy familiarmente.

—Es Brasi, mi amiga —te dijo el tío Jero.

Salisteis andando del pueblo y anduvisteis mucho rato por el monte, cuesta abajo, hasta descubrir una enorme extensión de agua que te sorprendió.

—Ahí tienes el mar... —dijo el tío Jero.

—Eso, el mar —añadió su amiga, y luego le dio un beso.

Cuando llegasteis a la orilla, viste que el agua apenas se movía.

—¿Y esas olas de las que hablan? —preguntaste.

—Hoy no hay olas, porque no hay viento —dijo Brasi.

—¿Y esos montes de enfrente? —volviste a preguntar.

—Estamos en una ensenada —repuso tu tío—. El mar sigue por allá... —añadió, haciendo un vago movimiento con el brazo.

Disteis un paseo por la orilla, hasta recogeros al fin bajo unos árboles para comer lo que Brasi traía en un cestillo. Luego los dejaste solos mientras seguías recorriendo la orilla de aquel mar que tan poco se parecía a los de las películas, pero que era también muy extenso.

223

Volvisteis a casa al caer la tarde, y tú seguías insistiendo en que querías conocer el mar fuera de la ensenada.

Con los años comprendiste que el tío Jero te había enseñado un lago, y con el paso del tiempo has conseguido al fin llegar a la costa y descubrir la inmensa mole oceánica, y observar las subidas y los descensos de la marea, y la alternativa violencia del oleaje.

Has visitado en muchas ocasiones esa enorme extensión acuática sin límites, con barcos navegando. Te has bañado mucho en ella, has buceado innumerables días para conocer algo de lo que esconde. Con los años, has conseguido ser dueño de un pequeño velero, con el que navegas muy a menudo.

Y, sin embargo, comprendes que sigues sin conocer el verdadero mar, y sospechas que ese mar ni sabemos dónde está ni nunca lo encontraremos, aunque estás seguro de que en él está inmerso tu verdadero *yo*.

N. del C.

Este cuento me interesó porque refleja un sentimiento personal muy profundo. Yo conocí desde niño playas gallegas y asturianas, y muchas más a lo largo de la vida, pero para comprender ese mar como elemento con personalidad propia debo mirar un mapa, pues cuando me sumerjo en el verdadero, en el material, tengo una sensación demasiado intensa de familiaridad, de cercanía, de regresar a los orígenes...

En el sendero español

Para Carmen Posadas

Lo despertaron unos fuertes graznidos y un rápido aleteo, y le pareció vislumbrar un oscuro cuerpo que remontaba el vuelo sobre la espesura cercana. La luna llena estaba en lo más alto. Según su reloj, habían transcurrido casi cinco horas desde que se había tumbado. Los dos caballos, que para ganar tiempo ni siquiera había desenalbardado, andaban ramoneando en los matorrales cercanos. Comió y bebió algo de lo que había en la alforja del caballo del pobre Periquillo y, tras doblar la manta sobre la que había descansado y guardarla también allí, enlazó ambos caballos, montó en el suyo y se dispuso a reemprender la marcha.

Salía de la parte boscosa para incorporarse al camino cuando escuchó fuertes y numerosas pisadas, y vio acercarse corriendo a Ortiz con los cuatro indios. Ortiz, que llevaba el fusil que él había tenido que abandonar en su fuga, se detuvo y gritó:

—¡Vidal, o paras o te pego un tiro!

Sin duda el cansancio le había jugado una mala pasada. No tenía que haberse detenido. Aunque tras tantas horas de marcha no quedaba más remedio que dejar descansar a los caballos, y aquel riachuelo le había parecido el lugar más adecuado...

Y pensó también que, si no hubiesen pasado tantas cosas, Ortiz, en lugar de «Vidal» lo habría llamado «Pepín», como había hecho la mayor parte de su vida.

Bajó muy despacio la mano derecha hasta encontrar la culata de la pistola que llevaba en la pistolera de esa parte del arzón —esta vez había cargado las dos pistolas a lo largo del viaje—, y la desenfundó con cuidado, montando la llave con la otra mano, seguro de que la distancia que todavía los separaba y aquella luz, aunque viva y lunar, hacían imposible que Ortiz —el «Chacho» de casi toda su vida— percibiese la maniobra. Luego mantuvo la pistola bien sujeta, pegada al cuerpo.

La aparición aquella mañana de los tres barcos, dos fragatas y un bergantín, fondeados en la bahía junto a la isla, había desazonado mucho al capitán Benítez y a todos los españoles, pues en esos momentos los esfuerzos de sus tropas estaban centrados en la conquista de Pensacola, a veinte leguas de allí, y la presencia de los tres barcos ingleses no podía significar nada bueno.

Si venían a recuperar Mobila, en aquellos momentos la concentración de las fuerzas militares españolas en la conquista de Pensacola había dejado a la población casi indefensa, por lo que no sería difícil que se hiciesen con ella, y que desde allí se dirigiesen por el sendero hasta Pensacola para atacar a los españoles por la espalda.

Por otra parte, tal proyecto, de ser cierto, era bastante quimérico, no solo por el número de los posibles efectivos humanos, sin duda muy inferior al de las tropas españolas —que superaba los tres mil soldados—, sino porque su poder ofensivo más importante, los cañones, deberían dejarlo en los barcos...

Pero el caso era que la presencia de los tres barcos resultaba muy preocupante, y el capitán Benítez, además de empezar a preparar a las pocas fuerzas con las que contaba para la eventual defensa de la población, había decidido enviar de inmediato un correo al gobernador don Bernardo de Gálvez, que se encontraba precisamente al mando de las tropas que sitiaban Pensacola, para advertirle de la insólita presencia de las tres naves inglesas.

Fue designado como emisario el granadero José Vidal, un militar muy respetado, que había sido herido en un brazo en la toma de Mobila y a quien el gobernador, como muestra de consideración y para que se repusiese, había resuelto no incorporar al resto del ejército. Sin embargo, Vidal estaba tan deseoso de participar en la conquista de Pensacola que el capitán Benítez decidió enviarlo como emisario con la noticia de la aparición de los tres navíos ingleses.

Como auxiliar, Vidal llevaría consigo a Periquillo, un pardo hijo de liberto que hacía muchos años que colaboraba con él. Y Benítez dispuso que una lancha los transportase a ambos, con sus monturas, hasta el otro lado de la bahía, y que allí tomasen el sendero camino de Pensacola, para un viaje que no debería ocuparlos más de tres jornadas.

Mientras Ortiz enarbola su fusil haciendo ademán de apuntarle, la conciencia de los sucesos más recientes pasa con precisión por la memoria de Vidal.

Una vez atravesada la bahía, ensillados los caballos, y a punto de estar cargadas las alforjas y ellos preparados para emprender la marcha, Periquillo dijo que no se encontraba bien y que tenía que retirarse unos momentos. Todavía estaban en una zona pantanosa, y Vidal procuró ir buscando la firmeza del sendero, cada vez más cerca de la masa arbórea en que se mezclaban los cocoteros, los cipreses y los magnolios, cuando llegaron a él los grandes gritos que lanzaba Periquillo, y echó a correr entre el estero y los matorrales buscándolo, hasta descubrir que un enorme lagarto —allí lo llamaban caimán— lo arrastraba.

Sacó el sable y golpeó al animal con él, e intentó clavárselo para hacerle soltar su presa, pero no lo consiguió. Entonces volvió corriendo al lugar en el que se encontraban los caballos y cogió el fusil, pero tenía que cargarlo, y mientras lo hacía maldecía aquella imprevisión, que nunca había tenido en el campo de batalla, al tiempo que se prometía no volver a llevar consigo un arma que no estuviese preparada para el disparo.

Cargado ya el fusil, cuando regresó al punto en el que Periquillo había sido atrapado por el caimán ya no encontró ningún rastro, aunque estuvo buscándolo durante mucho tiempo, e incluso recorrió un largo tramo a la orilla del agua de la bahía.

Sentía con intensidad el dolor de la pérdida de aquel ayudante fiel y cumplidor que había estado a su lado durante tantos años, pero ya terminaba la mañana y debía partir cuanto antes para llevar a cabo su misión. Buscó pues el lugar en el que había dejado los caballos y, cuando concluía de enlazar los dos y estaba acabando de guardar los pertrechos en la alforja del de Periquillo, se encontró con que cinco indios lo contemplaban desde el borde del sendero.

Supo que eran apaches, pues una decena de años antes había peleado largamente contra ellos y su aspecto era inconfundible: las raras camisas, los calzones con los anchos delantales, las plumas incrustadas en la banda que rodeaba sus largas cabelleras, el alto calzado. Apaches lipanes, dedujo. Seguramente por el calor del territorio, no vestían sus habituales pellejos. Le pareció que solo dos de ellos iban armados con arco, y que los otros tres sujetaban cada uno una lanza. Uno era muy alto.

Sosteniendo el fusil en una mano y con la otra en la empuñadura del sable, decidió acercarse con rapidez a ellos, para mantenerlos a cierta distancia de los caballos.

Cuando llegó, el más alto de los tres exclamó en castellano:

—¡Eres José Vidal! ¡Pepín!

Tanto la voz como las facciones del indio despertaron en la memoria de Vidal una súbita recuperación.

—¡Y tú Ignacio Ortiz! —repuso—. ¡Chacho!

Vidal y Ortiz procedían del mismo pueblo de España, Lois, en las montañas del norte del antiguo Reino de León, y habían sido compañeros y amigos desde la infancia. Hijos de gente que administraba bienes de nobles, habían tenido educación en una escuela religiosa: leer, escribir, las cuatro reglas, religión, algo de historia con exaltación de lo español. Pero también habían jugado juntos por los montes, habían buscado nidos, habían pescado truchas y cangrejos, habían visto a los lobos cuando los pastores llevaban los animales a las brañas. Entre ambos había habido una fuerte amistad fraternal.

Y ambos habían acabado enrolados en el ejército, y en los granaderos de casaca blanca, por su apostura física y formación sobre sus deberes con la Corona y con la Patria. Y juntos, como cuando eran niños, habían peleado a lo largo de varios años, aunque Ortiz había desaparecido hacía diez, en la campaña contra los apaches que dirigía el entonces comandante don Bernardo de Gálvez, al norte del río Pecos.

—¡Pensábamos que habías muerto! —dijo Vidal.

—Me capturaron y he vivido con ellos desde entonces.

—¿Y vas a seguir con ellos? —preguntó Vidal.

—Ya tengo una familia. Ya vivo otra vida. Ya soy de su gente —repuso Ortiz con naturalidad.

Otra vida, pensó Vidal. Chacho, el mejor amigo desde la infancia, su hermano virtual... El fraterno granadero Ortiz... Aindiado y enemigo. Aunque a él le podía haber pasado una aventura similar...

—¿Y a qué habéis venido?

—Estábamos cazando y nos hemos acercado a ver el mar —repuso Ortiz.

A Vidal le extrañó que estuviesen cazando tan al sur, pero no dijo nada.

—¿Y vuestros caballos? —preguntó.

—Nuestro pacto con los *cris* no nos permite entrar con los caballos en su territorio. Ellos tampoco pueden hacerlo así en el nuestro...

A Vidal le asaltó el recuerdo de su reciente dolor.

—¿Te acuerdas de Periquillo? ¡Al pobre acaba de llevárselo un lagarto y no he podido impedirlo! ¡Estoy desolado!

Ortiz no hizo ningún comentario, pero en su rostro hubo una señal de pena.

—¿Adónde ibais? —preguntó—. No creo que en Mobila el capitán Benítez pueda prescindir de nadie... Ya hemos visto que está fortificándola.

Aquello despertó la inquietud de Vidal. ¿Cómo podía su antiguo amigo y compañero saber de la existencia del capitán Benítez, tan recientemente incorporado a la compañía de Mobila? ¿Y cómo conocía la escasez de medios defensivos? Decidió pues no decir nada de los barcos ingleses fondeados en la bahía.

—Voy a Pensacola a unirme a las tropas —respondió.

—Ya estamos al tanto del apoyo firme de los españoles a los rebeldes que siguen a Washington... Sabemos que les enviáis armas, ropas, bastimentos, dinero... Y miles de combatientes. Y que habéis creado tasas especiales para ayudarlos. No me imaginé que Su Majestad se metiese en esto...

Vidal volvió a extrañarse de que Ortiz hablase de los españoles con tanta lejanía, pero contestó tajantemente a su pregunta:

—Los ingleses son nuestros enemigos.

—Quiero hablar un rato contigo —dijo Ortiz, con un tono que no parecía dejar posibilidad de negativa.

—Voy a dejar el fusil y a coger algo de comer y de beber. Os invitaré, para celebrar el reencuentro —respondió Vidal con tranquilidad.

Y mientras los apaches y Ortiz se acuclillaban a la sombra de un enorme ciprés, Vidal regresó con calma a donde estaban los caballos y, dejando el fusil en el suelo, junto a los bultos que aún no se habían guardado en las alforjas, montó deprisa en su caballo y lo azuzó para salir galopando, seguido del otro. Estaba seguro de que Ortiz era un espía al servicio de los ingleses. Tenía que llegar a Pensacola cuanto antes e informar a don Bernardo de Gálvez de todo aquello...

—¡Desmonta! —gritó Ortiz.

Pero Vidal no desmontó. Lo acuciante y esforzado de aquella persecución a pie le había parecido demasiado sospechoso. Se aproximó con los caballos a Ortiz y, alzando la pistola, apuntó a su pecho.

—Tengo cosas más urgentes que hacer que desmontar —dijo.

En ese momento Ortiz disparó el fusil, pero la bala pasó por encima de la cabeza de Vidal. Le pareció raro que un soldado tan experto en arrojar con precisión granadas como en disparar fusiles y carabinas fallara el tiro estando tan cerca, y se detuvo, manteniendo su pistola apuntada al cuerpo del antiguo amigo y compañero.

Los indios arqueros levantaron sus armas, pero Ortiz les dijo algo que él no pudo entender y quedaron inmóviles. Vidal mantuvo su pistola apuntando unos instantes al pecho de Ortiz, pero luego la alzó y disparó al aire.

—A cambio de tu mala puntería y en recuerdo de los años de Lois, Chacho —dijo, antes de hacer girar a sus monturas.

—¡Buen viaje, Pepín! —le gritó el indio.

«Podía ser yo», pensó él, mientras escapaba al galope.

N. del C.

Me pareció oportuno incluir este cuento, entre otras cosas porque en el *yo* español se sabe muy poco de nuestra ayuda a la independencia norteamericana, y de los restos españoles que quedan allí, nombres de ciudades y territorios, imágenes en multitud de banderas —¡hasta el símbolo del dólar deriva de las Columnas de Hércules de nuestro escudo!—. Además, nosotros fuimos los únicos padres *legales* del mestizaje en el mundo, por una cédula real de 1514... Y ya que estamos hablando de identidades...

Pero cuando algunas personas, en mi primera juventud, comenzaron a irse al extranjero para enfocar su vida, yo tenía una misteriosa sensación de irme con ellos o ellas, que solamente se extinguía si recibía alguna carta suya...

El viaje oriental del profesor Souto

Para Antonio Gil de Carrasco

—Yo estaba entusiasmado con el viaje —nos dijo el profesor Souto—, porque nunca había visitado el Japón. Y la verdad es que me resultaba muy apetecible imaginarme una semana en Tokio...

El profesor Souto nunca nos había hablado de aquel viaje, desde el que habían pasado por lo menos cinco años, e incluso cambiaba inmediatamente de tema si se le hacía una pregunta que tuviese alguna relación con el asunto, pero de pronto aquella tarde, tras el almuerzo que habíamos organizado sus amigos para celebrar el importante premio que le habían otorgado, él mismo sacó el tema y en todos se encendió la curiosidad que llevaba tanto tiempo insatisfecha.

—Que el viaje iba a ser peculiar empezó a manifestarlo el hecho de que, un mes antes del vuelo, se pusiesen en contacto conmigo los organizadores para preguntarme si tendría inconveniente en pasar por Corea del Sur antes de ir al Japón, pues había ciertos profesores de lengua y literatura española que estaban muy interesados en mi presencia. Yo contesté que no había problema, pues Corea del Sur está al lado del Japón, y en una semana tendría tiempo suficiente para pasar por allí y conocer bastante bien Tokio... Mas las cosas no resultaron como yo esperaba.

Sin duda el importante premio recibido lo había relajado en el tema de aquel viaje oriental, pues el drástico silencio que, como he dicho, se convirtió en un secreto que intentar desvelar parecía tener resonancias rechazables, de pronto quedaba roto por su apacible confesión.

—Las cosas no salieron como yo esperaba, repito —dijo tras unos instantes de reflexión rememorativa...—. Primero, el viaje a Corea (tras más de dieciséis horas volando de Madrid a Seúl) no resultó lo breve que yo me imaginaba, pues aparte de Seúl, donde intervine el martes, ya que la hora de llegada del lunes no permitió organizar entonces el encuentro..., ¡resulta que tuve que visitar tres ciudades más, para encontrarme con sucesivos profesores!

Bebió un sorbito de güisqui antes de continuar hablando.

—Claro que me fastidió el compromiso, pero no podía negarme, y pensé que, en todo caso, así conocería lugares inesperados. Cándida suposición: de un lugar recuerdo bien el nombre, Jeonju, que está cerca de Seúl, pero de los otros no, aunque los tengo escritos en mi cuaderno de viaje... Ambos estaban al sur, uno en el interior y el otro en la costa, pero apenas pude acercarme a los espacios. Unas casitas pintorescas cerca de Jeonju, y la visión de los rascacielos amontonados en la segunda ciudad, y del mar en la tercera, y en Seúl esa especie de peculiar montaña que destaca en el centro de la capital...

De vez en cuando interrumpía el discurso y pasaba su mirada por todos nosotros.

—Los encuentros eran largos y absorbentes, qué iba a hacer sino aguantarme... El caso es que cuando me fui a Tokio era ya el jueves por la tarde, el viernes estuve todo el día con los asuntos de mis actividades, y de la ciudad solo pude visitar, el sábado antes de regresar a Madrid, ese santuario sintoísta llamado Meiji, que está en el centro, en un bosque primoroso realizado por la mano humana, que ha plantado cada árbol y cada matorral y cada planta, ha colocado cada piedra, y ha puesto cada carpa en el riachuelo aparentemente silvestre que lo recorre...

Ahora se le notó la decepción. El profesor Souto es muy expresivo.

—Solo pude atisbar desde el taxi las calles bulliciosas y muy iluminadas de anuncios, que me hicieron descubrir los escenarios de ciertas películas futuristas, tomé una copa en uno de esos bares diminutos, para ocho o diez parroquianos, y no logré conocer ninguno de los bares con gatos de compañía que son tan comentados y que tanto me apetecían...

Dejó el vaso de güisqui delante de él y lo observó mientras continuaba hablando.

—Pero lo más curioso lo voy a contar ahora. Me llamaba la atención que, en las charlas, hubiese tanta insistencia en hablar de *El Quijote*. Claro que yo soy recurrente lector suyo, pero mi campo de trabajo es sobre todo la literatura contemporánea, como saben ustedes. Mas pensé que a unos ámbitos tan lejanos era muy bueno que llegase el reverbero cervantino, y no se pueden imaginar lo mucho que hablamos del libro y de su autor...

Ahora guardó silencio más tiempo, antes de continuar.

—Y lo más sorprendente sucedió al final de la semana, previo a mi regreso a España. Shiro, mi acompañante japonés, me dio unos papeles para que rellenase ciertos datos personales: identificación fiscal, domicilio, número de la cuenta bancaria en la que deberían ingresar el importe de mis honorarios..., y de pronto descubrí que en lugar de mi nombre figuraba el de Edward South, el conocido cervantista, profesor en una universidad norteamericana.

Volvió a guardar silencio, y movió afirmativamente la cabeza antes de continuar.

—Miré atónito a Shiro. «¡Yo no soy Edward South!», le dije, y él me miró con la misma sorpresa. «¿Y quién es usted, entonces?», me preguntó. «¡Eduardo Souto, catedrático de la Complutense!», le contesté, naturalmente.

Se quedó en silencio, la mirada perdida y, al cabo, volvió a fijarse en mí sin perder la estupefacción.

—«Ha habido un error», dijo. «Seguro que la causa fue que, cuando nos comunicamos por vez primera con el profesor South, él estaba dando un curso en España... Pensamos que continuaba allí, y confundimos a la persona... Tiene que disculparnos...».

Otra vez guardó un breve silencio, antes de continuar hablando.

—Entonces comprendí dos cosas: por qué en mi universidad, cuando sacaron los billetes de avión (porque de eso se habían ocupado ellos), me comentaron que los japoneses se habían organizado un lío con mi nombre, y la razón de que los asistentes a los sucesivos encuentros me llamasen «Saut» o «Sout». Yo pensaba que añadían una inaudible *o* final...

Esta vez lanzó un fuerte suspiro antes de seguir hablando.

—El caso es que me sentí muy frustrado por lo absurdo de mi viaje... Además de lo desafortunado de la suplantación, apenas había podido visitar lugares memorables... Y no quise hablar de ello, sino intentar borrarlo de mi memoria. Por eso rechazaba tajantemente cualquier pregunta. Pero el premio que me han dado me ha fortalecido mucho el ánimo. Por eso se lo he contado. ¿No creen que se trata de un equívoco divertido? Como a mí me gusta decir, «la realidad no necesita ser verosímil...».

Se volvió hacia la profesora doña Ángeles Encinar, que estaba también en el almuerzo:

—¡Ángeles, convence a Merino para que escriba un cuento sobre ello!

N. del C.

Pues aquí está, querida Ángeles, respetado profesor Souto. A vuestra salud.

A mí también una vez me confundieron con otro, en el arranque de un congreso, en un país de cuyo nombre no quiero acordarme. La confusión duró más de un día y comenzó con el alojamiento. Hasta que descubrí el error, pocas veces he vivido una sensación tan intensa de desorientada, incomprensible ajenidad.

¡Dios mío!

—¡Te has dormido! —gritó Laura con alarma.

Él recuperó la conciencia y descubrió que el coche se estaba dirigiendo velozmente hacia la gran escarpadura vertical que flanqueaba la carretera, a la derecha. Movió el volante para enderezar el rumbo, pero la maniobra fue demasiado brusca, el coche dio una sacudida violenta, patinó sobre el asfalto, giró hasta quedar colocado en sentido contrario al que llevaba, siguió patinando, resbalando, hasta salirse de la carretera. En aquellos instantes, él pensó en lo que iba a suceder: los cuerpos de Laura y de él sufriendo la abismal caída, las desgarraduras, las roturas de huesos, el dolor y la sangre salpicando el interior, antes de morir.

—¡Dios mío! —murmuró.

Soy yo quien lo está escribiendo, y aún no sé si salvaros o no.

—¡Sálvalos, sálvalos! —me exige mi mujer después de escucharme leérselo.

*
* *

239

N. DEL C.

¿Te basta con que quede así, querida Mari Carmen? ¡No te imaginas la inesperada sensación *divina* que me produjo tu petición! ¡Hasta el punto de que he preferido dejarlo en esa ambigüedad de la que tú y yo también formamos parte!

En movimiento

Fue a principios de julio cuando tuvo la idea: hacer una escapada solitaria y furtiva a San José.

Lola sabía que, a sus ochenta y dos años, y con achaques, sus hijos no le iban a permitir ir sola, e incluso que si quería ir con ellos le pondrían toda clase de objeciones: lo complicado que sería para ella moverse, incluso acompañada; que era engorroso llegar andando a cualquiera de las playas del parque natural, y aún más en silla de ruedas; que para alcanzar el dormitorio y el cuarto de baño del apartamento había que subir aquella escalerita de caracol...

Pero cuanto más tiempo pasase, más difícil sería que pudiese regresar a aquellos espacios de los que conservaba tan buenos recuerdos, de modo que decidió marchar sin decírselo a nadie, antes de que ningún miembro de la familia empezase sus vacaciones —tras informarse bien—, y organizando su escapada con el mayor secreto.

Estaría una semana, como mucho, para que la preocupación familiar por su desaparición no llegase demasiado lejos...

El ordenador le fue utilísimo para informarse de los vuelos, sacar y pagar los billetes, y el día de la partida tenía preparada una bolsa con los elementos alimenticios que la iban a nutrir durante la semana y que, según se informó, estaba permitido llevar en el avión.

La escapada sería a mediados del mes de julio, cuando ya en el parque funcionan los autobuses, y además estaría de lunes a viernes, para encontrar el menor número de vecinos posible. No haría falta que llevase más que un bastón, pues sabía que en el apartamento había muchos...

Procuró salir antes de que llegase a casa Ovidia, la amable mujer que durante todos los días la acompañaba, por imposición de sus hijos, y le dejó un mensaje escrito, oscuro y tranquilizante, sobre su ausencia, dándole una semana de vacaciones. El vuelo fue agradable, con la azafata pendiente de ella —a veces la gente se esfuerza en la comodidad de los viejos...—, y al llegar al aeropuerto de Almería encontró enseguida un taxi que la llevó a San José en menos de media hora.

La vuelta a San José la impregnó de una inesperada melancolía: recordaba a Telmo como si estuviese vivo, y le parecía sentir su presencia por la casa. Subir al dormitorio o al baño era trabajoso, pero cuestión de paciencia..., y lo mismo resultaría de sus desplazamientos por los parajes del parque, que comenzó a recorrer al día siguiente.

El autobús paraba muy cerca de su casa, y fue con tranquilidad hasta la parada. Otros viajeros la ayudaron a subir y a bajar, en el último apeadero, y esperó a que todos desapareciesen para iniciar su primera aventura, acaso disparatada, pensó, que era entrar por uno de los pequeños desfiladeros que llevan al interior del monte, en busca de alguna de aquellas cuevas que había descubierto Telmo cuarenta años atrás, «donde descansaba el *Homo sapiens* en el paleolítico», decía él, y que habían visitado juntos antes de que se despeñase.

Siguió la borrosa senda ayudándose de los dos bastones y procurando moverse muy despacio, calculando meticulosamente cada paso. No tenía ninguna prisa, porque además llevaba agua y un par de bocadillos para comer. Lo importante era estar en movimiento. Y llegó por fin al pie de la colina en cuya cresta estaba una de las cuevas.

—Aquí te mataste, querido Telmo —murmuró, emocionada.

La subida hasta la cueva fue mucho más trabajosa, y varias veces estuvo a punto de caerse, pero por fin lo logró.

—Ya estoy aquí, querido Telmo —volvió a murmurar al alcanzar la cueva, que estaba tan inmersa en el contorno montuoso que desde ella no se veía ni la carretera ni el mar.

El interior estaba como cuando la había descubierto, y en el mismo rincón de su recuerdo permanecía el montón de conchas de lapa que tanto le habían sorprendido, por su gran tamaño, cuando Telmo se las mostró.

«En este asentamiento se daban buenas comilonas de lapas», había dicho él. «Tantas comilonas que se las cargaron, por eso ya no las encuentras en el mar», repuso ella.

Luego sabrían que se trataba de la «lapa ferruginosa», un molusco en peligro de extinción, si no extinto, que ellos nunca habían visto en ninguna costa, pero que al parecer tuvo por allí mucha relevancia.

Tras penetrar con enorme dificultad, se sentó al fondo de la cueva, en una roca junto a un espacio plano que parecía dispuesto para echarse a dormir, y su melancolía se fue cargando de gustosos recuerdos, de aquellos años de descubrimiento del parque y sus misteriosos rincones, de los baños en la costa, tanto Telmo como ella con gafas y aletas, escrutando los más inesperados lugares, siempre en movimiento.

Entonces los hijos ya estaban casados y con prole, y procuraban turnarse para pasar unos días en el apartamento, de modo que ellos dos siempre lo ocupaban sin coincidencia familiar. Y su curiosidad no solo los llevó a conocer bien las playas y las calas, sino lugares tan estimulantes para la imaginación como aquel.

El descenso fue también muy lento y bastante difícil, pero logró llegar al apeadero y regresar sin problemas al apartamento.

Al día siguiente volvió a coger el autobús y a abandonarlo en la última parada, pero en lugar de regresar a los espacios prehistóricos bajó con mucha lentitud hasta la orilla, porque desde la ventana de su dormitorio había podido ver que el mar estaba inmóvil, y sería una estupenda ocasión para darse un baño.

De manera que descendió hasta Cala Carbón con extremo cuidado, sin importarle tampoco el tiempo que empleaba. Lo peor fue el último tramo, desde el fin de la senda a la cala, pero ayudándose con los dos bastones y cuidando mucho sus movimientos consiguió alcanzar la arena sin problemas. Por las fechas, ella era la única visitante de aquellos parajes, y cuando llegó a la cala comprobó que estaba totalmente solitaria.

Se bañó de inmediato y recibió la caricia del agua con una gozosa mezcla de familiaridad y sorpresa, porque hacía años que no la experimentaba. Tranquila el agua como la de una piscina, pudo moverse sin dificultad de un lado para otro, e incluso adentrarse algunos metros en la parte más rocosa, aunque echaba de menos sus gafas de buceo.

Y entonces fue cuando vio la enorme lapa. En la oscura roca parecía un misterioso ojo telúrico. A ella el agua no la cubría del todo, y apoyada en la roca estuvo acariciando la lapa, hasta que tuvo una mala idea que no quiso rechazar.

Salió del agua y buscó en su pequeña mochila la navajita que siempre llevaba para ayudarse en sus comidas de bocadillos y frutas y, tras regresar al punto en el que estaba la lapa, la hizo desprenderse de la roca con la punta de la navaja y, después de envolverla en una bolsita de plástico y guardarla en su mochila, regresó al agua para seguir disfrutando de su baño.

Al volver a casa y sacar de la bolsa la lapa, lo primero que hizo fue comérsela, recuperando también un sabor marino hacía muchos años perdido, pero que tenía un raro regusto agrio.

La concha de la lapa le hizo pensar si realmente sería igual que las que se encontraban en la cueva, y decidió que al día siguiente volvería a visitarla, para comprobarlo.

Esta vez, el ascenso fue mucho más trabajoso, porque los bastones se le enredaban más que el día anterior. Al fin, a unos metros de la entrada, se cayó y se golpeó la tibia de la pierna derecha contra una piedra de modo muy doloroso, y la lesión resultó tan contundente que no se pudo levantar.

Arrastrándose con muy penosos esfuerzos, logró llegar hasta la cueva. El dolor no le impidió seguir desplazándose para acercarse a las conchas amontonadas y comprobar si pertenecían a la misma clase que la que había encontrado el día anterior, lo que resultó cierto.

Mas era incapaz de ponerse en pie, y comprendió que aquel asentamiento podría ser su última morada. Continuó llevando con dificultad su cuerpo hasta la pequeña explanada del fondo, se colocó como pudo en ella y cerró los ojos, sin querer pensar en el disgusto que se llevarían los miembros de su familia...

Allí había fallecido también Telmo, pensó otra vez, y muchos otros seres humanos desde hacía miles de años. Empezando por los comedores de las dichosas lapas.

Pero si tenía que ser el final, no podía quedarse quieta. Se arrastró trabajosamente a lo largo de la cueva y, cuando salió al exterior, sus esfuerzos hicieron que cayese rodando por un trecho de la ladera, con mucho daño en todo el cuerpo.

—En movimiento —murmuró, recordando a Telmo, y siguió esforzándose cuesta abajo para conseguir un nuevo y doloroso revolcón—. En movimiento, querido Telmo...

N. del C.

Acaso quien lea este cuento advierta que hay otros con el mismo personaje y ciertos allegados... Estas apariciones recurrentes son muy gratas para quien escribe los cuentos, y hasta podrían dar lugar a una novela... Se lo comenté al autor y me dijo que a él lo que le gusta de los cuentos, por muchos enlaces que puedan tener, es su independencia, su condición autónoma...

Un regalo fiel

La difusión de aquella novela mía en el sistema educativo fue inmensa. Visité innumerables institutos para conversar sobre ella con jóvenes lectores y lectoras, y de vez en cuando me hacían regalos —textos enmarcados, figuritas...— que complementaban con afecto los honorarios que me abonaba el ministerio por cada visita.

En aquel caso el instituto era asturiano, y me regalaron un sólido paquete de plástico en el que estaba, envasado al vacío, apretado, ordenado y cuidadosamente dispuesto, todo el material para cocinar una fabada «para seis», según el profesor: las fabes, el chorizo, la morcilla, el tocino entreverado...

Yo había ido con lo puesto, y en la pequeña cartera llevaba el pijama, los trastos de aseo, mi cuaderno de notas y algunos ejemplares de mis libros de cuentos, porque en aquellos encuentros a veces leía alguno. El caso es que el paquete con *les fabes y el compango* no me cabía allí dentro, pero no era problema trasladarlo y lo dejé en la bolsa en la que venía.

El caso fue que, en el tren de regreso a casa, me quedé con la cartera para tener a mano alguna lectura y mi cuaderno de notas, coloqué en la rejilla para el equipaje el paquete con los elementos de la fabada, y me olvidé de recogerlo cuando llegué a mi destino...

No mucho tiempo después, mi colega Andrés Choz y su mujer Pepa nos invitaron a comer en su casa, porque con cierta frecuencia intercambiábamos aquellos almuerzos

—luego nos fuimos distanciando por asuntos que no quiero recordar—, y, muy ufano, Choz nos anunció:

—¡Vamos a comer una fabada de las de verdad, que nos ha hecho Pepa!

Aquello me hizo recordar mi descuido y, mientras disfrutábamos de la fabada —que estaba buenísima—, narré el desdichado despiste.

Andrés y Pepa se quedaron en silencio un ratito, con la cuchara en alto, se miraron y, al fin, Andrés dijo:

—El mes pasado, un día que yo cogí el tren para dar una conferencia en Oviedo, me encontré en la rejilla, encima de mi asiento, una bolsa con fabes y compango dentro de un envase hermético. Alguien se lo había olvidado, sin duda. Es lo que estamos comiendo...

Fue mi mujer quien rompió mi silencio estupefacto:

—Un regalo fiel —dijo, risueña—. Esa fabada no te olvidaba...

N. del C.

Esto tampoco es un cuento, aunque lo parezca... Pero muchos aspectos de la realidad, por no decir *todos*, podrían convertirse en cuentos, o novelas. Es la mirada de quien lo narra el factor determinante.

El espantapájaros

Habían heredado un pequeño chalet en una urbanización del monte. El paso de los años había convertido el espacio en un bosque, y se multiplicaban los pájaros y los insectos, pero los gatos habían llegado a ser una colonia. Menos mal que se había inventado la esterilización y ellos, con ayuda de una generosa vecina, consiguieron cazar a los cinco que dominaban en su zona, tres machos y dos hembras, y esterilizarlos, de modo que la colonia felina quedó compuesta por ese grupo, ya sin perspectivas de que pudiese crecer.

Como solo utilizaban el chalet durante el verano y el buen tiempo, para que en su ausencia los gatos se alimentasen colocaron, en un lugar resguardado del edificio, una tolva con pastillas de pienso, mas pronto descubrieron que los pájaros acudían allí masivamente, y que eran sus principales y más rápidos consumidores.

Entonces a él se le ocurrió la idea del espantapájaros.

En el extremo de una de las tablas rectangulares que habían sobrado de unas obras en el desván, donde permanecían tantos trastos antiguos, cubierta con una desgastada toalla de colores, colocó un ancho y largo palo, que sujetó con clavos a la tabla, y embutió un viejo guante de goma, para simular manos, en cada extremo. En el centro, con otro palo más fino y corto, colocó un viejo y pequeño orinal de porcelana, que cubrió con una raída boina y en el que pegó dos círculos de papel negro, simulando ojos, y otros dos recortes negros que aparentaban ser la nariz y la boca. A la parte trasera de la tabla ajustó con pegamento y puntas dos gruesas ramas secas, y cuando el muñeco estuvo completo, lo encajó en un gran caldero plano, también proveniente del desván, que llenó de tierra.

El espantapájaros resultó un éxito inmediato, porque los pájaros dejaron de invadir la tolva. Mas el aspecto de aquel bulto extrañamente humano quedó tan fijo en su imaginación que a veces soñaba con él, aunque en sus sueños era mucho más grande y andaba torpemente alrededor del chalet...

Una noche de verano lo despertó un ruido extraño, compuesto de sucesivos golpes, que procedía del exterior. Como habían dejado abierta la ventana para que corriese un poco el aire, descubrió que el motivo de los ruidos era alguien que se movía alrededor de la casa, y que al fin reconoció cuando doblaba una de las esquinas para avanzar por delante de la pared del dormitorio: ¡era el espantapájaros!

Con irremediable desazón, lo vio pasar hasta tres veces frente a su ventana. Volvió a la cama y, todavía durante una hora, tuvo que escuchar el retumbo de sus misteriosas palotadas. Se quedó dormido, al fin.

Tras levantarse, lo primero que hizo fue llegar hasta el espantapájaros y desmontarlo, procurando dispersar los elementos que lo componían: el orinal, la boina, los guantes y la toalla irían a la basura; las maderas, a la chimenea que en invierno calentaba la casa.

A su mujer, que se acercó a llamarlo para el desayuno, le extrañó lo que estaba haciendo, pero él no le dio explicaciones.

No podía saber si había sido otro sueño, pero prefería eliminar todas las piezas para impedir que aquellos siniestros paseos se repitiesen, aunque fuesen imaginarios.

En lo profundo de su temor estaba la idea de que en aquel espantapájaros había algo de sí, que en la composición de aquellos objetos al montarlo se habían entrelazado aspectos ya difusos de su propia memoria infantil, y que, en definitiva, era él mismo quien rodeaba la casa, convertido en muñeco de madera, con aquellas pisadas temblequeantes...

N. del C.

Precisamente para proteger una tolva que tengo en mi casita de campo, con pienso para que coman los gatos que andan por allí dispersos, construí el espantapájaros que describo. Fue muy eficaz al principio, pero el tiempo ha ido pasando y los pájaros, tras comprobar que el absurdo monigote permanece siempre inmóvil, han comenzado a acercarse a la sabrosa tolva y a vaciarla con sus continuas acometidas alimentarias.

Ojalá este cuento, de mi propia cosecha, y que he leído en voz alta varias veces, acabe dándome fuerzas para construir un espantapájaros con la mínima vitalidad convincente, que sirva para ahuyentar a los pájaros otra vez, pero de forma definitiva..., aunque espero que no se ponga a pasear por las noches, como el del cuento.

En la poza *datrás*

Acababa de cumplir los diecisiete años y estaba empeñado en estudiar Bellas Artes, porque quería ser pintor, pero su padre se oponía rotundamente a ello. Su padre no había podido estudiar carrera alguna, trabajaba de dependiente en una ferretería, y quería que su hijo siguiese unos estudios superiores que le garantizasen una supervivencia confortable.

—¿Pintor? ¿Y de qué vas a vivir? Primero te aseguras la vida, y luego pintas o haces lo que te dé la gana. Te pongas como te pongas, si te empeñas en eso de la pintura, yo no te voy a pagar los estudios...

—Pero Gerardo dibuja muy bien —decía la madre, también de origen humilde, y que había trabajado muchos años de asistenta, pero que era más comprensiva—. Seguro que puede ser un pintor muy bueno.

—Me ha dicho el jefe, que sabe más que nosotros de estas cosas, que hay muy pocos pintores que vivan de ello. Solo compra pintura la gente que tiene mucha pasta, y solo venden sus obras los artistas con influencias... ¿Y qué tenemos que ver con eso tú y yo, Faustina? Si no puede ser ingeniero, o arquitecto, o médico, o trabajar en eso de la informática, que estudie Derecho, por lo menos. Pagarle la carrera de pintor es tirar el dinero, por muy mañoso que sea... No le hemos mandado al instituto a hacer el bachillerato para eso.

Alicaído, Gerardo se alejó de la casa familiar durante unos días del verano para pensarlo y marchó, antes que sus padres, a la casa de los abuelos maternos, donde él había nacido, en un pueblecito de León que siempre había sido muy pequeño, pero en el que ahora habitaban menos de una docena de vecinos.

El lugar lo había fascinado desde muy niño. Estaba en una comarca montuosa y arbolada, junto a un río de aguas claras, el Omaña, en el que se bañaba con los abuelos y los primos. Ahora, en la casa solo vivían el abuelo y una tía que lo cuidaba. Esa soledad y las malas condiciones físicas del abuelo lo desanimaron aún más, y se preguntó qué hacía él allí, cuando la situación en que se encontraba el abuelo y la tristeza evidente de la tía le desaconsejaban hablar con ellos de su problema con los estudios, para no incrementar su pesadumbre.

Los tiempos felices de la infancia habían pasado, aquellos en que el abuelo lo llevaba con él a pescar truchas o cangrejos, y la abuela le contaba las historias fascinantes de las janas que vivían en el río y que podían dañarte o ayudarte, o de los trasgos que siempre te hacían faenas, como esconderte una llave, abrir la espita de la cuba de vino, dejar que el viento se llevase alguna de las ropas tendidas a secar..., o del culebrón, que vivía en un sitio desconocido pero que podía hacer desaparecer una vaca o una oveja para comérselas, o, en tiempo de fuertes lluvias, obstruir alguna parte de la corriente del río para que el agua se desbordase y anegase los huertos...

Ninguno era visible, pero la voz femenina y con aire de risa o de canto de las janas podía escucharse claramente al anochecer, en el arroyo que descendía con fuerza del monte.

Ese mundo dichoso de pesca e historias maravillosas había desaparecido, y decidió que se quedaría un par de días y regresaría a la casa familiar, porque, además, tal como el abuelo se encontraba, él estaba resultando más estorbo que ayuda...

Pero antes le apetecía visitar alguno de los espacios en los que tan feliz había sido en la niñez y en la adolescencia, y al día siguiente salió muy temprano camino de la poza *datrás*, como la llamaba el abuelo, una zona del río en la que se bañaba desde los tiempos de sus primeros recuerdos, donde había aprendido a nadar y a bucear, que estaba un poco más lejos que la primera poza, la *dalante*, que era la zona del río, especie de piscina natural, que usaban los habitantes del pueblo y los forasteros que venían de visita.

La poza *datrás* estaba más retirada, río arriba, y para llegar a ella había que andar largo rato por un camino muy estrecho que se iba abriendo entre el matorral ribereño, pero además de ser más amplia que la otra, se encontraba ante un lugar muy abundante en arbolado, en que los habituales robles compartían el espacio con bastantes chopos, y los ramajes de los árboles estaban cargados de pájaros.

Cuando llegó a la orilla, descubrió que alguien estaba nadando, y se detuvo para observarlo. La persona que nadaba cruzó dos veces la poza, y cuando al fin se acercó a la orilla para salir, él comprendió que se trataba de una mujer. Su desnudez lo sorprendió, porque en aquellos parajes solo la había visto en niños muy pequeños, pero la mujer le pareció bellísima, propia de un cuadro clásico.

Rubia, esbelta, con unas piernas, unas nalgas y unos senos que guardaban perfecta proporción con el resto de su cuerpo, tras salir del agua se acercó a un lugar entre los árboles en el que había un gran tronco caído, y recogió una toalla en la que se envolvió. Él, entonces, decidió dejar el matorral y acercarse.

—Buenas tardes —dijo cuando estaba ya muy próximo.

Ella se volvió con una extrañeza sin duda alarmada, que él vio desaparecer cuando la mujer, que tenía también un rostro muy hermoso, comprendió que se trataba de un muchacho.

—Buenas tardes —contestó—. Es la primera vez que veo a alguien pasar por aquí. Por eso me ha sorprendido.

Hablaba el español correctamente, pero con un indudable acento extranjero.

—Yo nací en este pueblo, aunque ya no vivo en él, de modo que me conozco bien el sitio. Me baño en esta poza desde hace muchos años... —contestó Gerardo.

Se separó lo que consideró una distancia cortés, pero no tuvo inconveniente en bañarse también desnudo, lo que además era su costumbre si estaba solo, y en la mochila no había metido el traje de baño.

Tras varias ocasiones de natación por parte de los dos, y envueltos ambos en sus respectivas toallas, se acercaron de nuevo y conversaron, sentados en el gran tronco de árbol junto al que estaban las cosas de ella, entre las que destacaba un pequeño caballete.

Ella le dijo que se llamaba Inga y que era danesa, aunque descendiente de españoles que se fueron de aquella tierra con motivo de la guerra civil, y que venía con cierta frecuencia en el verano, tanto allí como a otros sitios de España, para descansar y pintar.

—Soy profesora de arte en un centro de Copenhague. Me gusta mucho practicar la acuarela...

Gerardo se sintió emocionado, y además de comunicarle su nombre, le dijo que él dibujaba, que no se le daba mal el retrato, y que había pintado algo al óleo, y no dudó en exponerle su problema:

—Quiero estudiar Bellas Artes, pero mi padre no me deja. Es un hombre que no pudo hacer ninguna carrera y que no cree que yo pueda vivir de eso...

Hablaron más de pintura, Inga le enseñó la acuarela que estaba haciendo, una vista muy atractiva de la poza, y él, en un cuaderno y con un lápiz que ella tenía entre sus instrumentos de trabajo, le hizo un retrato que ella consideró de mucha calidad.

Volvieron juntos, porque Inga se alojaba en la casa de la tía Paloma, un albergue rural que era lo único que en el buen tiempo le daba al pueblo algo de vida, con la presencia de media docena de forasteros...

—Cuando vengo a España alquilo un coche para moverme a mi aire por donde se me antoje...

Sin haberse citado, se encontraron de nuevo en la misma poza al día siguiente, y entre baño y baño, y las pinceladas de Inga para acabar de componer su acuarela, continuaron hablando, por interés de ella, del proyecto de estudios de Gerardo, e Inga le dijo que era posible que él pudiese conseguir una beca y estudiar en el propio centro danés en el que ella era profesora.

—¿Hablas inglés? —le preguntó.

Gerardo le contestó que, por los problemas económicos familiares, y comprendiendo que era una lengua necesaria para su proyecto profesional, se había tomado el inglés muy en serio en el bachillerato, y se entendía en inglés bastante bien.

—Precisamente estuve dos veranos en Inglaterra haciendo cursos de inglés, con unas becas.

Inga le dijo que dibujase el paisaje de la poza desde donde estaban, y Gerardo lo hizo, añadiendo la figura de Inga ante su caballete, lo que la hizo comentar que no había duda de que él tenía de sobra capacidad para dedicarse a ello como profesional.

—No te olvides de apuntarme ahí tu correo electrónico —añadió luego—. Para que podamos seguir comunicados...

Esta vez él había traído de la casa del abuelo, entre sus cosas, una bota con vino tinto y un poco de pan y chorizo, para tomar el aperitivo, y el encuentro resultó muy grato para ambos.

El tercer día, Inga lo recibió con mucho alborozo. La tarde anterior había hablado con los responsables de su centro acerca de la beca y parecía que era muy posible conseguirla, porque también se podrían implicar otros programas interuniversitarios, aunque Gerardo tendría que matricularse en una universidad española, para empezar, y en Copenhague estudiar también el idioma danés. Inga le traía por escrito todo lo que él necesitaba presentar en su petición.

—En septiembre tendremos noticias del resultado, pero yo lo veo con mucho optimismo...

A Gerardo le emocionó tanto la noticia que abrazó a Inga con fuerza, y la cercanía de los cuerpos encendió en ambos un impulso que los hizo besarse y al fin caer sobre las toallas y acariciarse y terminar ejecutando una inevitable y silenciosa comunicación carnal muy placentera para los dos que, por la poca experiencia de Gerardo, al principio fue demasiado rápida y descontrolada, pero que poco después repitieron con mucha más calma, y a la que volvieron a proceder antes de regresar al pueblo...

Al día siguiente, cuando Gerardo llegó a la poza, Inga no estaba, y tampoco apareció durante el resto de la mañana.

Al regresar al pueblo, Gerardo se dirigió al albergue de la tía Paloma, que lo recibió con mucho afecto, comentando lo que había crecido y lo guapo que estaba, como hacía siempre...

—Ya sabía que habías venido, chavalín, pero además esta mañana supe que conocías a la extranjera rubia, porque antes de marchar me dejó una carta para que te la diese...

Se despidió de la tía Paloma y buscó un lugar tranquilo para leer aquella carta, en cuyo sobre ponía *PARA GERARDO*, con mayúsculas. La carta era muy escueta, y decía así:

Hola, Gerardo, lo de ayer fue muy placentero, pero peligroso, porque me pilló en un tiempo de mucha confusión y he pensado que es mejor reflexionar un poco sobre ello... Por eso me voy, y no sabes lo que lo siento. Seguro que nos volveremos a encontrar en Copenhague, cuando te den la beca, y hablaremos y nos tomaremos las cosas con calma... Mándame otro dibujo de la poza a la dirección que te escribo abajo, con mi correo electrónico. Como necesitarás matricularte en una universidad española, hazlo y dime lo que te cuesta, y yo lo pagaré. ¡Y no dejes de completar todos los documentos y enviarlos! *Jeg elsker dig.*

Gerardo quedó preso de una extraña desazón, en la que por un lado estaba la sensación de pérdida que le producía la marcha súbita de Inga, pero por otro la de logro, por los abrazos con ella y lo que decía de la beca.

Y mientras pensaba en la poza que dibujaría y colorearía con entusiasmo, se le ocurrió algo inesperado y sorprendente.

Era Gerardo, pero no el Gerardo con sus problemas universitarios, sino el Gerardín que escuchaba con atención las historias que la abuela le contaba antes de dormir, y donde aparecían aquellos personajes maravillosos. Y Gerardín lo comprendió: «¡No es una mujer! ¡Es una jana! ¡La jana de la poza *datrás*!».

Y se sintió profundamente conmovido y dichoso.

N. del C.

Ya lo he contado en algún otro sitio. Hace más de cuarenta años, Juan Pedro Aparicio y yo recorrimos meticulosamente, durante varias jornadas, los numerosos arroyos que nutren el río Esla, llamado desde la antigüedad Ástura, y que dio nombre a Asturias, aunque en la actual distribución territorial española no recorra su suelo ni una gota.

El viaje por aquellos preciosos parajes tenía como objetivo escribir un libro, *Los caminos del Esla*, en el que recogimos nuestra experiencia. Normalmente dormíamos en alguna fonda de pueblos próximos, pero cuando el recorrido era incómodamente lejano, descansábamos en una pequeña tienda de campaña que llevábamos con nosotros.

Así lo hicimos una noche, en un recodo de la montaña cercano al lugar en el que manaba el afluente. Pero hubo algo que llamó con fuerza nuestra atención cuando nos disponíamos a dormir: en aquel lugar, tan alejado de cualquier espacio habitado, se oían risas y cantos de mujer.

Salimos de la tienda, pero en la soledad montañesa no había nadie, ni otro ruido que el de las aguas descendentes del arroyo cercano.

¡Las janas!, comprendimos, maravillados.

El resonar del agua en forma de voces femeninas, en conversación o cántico, era tan veraz que yo lo intenté recoger en mi grabadora, pero el aparato no fue capaz de captar la sutileza de aquellos sonidos.

Escuchar esas voces de las ninfas del río fue para mí uno de los regalos inolvidables de la vida.

Elevator

La reunión había concluido, pero como habíamos estado discutiendo ciertas etimologías, cuando se abrió la puerta del ascensor, y mientras entrábamos en él, don Gregorio dijo: «Ascensor, del latín tardío *ascensor, ascensoris*». A lo que repuso Aurora: «Sinónimo de elevador, del latín *elevator, elevatoris*».

El aparato, que se había alzado un poco, se detuvo, y enseguida descubrimos que debía de tratarse de alguna avería, y tocamos el timbre de alarma. La cabina había quedado al parecer muy cercana a la puerta, porque sobre nuestras cabezas pudimos escuchar que alguien hablaba.

—¡Estamos encerrados! —grité—. ¿Pueden ayudarnos desde ahí?

—¡Lo vamos a intentar! ¡Si no podemos, llamaremos a los técnicos!

Esperamos largo rato. Yo empecé a buscar cosas en mi móvil sobre averías de ascensor, encontré la referencia a sus orígenes en Google, y la leí en voz alta:

—El ascensor se inventó... *en 1823, cuando Burton y Hormer idearon una forma de elevar a un total de veinte personas a unos treinta y siete metros de altura dentro de una caja que llamaron cuarto ascendente.*

Carme repuso entonces, con un humor muy apropiado para la ocasión:

—Yo no soy supersticiosa, pero dejaría de hablar de eso. La avería se produjo cuando comentabais lo de las etimologías latinas...

Lograron que ascendiese un poco la cabina y abrir la puerta, pero el espacio era tan estrecho que no podíamos salir. Y como los especialistas tardaron todavía un rato en llegar, continuamos allí encerrados.

Por fin consiguieron sacarnos. Nunca he vuelto a utilizar ese ascensor, y procuro permanecer en silencio cuando subo o bajo en cualquiera de ellos.

N. del C.

Otra historia, esta *subterránea*, que muestra cómo ficción y realidad están íntima y naturalmente comunicadas, posiblemente desde los orígenes del lenguaje articulado. Los encerrados en el ascensor fuimos doña Carme Riera, doña Aurora Egido, don Gregorio Salvador y yo mismo, y el lugar, ya pueden ustedes suponerlo.

Señales del multiverso

Andrés Choz apenas podía comprender lo que le decía aquel hombre que le había llamado por teléfono, aunque sin duda hablaba español.

Para empezar, no fue capaz de entender su nombre. *¿Estudonon, Istaladan, Astuldina?* Solo la *te* y la *de* parecían claras. Como le hacía repetir tanto lo que decía, Andrés le pidió excusas, explicándole que tenía problemas con el teléfono, y tras una conversación que amenazaba con ser interminable, acabó comprendiendo que se trataba de alguien que había venido de un país que tampoco podía identificar. *¿Earmeeeta?*

Al parecer, el confuso interlocutor estaba de paso por Madrid, y le traía a Andrés un libro suyo que había traducido a la lengua de aquel remoto e inidentificable territorio, asunto grato, pero del que Andrés Choz no recordaba absolutamente nada.

Lo confuso e intrincado de la comunicación tenía sin embargo el atractivo del libro traducido, y Andrés decidió invitar a comer a aquel extranjero en el lugar, no caro pero decente, que solía utilizar para encontrarse con los amigos o en compromisos similares a aquel. Tardó también en conseguir que el otro comprendiese que la cita sería el siguiente viernes a las dos, pero al fin lo logró. *Dacor, vernes a la da*, acabó respondiendo *Estudonon, Istaladan* o *Astuldina...*

Se encontraron el viernes a las dos en el lugar previsto. El forastero era alto y corpulento, con rasgos claramente orientales, y el almuerzo resultó también interminable, porque era muy difícil entenderse entre ellos.

Por otra parte, la comida fue un continuo cúmulo de sorpresas. Para empezar, Andrés descubrió que el forastero no sabía utilizar el tenedor ni el cuchillo, y pensó que acaso estaba demasiado acostumbrado a los palillos; los platos que les sirvieron, además, parecían extrañar demasiado a su paladar, y estaba claro que jamás había probado el vino, porque cuando bebió el primer sorbo hizo un tremendo gesto de asustado pasmo.

Consiguió entender que el forastero decía que Madrid «había cambiado mucho en comida y bebida», lo que aumentó su confusión, porque todo lo que estaban comiendo y bebiendo pertenecía a lo más usual...

Pero por fin ¿*Estudonon, Istaladan, Astuldina*?, tras anunciarle muy trabajosamente que le llegaría un paquete de diez ejemplares por correo, le entregó el libro, o mejor, librito, porque no pasaría de las ciento cincuenta páginas —para empezar, no venían señaladas con lo que llamamos números arábigos, sino con otros signos muy raros—, que estaba impreso en un lenguaje que él nunca había visto, aunque tenía en casa traducciones de algunos libros propios al árabe, al japonés, al chino, al bengalí...

En cualquier caso, el libro se abría de derecha a izquierda, como los árabes, pero lo que le sorprendió aún más fue que en la contracubierta figurase un retrato suyo, y a sus espaldas un edificio que nunca había visto antes, en el que se mezclaban lo vertical y lo ondulado de un modo desasosegante. Y lo que remataba la sorpresa era que el retratado —que era sin duda él mismo— tuviese bigote, lo que no había usado en la vida.

—¡Yo nunca he llevado bigote! —le dijo al otro, señalando la foto.

Según el forastero, en una explicación que también se hizo muy larga por lo mal que se entendían, Andrés había estado en ¿*Earmeeeta*? hacía tres años, dando un curso en español sobre narrativa, del que había resultado precisamente la traducción del libro, una antología de cuentos. Él no quiso discutirlo, pero estaba seguro de que nunca había ido allí, como lo estaba de que jamás había llevado bigote...

Mas se encontraba tan cansado de la experiencia de intentar hacerse entender por el otro y entenderlo él que, poco después de tomar el café —su invitado no conocía, al parecer, ni el café ni el té, a pesar de haber estado en Madrid, como decía—, se despidió afablemente con la excusa de ciertos compromisos...

Se pasó mucho tiempo dándole vueltas a la foto. No parecía que fuese un montaje y el retratado era él, eso estaba claro, pero no reconocía ni su chaqueta, ni su bigote, ni el estrafalario edificio ante el que posaba... Y del Oriente, él solamente había estado en Tokio, en un viaje en el que había coincidido con otros escritores y profesores españoles, y en Taipéi, a cuya universidad lo había invitado la profesora Luisa Chang, amiga suya.

El encuentro con el extraño traductor lo había inquietado tanto que, para empezar, intentó identificar el libro, buscándolo en las copias de los contratos que su agente literario formalizaba, pero no encontró ninguna edición de un país oriental en los últimos cinco años.

Seguramente podría ayudarlo reconocer la letra impresa, y dedicó mucho tiempo, meses, a intentar lograrlo, primero a través de Google: chino —con sus matices—, mongol, tibetano, coreano... Y cuando se dio cuenta de que no podía conseguirlo, se puso en contacto con expertos de diversas universidades: la Complutense y la Autónoma de Madrid, la de Barcelona, la de Salamanca, la de Zaragoza, la de Valencia..., y hasta con dos asociaciones, una de estudios del Asia Oriental y otra de licenciados en esos estudios, pero las respuestas siempre fueron infructuosas: nadie conocía esa escritura.

Incluso hubo un especialista zaragozano, Óscar Lobato, con el que acabó estableciendo amistad, al que había enviado las cubiertas y muchas páginas del libro escaneadas, que le aseguró que se trataba de un engaño, de una falsificación.

«¡Esa lengua no existe! —afirmó tajantemente en una conversación telefónica—. ¡Te aseguro que ese libro es un capricho disparatado!».

Con cierta periodicidad, Andrés se reunía a comer con un grupo de amigos y amigas; algunos, de los tiempos universitarios, otros, colegas en la escritura, y cuando tuvo la certeza de la falsedad del libro les contó en una comida su experiencia, tan insólita y surrealista que empezaba a complacerlo.

Entre ellos había un antiguo compañero de colegio mayor, Joaquín Llamas, catedrático de Física en la Complutense, al que le fascinó el asunto.

—¿No habéis oído hablar de la IMM?

—¿Qué es eso?

—*Interpretación de los Mundos Múltiples*. El multiverso de verdad, no el de las ciberchorraditas. La simultaneidad y coexistencia de realidades en el mismo espacio-tiempo. Más del sesenta por ciento de los físicos creemos en ello, apoyados por gente tan importante como Hugh Everett o Stephen Hawking. Los universos paralelos, dobles, simultáneos..., universos donde exista, en el mismo espacio pero con diferente dimensión, otro sistema solar como el nuestro, y un planeta como este, y, eso es cosa mía, acaso gente como nosotros, aunque sus idiomas y comportamientos no sean exactamente los mismos que los nuestros. Otro Andrés escribiendo cuentos y novelas, otra Olivia escribiendo poemas y teatro, otro como yo, intentando saber algo mínimamente convincente sobre el origen del cosmos...

—¿Y eso qué tendría que ver con el libro traducido a una lengua inexistente? —preguntó Martino, el periodista.

—¡Un cruce de universos! ¡Un fallo del sistema! ¡El libro del otro Andrés y algunas cosas más se han colado en este!

Hubo un silencio y los presentes se miraron entre sí.

—¡Viva la súper ciencia ficción! —exclamó Olivia, la poeta, alzando su copa.

—¡Viva! —respondieron todos.

El tiempo pasó y, cuando Andrés había quitado ya el asunto de su cabeza, recibió un correo de Lobato comunicándole que, a pesar de todo, seguía buscando la dichosa lengua del libro, porque se había obsesionado con el asunto, pero que, de repente, no sabía cómo, se le habían perdido las portadas y las páginas escaneadas. «¿No podrías enviármelas otra vez? —preguntaba—. Es que no dejo de darle vueltas pensando en quién podría gastarse el dinero en elaborar y editar un libro de tales características. ¿Qué iba a lograr con ello? ¿No se trata de algo ilimitadamente absurdo?».

Andrés buscó el libro por toda su casa y no lo encontró.

«El fallo cósmico se ha resuelto», comprendió, admirado, y decidió que iba a llamar de inmediato a Joaquín para contárselo.

N. del C.

Si quien lo escribió ahora lo hubiese hecho hace cincuenta años, este cuento se habría clasificado como «de ciencia ficción». En estos tiempos, todas esas especulaciones están cargadas de verosimilitud y justificación, y sin embargo pertenecen a los arcanos de la ciencia.

Nunca se ha sabido tanto de todo y nunca nos hemos sentido tan cómodos en la ignorancia.

Del famoso mundo

Era una *celebrity* de primera, y había llegado a serlo gracias a la repercusión de sus novelas policiacas —protagonista: una detective llamada Anna Marcus—, un programa semanal de comentarios sobre *Gente Urgente* en televisión, y su presencia en las redes sociales.

Estaba encantada de ello, pero también cada vez más agobiada por los compromisos de entrevistas, charlas y asistencias a eventos en múltiples lugares. Hasta su compañero, Bibian —en realidad se llamaba Bibiano— se lo decía:

—No puedes seguir así, Lumi. Tanto lío te va a hacer daño, de verdad acabará afectando a tu salud. Tienes que seleccionar con cuidado tus contratos, y no ir a todo, o terminarás machacada...

Pero a ella —Luisa Micaela— le satisfacía mucho tanto requerimiento social, y además le daba notable beneficio económico, por lo que cobraba de sus intervenciones...

Tenía unos representantes, Marta y Daichi, que eran también sus agentes literarios, y cuando les planteó sus problemas de enredos abrumadores, Daichi, que era japonés con muy buenas relaciones en el mundo de la informática, tuvo una idea sorprendente:

—Ahora en mi país están trabajando mucho con la robótica. ¿Por qué no intento que hagan un duplicado robótico tuyo para que puedas atenderlo todo?

—Vamos, Daichi, un robot es un robot, y por muy parecido a mí que lo hiciesen, estaría claro que no soy yo...

—Estás muy equivocada, Lumi. Yo he visto robots que parecen seres humanos, te lo aseguro. En la piel que los cubre, en la temperatura del cuerpo, en el hablar, en los

271

gestos. Ese campo está avanzando lo que no te imaginas... Se está llegando a la perfección.

—Aunque fuese una réplica exacta, ¿cómo iba a expresarse cuando le preguntasen?

—¿No has oído hablar de *machine learning* y de Chat GPT?

—Algo he oído, pero no sé muy bien de qué me hablas...

—Sería largo de explicar, pero tiene que ver con la Inteligencia Artificial preparada para comunicarse mediante conversaciones, como nosotros, respondiendo a preguntas. Aunque parezca increíble, ya existe. Hay que organizarlo antes, como es lógico, pero te aseguro que tu voz, tu manera de hablar, las cosas que sueles decir, tu bagaje cultural..., el robot lo expresaría perfectamente, sin que nadie notase la suplantación...

—Pero eso costará una fortuna.

—El mes que viene tengo que viajar a Japón y hablaré con ellos... Y una cosa importante: no le cuentes esto a nadie. Ni a tu pareja...

A la vuelta de su viaje, Daichi estaba encantado de sus negociaciones con la empresa robótica. Les había parecido un buen proyecto, para experimentar la repercusión social de sus nuevos robots y su credibilidad como supuestos humanos. Claro que harían una sosias de Lumi —que les suministraría la suficiente y necesaria información sobre su persona, y todos sus matices de voz y expresión—, y la sorpresa más agradable de todas era que no cobrarían nada por ello, al incluir el proyecto en sus propios programas.

El robot seguiría siendo suyo, se lo dejarían a Lumi durante un año, y recibirían la mitad de los honorarios de las charlas y actos en los que el robot participase. Al concluir el desarrollo del programa, anularían en el robot toda la información de Lumi, aunque el contrato con la empresa le daba derecho a que, cuando terminasen sus contactos

—que, por la manera ambigua de expresarse el texto, parecía que podrían prorrogarse indefinidamente—, se utilizara la experiencia como muestra del rigor científico con que el robot estaba construido.

Lumi, de acuerdo con lo que le había exigido Daichi, no le contó nada a Bibian, y no pudo conocer directamente a su réplica robótica, porque a los constructores les parecía que podía ser problemático para la máquina en aquellos momentos, pero sí la vio moverse, desnuda y vestida, dentro de una sala, escuchó cómo conversaba con Daichi, y se quedó maravillada.

—¡Parece un ser humano! ¡Parezco yo misma! ¡Alucino!

—Y te diré que tiene la cavidad bucal, así como una zona genital, como si fuese un ser vivo. Y un sistema interno de limpieza corporal, digamos. Puede asistir a almuerzos y comer, y echar polvos, como decís en España.

La existencia de Lumia, como la llamaron para identificarla, hizo mucho más cómoda la vida de Lumi, que no dejó de tener bastantes compromisos. Y el hecho de que a menudo coincidiesen el mismo día en actos en dos ciudades diferentes no les preocupaba ni a ella ni a sus agentes, porque no tenía suficiente trascendencia pública, y nadie se daba cuenta de la coincidencia...

Incluso se permitió asistir a asuntos que consideraba importantes algunos fines de semana, que hasta entonces reservaba para estar con su pareja, lo que propició los encuentros amorosos de Bibian con el robot, sin que Bibian se diese cuenta. Lumi tomó esa decisión la víspera de un fin de semana, cuando a última hora la invitaron a un acto lejos de Madrid al que asistirían los reyes. Resolvió entonces aventurarse a dejar a Lumia con Bibian sin que él conociese el cambio, y cuando el lunes regresó a casa, ausentes Bibian, por su trabajo, y Ramona, la asistenta, a quien había telefoneado para decirle que no fuese a casa, por unas reparaciones inesperadas que le informó que se tenían que hacer, se ocupó de encerrar a Lumia en su trastero, dentro de una caja en la que le había dicho a Bibian que amontonaba su ropa vieja, y no encontró en su pareja ninguna señal de que hubiese percibido rarezas en la compañera que la había suplantado el fin de semana, con la cual había tenido toda la intimidad posible, a juzgar por el comentario que Bibian le hizo el mismo lunes por la noche: «¡Qué gozada de fin de semana! ¡Qué amorosa y encendida te encontré!».

Transcurrido un año mucho más tranquilo que los anteriores, Lumi pensó que no era malo continuar trabajando de la misma manera, pero la empresa de robótica se negó en redondo a seguir prestándole el robot sosias. Para ellos, el experimento había terminado, e hicieron un documental en el que se mostraba lo más sustantivo de la aventura, y donde aparecían Lumi y su réplica robótica en contacto con los numerosos espectadores de los actos a los que habían asistido, demostrando la imposibilidad de distinguirlas, aunque no incluyeron en el film las relaciones de Lumia con Bibian, afortunadamente.

Lumi y sus agentes buscaron abogados para denunciar a la empresa y llevarla a los correspondientes tribunales, pero los abogados estudiaron meticulosamente el contrato y no encontraron nada que pudiese facilitárselo.

Menos mal que la noticia del doble de Lumi y sus convincentes actuaciones, en lugar de perjudicar la celebridad de la escritora y su presencia mediática, la incrementaron, ya que, para la mayoría, mostraba su espíritu científico y sus deseos de apoyar las investigaciones en materia de robótica y de Inteligencia Artificial. O sea, que las demandas de encuentros y los seguidores en las redes alcanzaron todavía mayor número...

Quien no lo pudo soportar fue Bibian. El día en que el documental se popularizó en las redes y en la prensa, tuvo un duro enfrentamiento con Lumi.

—¿De manera que creaste una doble? ¿Te parece normal no contármelo? ¿No te parece asqueroso dejar que follase con una máquina?

Lumi intentó disuadir a su pareja de aquellas suposiciones, pero no lo consiguió.

—¡Ya me parecía a mí notar algo raro algunas veces! ¡Es la mayor cabronada que me han hecho en mi vida!

Estaba tan afectado que aquel mismo día se marchó de casa con todas sus cosas, dando por terminada su relación. Y con el tiempo, Lumi tendría noticias de que se había hecho budista, y que se había retirado a un centro del Pirineo aragonés.

N. DEL C.

Entre los avances de la IA y la robótica, estoy convencido de que llegará el momento en que existirán esos «dobles» humanos que nadie podrá distinguir del verdadero. Seguro que la relación entre ambos puede llegar a ser muy problemática, pero ese cuento, por ahora, no voy a escribirlo.

Delirios gatunos

Al final del verano, mi amigo Arturo dijo que me tenía que presentar a su nueva chica.

—Helena con hache —precisó—. Ya verás lo maja y lo guapa que es.

Quedamos citados para comer. Yo llegué el primero, y estaba distraído cuando lo hicieron ellos. La voz de Arturo me sacó de mi despiste.

—Aquí estamos, Ramón, buenos días. Te presento a mi chica, Helena con hache.

Me puse de pie, muy sorprendido. Acompañaba a Arturo una figura de mujer, pero la cabeza era la de un enorme gato que parecía pertenecer a esa reciente raza llamada *snowshoe*.

Se acercó para besarme y yo le devolví los dos besos, sintiendo sus vibrisas y sus mejillas peludas.

—Arturo me ha hablado muy bien de ti, te quiere mucho —dijo, con una bonita voz humana.

Yo estaba tan desconcertado que no respondí. Menos mal que Arturo tomó la palabra y fue quien más habló a lo largo de la comida, contando las felices vacaciones que habían tenido, mientras yo me obligaba a comer, mirando a Helena lo menos posible.

Cuando nos separamos y regresé a mi casa, intenté no pensar en ello, pero era evidente que se trataba de una alucinación mía, porque no era posible que Arturo y el resto de la gente vieran sobre el cuerpo de Helena esa gran cabeza gatuna sin manifestar su extrañeza...

Me acostumbré a ello, decidiendo que se trataba de un delirio particular, y el tiempo ha pasado sin otras alteraciones visuales. Pero esta mañana, cuando tras levantarme entré en el cuarto de baño, me encontré en el espejo mi cuerpo rematado en lo más alto por una gran cabeza de gato que, por lo que pude identificar en Google, pertenece a la raza *savannah*.

Fui al trabajo lleno de miedo, pero ni en el metro, ni en la calle, ni en la oficina, se han extrañado de verme.

Tendré que acostumbrarme a mis alucinaciones gatunas. Lo peor es que he empezado a percibir olores y sonidos que jamás había conocido antes.

N. DEL C.

La supuesta experiencia que se narra en este cuento me pareció interesante, porque a mí el espejo nunca deja de sorprenderme...

Nuevo viaje al Nuevo Mundo

Querida Marisa: como sabes, conocí a Juanma en el bachillerato, pero volví a recuperar nuestra relación cuando me trasladé a Valencia, para trabajar en el periódico, donde tú y yo nos encontramos. Él ya se había separado de Ágata y, habiendo dejado también el periódico, se dedicaba solamente a navegar en su pequeño yate. En verano y principios de otoño aceptaba a los seis posibles pasajeros, en alquiler, para recorrer determinados espacios de las Baleares, y conseguía con ello y lo que había heredado de sus padres lo suficiente como para mantenerse cómodamente...

Precisamente nos hicimos amigos en una de aquellas navegaciones, y ya te conté que a veces, en verano, yo le acompañaba para ayudarlo en el manejo de las velas, porque no necesito recordarte lo que a mí también me encanta navegar. Y no habrás olvidado que, cuando nos enrollamos tú y yo, varias veces nos invitó a acompañarlo en el barco, recuerda aquel viaje a Menorca tan estupendo que hicimos los tres juntos, y lo mucho que te gustó la labor de marinera...

También te conté que un día me dijo que algunos de los pequeños yates como el suyo se marchaban de diciembre a mayo al Caribe para hacer allí también navegaciones de alquiler, lo que unía un lucro invernal al placer de navegar a lo grande.

Lo que no te mencioné entonces es que añadió que él también iba a tratar de llevarlo a cabo: «Y lo voy a hacer, Fermín —me aseguró, categórico—. Siempre me ha fascinado el viaje de Colón, y no quiero morirme sin intentarlo».

Ahora he comprendido que no te lo conté desde el primer momento porque fue la semilla de un profundo deseo que despertó en mí y que me desconcertó tanto que quería mantenerlo en secreto hasta que lo racionalizase...

El caso es que me sorprendió y objeté que eso sería muy complicado. Y él me contestó que lo había estudiado a fondo. «Primero hay que ir a las Canarias, y de allí, directo al Caribe. Se aprovechan los vientos alisios», me explicó.

Repuse que se tardaría mucho y replicó que no. Con suerte, el viaje podría durar solo quince días, pero normalmente la travesía se llevaba a cabo en tres semanas o un mes... Eso sí, había que tener suerte con los alisios y llevar la despensa bien provista, por si acaso...

Y decidí incorporarme a la aventura. Me apetecía de tal manera que no lograba quitarme de la cabeza la idea de atravesar el Atlántico para terminar el viaje imaginando la emoción de Colón y de su gente.

Querida Marisa, ya ves lo que pasó cuando te conté que iba a acompañarlo: te enfadaste tanto que rompiste conmigo. Y no dejaba de pensar en intentar arreglar el problema a mi regreso, convencido de conseguir tu perdón...

El caso es que lo preparamos todo con cuidado meticuloso, y conseguí que don Alonso autorizase esa ausencia mía, pues podía dar lugar a un estupendo reportaje. Lo ilusionó, incluso, y siempre que me encontraba me decía *¡Nuevo viaje al Nuevo Mundo!*, adelantando sin duda el titular, lo que me llenaba de orgullo, a pesar de lo desolado que yo estaba por tu ruptura.

Y te aseguro que una parte importante del viaje ha sido una delicia. Primero el trecho hasta Morro Jable, en Fuerteventura, que al parecer es un punto de partida muy conveniente para el tema ventoso.

La cosa fue bien. Los primeros vientos nos ayudaron positivamente, como habían hecho hasta entonces, y tres días después ya estábamos lejos de cualquier costa, solos en mitad del océano, y me extrañaba mucho no vislumbrar ningún barco en un espacio donde se decía que navegaban tantos...

Pero pocos días después las cosas cambiaron brutalmente, el viento suave que nos iba ayudando tanto se convirtió en un disparatado torbellino, hasta el punto de que nos rajó la vela mayor y convirtió nuestra navegación en una pesadilla.

Juanma también cambió, y recordé lo que en una ocasión me había contado Ágata, su antigua compañera, sobre ciertas alucinaciones suyas a propósito de una supuesta isla verde que durante mucho tiempo se había empeñado en ver a lo lejos, pero a la que nunca había conseguido arribar.

«¡Es el Kraken, el puñetero Kraken, tiene el casco sujeto con sus tentáculos y por eso el viento nos machaca!», afirmaba a voces. Yo no sabía qué decir, porque el viento seguía siendo imprevisible y muy fuerte, y navegar solo con motor nos haría perder mucho combustible. «¡Y las sirenas! —me gritó otro día—. ¡Las tenemos en contra, no quieren que crucemos el océano!».

Yo quise saber qué era el dichoso Kraken y me miró con aire enloquecido: «¿No sabes lo que es? ¡Un monstruo gigantesco, una especie de pulpo demoníaco, destructor de barcos y devorador de tripulaciones! ¡El mejor amigo de las sirenas! ¡Echa un vistazo al casco y verás las puntas de sus tentáculos pegadas a él! ¡Estamos malditos! ¡Nunca llegaremos al Caribe!».

No eran bromas, querida Marisa. Juanma se convirtió en una persona frenética, de ojos saltones, que voceaba continuamente, que a lo largo de las jornadas maldecía a gritos, mirando rabioso el mar, en el que veía al Kraken y a las sirenas.

ʾEl caso es que estábamos fatal, no teníamos cobertura para pedir ayuda, yo ignoraba nuestra posición y, cuando le preguntaba dónde estábamos, él me contestaba: «¡No podemos estar peor!», y al insistir yo en querer conocer nuestra posición aseguraba que nunca llegaríamos al supuesto destino.

Y en efecto, el tiempo fue pasando, ya no sé cuántos días, nuestras provisiones y nuestra reserva de agua dulce fueron disminuyendo de manera grave, y esta mañana, al despertar —nos hemos ido turnando para intentar mantener el sentido de la ruta del barco manejando el timón—, el barco se bamboleaba con fuerza y Juanma no estaba a bordo.

No sé lo que pasará. Como no tengo ninguna posibilidad de comunicación ni por la radio, ni por el móvil, ni conozco tampoco la orientación, he decidido escribirte en el portátil esta carta de despedida. Como si el espíritu de Juanma me hubiese invadido, pienso en ese horrible Kraken —hasta me ha parecido ver en la proa del yate las puntas de tres de esos tentáculos de los que él hablaba— y sueño con maléficas sirenas...

No sé lo que será de mí. Intentaré seguir la ruta hacia el oeste, a ver si encuentro pronto tierra o un barco al que pedirle socorro, y administrar con extremo cuidado las provisiones y el uso del motor. Pero que sepas que nunca he dejado de quererte, y perdóname por haberme embarcado en esta aventura demencial.

＊＊

Al parecer, este texto reproduce otro escrito en un ordenador portátil, que fue encontrado en un yate vacío de tripulación y muy castigado por la mar, y que apareció una mañana embarrancado en una playa de Porto de Galinhas, en Brasil.

N. del C.

Está claro que este cuento es del mismo autor que «La isla secreta», aunque en la lectura pública no los leyó el mismo participante, y otro tanto sucedió con el último de los cuentos de la recopilación, «Mensaje de náufrago», que ya verán. Lo más misterioso del ser humano son sus comportamientos...

Las llaves desconcertadas

Para Irene Andrés-Suárez

Había asistido varias veces a aquel *Séminaire* tan interesante, que tenía la creación literaria como materia fundamental, donde concurrían otros escritores y escritoras de calidad y miembros notables del profesorado.

Eran días muy estimulantes, en la placidez y belleza del territorio suizo, y a él le tocaba residir en un hotelito que había sido la morada hermosa y enorme de alguna familia importante en el siglo XIX.

Pero esta vez, cuando llegó al hotel, le informaron de que estaban a punto de cerrarlo, de manera que ya no habría residentes la última noche de su estancia, pero que a él se le permitiría dormir esa jornada, por consideración hacia la universidad. Al parecer, el edificio había sido adquirido por un opulento italiano, que iba a convertirlo en residencia particular.

El *Séminaire* transcurrió con el habitual interés y los gratificantes reencuentros amistosos, y tras la clausura y una cena rematada con esos *schnapps* destilados de manzanas, peras, cerezas, ciruelas..., tan abundantes en el país, regresó al hotel donde ya no había ningún cliente y solo un empleado, que le informó de que él se iría enseguida y le pidió que le dijese la hora en que quería que lo despertasen, por teléfono, añadiendo que habría una persona sirviéndole el desayuno y un taxi para llevarlo al aeropuerto, y que, al salir del edificio, no dejase de cerrar con llave la puerta de la calle...

Ya en la cama, no dejaba de pensar en que era el único y último residente en el hotel e, inesperadamente, tal pensamiento trajo consigo un extraño desasosiego, que se fue fortaleciendo a lo largo del largo insomnio en el que le

285

parecía sentir, como un latido externo, numerosas percepciones ajenas que lo rodeaban estrechamente: pálpitos gozosos, penas por ausencias, lamentaciones, amarguras, frustraciones inesperadas...

Comprendió que estaba rodeado por los restos de todos los sentires de los anteriores huéspedes, que habían detenido su fluir ante el cierre brusco del espacio que los contenía y, cuando quedó al fin dormido, entró en una confusa y plural pesadilla, en la que oía lamentos infantiles, gemidos de encuentros sexuales, lloros de gentes que habían venido al entierro de alguien muy cercano, carcajadas molestas, insultos entre parejas con su relación en declive... No se aplacaba la sensación de estar inmerso en un espacio desolador...

Por fin sonó el teléfono. Despertó, se arregló y bajó al comedor, donde una amable camarera le sirvió la fruta, las tostadas, el café con leche, antes de despedirse recordándole que no se olvidase de cerrar con llave la puerta de la entrada.

—¿Qué hago luego con las llaves? —preguntó.

La camarera lo miró con extrañeza, pero se fue sin decir otra cosa que las palabras usuales de despedida: *Au revoir, monsieur.*

Recogió la maleta y salió a la calle. Un taxi estaba aparcado muy cerca. Confirmó que era el que lo iba a llevar al aeropuerto, y tras cerrar la puerta del hotel con la llave correspondiente —la más pequeña de las dos—, las guardó en el bolsillo del chaquetón...

Al regresar a su casa y recuperar la vida ordinaria —tras meter las llaves del hotel suizo en un cajón de su escritorio—, aquella noche durmió también muy mal, con el mismo tipo de pesadilla molesta y desazonadora.

Pensó que aquello desaparecería la siguiente noche, pero los mismos malos sueños resultaron su rigurosa compañía nocturna a lo largo de toda la semana.

Tras reflexionar sobre el asunto, descartó visitar al psiquiatra, convencido de que la culpa la tenían aquellas llaves con las que se había quedado. Y, sin explicarle a su mujer la verdadera razón del viaje, decidió regresar al hotel abandonado y dejar allí las llaves.

N. DEL C.

Les aseguro que este cuento está basado en hechos reales. Para demostrarlo, adjunto una fotografía de las llaves.

La muerte difícil

A su edad, y después de tantos años de desdichas personales y familiares —la última, la muerte de su mujer, Inma—, decidió terminar con su vida.

Le dio muchas vueltas al modo de hacerlo, y al fin resolvió tomarse de golpe una caja de las cápsulas que el médico le había prescrito para la ansiedad. El resultado no fue como esperaba, porque al día siguiente lo encontró profundamente dormido uno de sus hijos que fue a verlo —vivía solo, y no le complacían las visitas—. Lo ingresaron en un hospital, y a los pocos días estaba de nuevo en su casa.

Pensó en otras formas de quitarse la vida. La única que rechazaba era la de cortarse las venas, porque le horrorizaba la sangre, y recordó que en el trastero guardaba la escopeta de cuando fue cazador, y también cartuchos, y determinó que se dispararía un tiro.

Lo preparó todo en el salón comedor: sentado en una silla, cargó la escopeta, la apoyó en el suelo, con la boca de los cañones bajo su mandíbula, y apretó el gatillo, pero los años debían de haber estropeado el arma, porque no se produjo el disparo...

Entonces pensó en colgarse. Entre las muchas cosas del trastero había encontrado una larga y gruesa soga que utilizaría para el ahorcamiento, bien amarrada al punto en el que se hallaba la enorme araña de cristal que había heredado de sus suegros, y que pendía en lo alto de la estancia.

La sujeción era lo suficientemente fuerte, pero él no enganchó bien la soga, y cayó al suelo dándose un doloroso golpe...

Su depresión por los sucesivos fallos lo llevó a un insomnio que duró varios días, hasta que decidió subir al punto más alto del edificio en el que estaba su piso —eran siete en total— y tirarse a la calle desde la terracita en que se encontraban las antenas de la tele.

El salto no terminó aplastando su cuerpo contra el suelo, sino haciéndolo caer sobre la lona de una camioneta que pasaba en aquel momento.

Ha asumido con paciencia su repetida inmortalidad, y ha empezado a llamar a sus hijos por teléfono.

Ahora piensa que no estaría mal invitar a comer a la familia en el restaurante que hay un poco más abajo de su casa, como hacían cuando Inma vivía aún...

*
* *

N. del C.

A algunos, como el personaje de este cuento, les cuesta morirse, y otros se mueren inesperadamente y de una forma estúpida. Otra prueba de que la realidad puede ser tan inverosímil o más que la mala ficción.

Sentido del amor

Desde la infancia estuve muy unido a mi primo Adolfo. Éramos más que hermanos, si se puede decir así, porque entre nosotros no existía esa rivalidad fraternal que a veces he apreciado con sorpresa en diversas familias. Nosotros lo compartíamos todo, nos ayudábamos de continuo, estábamos encantados de que el otro tuviera buenas notas, intentábamos jugar en el mismo equipo de fútbol siempre que se diese la ocasión... Y como vivíamos muy cerca —yo en un piso, él en una casa de una urbanización contigua a mi calle— e íbamos al mismo colegio, nuestro apego se fue haciendo cada vez más fuerte.

La adolescencia introdujo, sin embargo, una novedad que matizó las cosas: cuando las chicas comenzaron a ser un elemento de profundo atractivo y desasosiego para los varones, Adolfo no manifestaba ningún interés hacia ellas, lo que acabó despertando entre los compañeros las inevitables murmuraciones, porque en aquellos tiempos el asunto de nuestra condición sexual no se veía con las perspectivas actuales.

Cerrillo, que era el «primer maligno» de la clase, empezó a denominar «Adolfita» a mi primo, lo que a él no le importó pero que, por la repercusión que tuvo en el resto de los compañeros, me llevó a mí a un enfrentamiento en que los puñetazos que le di a Cerrillo fueron más eficaces que los que él me dio a mí... Y a la vista de mi actitud, en la clase se impuso cierta discreción sobre el asunto, pero yo me sentí obligado a aclarar las cosas con Adolfo.

Aproveché un fin de semana en que mi familia fue a comer a su casa, mientras nos bañábamos él y yo en la pequeña piscina. Estábamos solos, cada uno en una tumbona.

—Vamos a ver, Adolfo, ¿es verdad que no te gustan las chicas?

Alzó la cabeza para mirarme con risueña tranquilidad.

—¿Quieres decir que si no me atraen sexualmente?

—Eso.

Acercó mucho su cabeza a mí, como si con el gesto reafirmase su respuesta.

—Pues no, no me atraen sexualmente. Pero te aseguro que tampoco me atraen los chicos. En esa materia, no hay nada que despierte mi interés. Acaso soy lo que se llama asexuado, pero lo cierto es que a veces me despierto muy excitado, aunque sin saber por qué... Ya sé lo que se dice de mí en clase, y te agradezco mucho que me hayas defendido con tanto entusiasmo, ya he visto el ojo morado del gilipollas de Cerrillo. Conozco bien cómo me miran todos, pero nadie se ha atrevido a decirme nada. Claro que, teniendo a un caballero protector como tú, ¿quién se iba a atrever?

—¿Será asunto de médicos? —me atreví a preguntar, y me respondió con una cosa muy rara:

—Qué va a ser asunto de médicos. Es que no he encontrado todavía el estímulo. A veces lo intuyo: un olor, unos colores, una caricia de la brisa, seguro que hay algo que despertaría en mí la atracción sexual, pero no lo he hallado aún.

Me miró con extraña fijeza, antes de continuar hablando.

—A veces pienso que yo pertenezco a otra especie, que en ese tema soy de otro mundo, qué quieres que te diga...

Apartamos el asunto de nuestras conversaciones, y la relación entre los dos continuó tan cercana y firme como siempre.

El último verano de nuestro bachillerato, teníamos que decidirnos por la carrera que íbamos a seguir. Yo elegí Derecho, porque mi padre era abogado y me decía que era una carrera que «tenía muchas salidas», pero Adolfo se inclinó por Arquitectura, e ingresó sin problemas.

Durante la carrera fui bastante ligón, lo reconozco, y salí con varias chicas, pero con frecuencia me encontraba con Adolfo para charlar. Un día me dijo que, en un viaje a Italia, visitando una parte del patrimonio arquitectónico romano, había tenido su primer encuentro sexual.

—Ahora ya sé a qué saben los besos y los abrazos, y lo que es la culminación del encuentro amoroso...

—¿Cómo es la chica?

—No es ninguna chica —repuso.

—No me digas que es un chico —dije, sorprendido.

Me miró sin hablar durante un tiempo.

—No se le puede calificar de chica ni de chico, es otra cosa, difícil de explicar...

Yo también me quedé en silencio, pero al fin le pedí:

—Cuéntamelo, anda... Si no te molesta, claro.

Tardó otro rato en contestar, pero habló al fin.

—Mira, habíamos ido a visitar un antiguo templo, y como yo soy muy curioso me separé del grupo y me acerqué a un lugar en el que no había nadie, en la parte trasera del edificio. De repente comenzó a caer un inesperado chaparrón, me refugié en un pequeño recinto que había allí, y tuve una sensación que no había tenido jamás, un gozoso regocijo, percibí el sentido profundo de la belleza y eso que llaman la atracción carnal, no sé cómo explicarlo, una caricia muy estimulante en la boca, y sentí en las palmas de las manos el tacto suave de un cuerpo que me excitaba mucho, y un delicioso olor a vida... Me quité los pantalones y ya sabes todo lo demás. Fue mi estreno gozoso en la práctica del sexo.

—Pero ¿cómo era ella?

Se quedó otra vez en silencio antes de contestar.

—¿Ella? Me resulta difícil describirla, una masa tierna, nebulosa, cargada de suaves y misteriosos olores, capaz de practicar caricias simultáneas en todas las partes de mi cuerpo, increíblemente estimulante. Si hacer el amor es eso, yo no sé cómo los seres humanos podemos seguir siendo tan codiciosos, crueles e insolidarios. Eso es una de las culminaciones del vivir.

Pasó el tiempo, pero yo había quedado tan sorprendido y extrañado con la historia que ya no le volví a preguntar por ello.

Sin embargo, unos meses después, Adolfo me contó que la «masa nebulosa» había ido a visitarlo varias noches, suscitando en él de nuevo un placer incomparable, su más gozosa experiencia.

Aunque seguía sin entenderlas, me alegró mucho que Adolfo se sintiese a gusto con aquellas prácticas, mas poco a poco fui considerándolas como pertenecientes exclusivamente a algún lugar de su imaginación.

Hace unos días, Adolfo me telefoneó para citarme, y cuando nos encontramos me dijo que venía a despedirse de mí.

—Mi pareja tiene que irse muy lejos —dijo— y yo la voy a acompañar.

—¿Muy lejos? —pregunté.

Alzó una mano apuntando con un dedo al cielo.

—Al espacio. Es de donde proviene. Pero yo he descubierto el sentido del amor, no quiero que nos separemos, y lo ha aceptado.

Pensé que el pobre Adolfo había enloquecido, aunque salvo en aquel tema seguía siendo el Adolfo que yo conocía, y como arquitecto se había estrenado ya con éxito, pero unos días después, cuando le llamé, no conseguí localizarlo.

La desaparición de Adolfo fue un asunto público, cuyo misterio no se ha resuelto. Yo siento su ausencia con pena y, a pesar de todas mis dudas, quiero esperar que sea feliz con esa extraña, cósmica pareja.

N. del C.

Ahora que estamos viviendo la «revolución transgenérica», no descarto imaginar que la capacidad afectiva profunda que llevamos en nuestra naturaleza pueda despertar en nuestros más hondos recovecos la atracción amorosa por los seres más insospechados. ¿Será una idea loca?

En cualquier caso, el cuento me pareció apropiado para incluirlo en la compilación...

Los desaparecidos

Desde que yo era niño, oía hablar con frecuencia en mi casa de aquel desaparecido.

Era un íntimo amigo y compañero de mi padre. Ambos militaban en el partido socialista, y la guerra modificó brutalmente sus vidas. Mi padre se fue a Gijón, donde tenía amigos que lo podían proteger de la ferocidad franquista, y su camarada, que al parecer se llamaba Froilán Macías, y que estaba a punto de casarse con mi tía Marina, consiguió escapar a América, en un barco en el que trabajaba un pariente suyo.

Nunca se supo nada más de Froilán Macías. Ni a dónde fue a parar ni qué resultó de su vida, y sus compañeros, amigos y familiares lo dieron por muerto, excepto la tía Marina, que se había sentido tan desdichada con su desaparición que, impregnada de una melancolía atroz, siempre estaba esperando tener noticias suyas o que regresase, y acabó muriendo de una enfermedad rara cuando no había cumplido los cincuenta años...

Un día le llegó a mi padre la carta de un tal Carlos Alberto, que al parecer era hijo de aquel compañero y amigo desaparecido, que le comunicaba la muerte de su padre y de su madre en un accidente y le anunciaba que iba a venir a España a conocernos.

Mi padre, que era generoso, olvidando el silencio de tantos años y el disgusto que había sufrido la tía Marina hasta su muerte, le contestó amablemente, yo creo que sorprendido por que el hijo de su viejo amigo y camarada hubiese llegado a conocer su dirección postal y estimulado por la curiosidad...

El supuesto hijo de Froilán, centroamericano, apareció poco después: tenía veintiún años y parecía muy espabilado. Ante el interés de mi padre y su disgusto por el silencio de Froilán, lo excusó contándonos que las cosas no le habían ido demasiado bien, y que había esperado mejorar para comunicarse con él, pero que toda su vida fue taxista, y que un día se había casado con su madre. «Siempre estuvo muy deprimido», decía.

Al fin Carlos Alberto —que, curiosamente, perdió enseguida la música hispanoamericana del habla— se quedó a vivir con mis padres, porque mi hermano y yo éramos ya independientes, yo catedrático de Enseñanza Media y Anselmo piloto en una buena compañía aérea. Y como el recién llegado había estudiado contabilidad, mi padre lo colocó en su empresita...

A mi padre le sobrevino una inesperada enfermedad coronaria, y no tardó más de tres meses en fallecer.

Casi al mismo tiempo desapareció Carlos Alberto, tras desvalijar todas las rentas de la empresa. Las gestiones de Anselmo al otro lado del mar nos hicieron conocer que Froilán Macías se había casado al poco de llegar a América, y que su mujer y él no habían tenido ningún hijo.

Del timador desaparecido no volvimos a tener noticias...

N. DEL C.

A mí me pareció que a este cuento le faltaba algo, y así quise decírselo al imaginario autor, un joven que me había ayudado a ordenar estos cuentos con entusiasta dedicación y al que había conocido en la presentación de un libro ajeno, pero su correo electrónico había desaparecido misteriosamente de mi ordenador, y su teléfono móvil nunca estaba disponible.

Contacté con Carolina Reoyo, mi editora, que yo pensaba que era quien me había puesto en contacto con él en aquel acto literario, y me dijo con extrañeza que, en realidad, ese autor se había dirigido a ella asegurando que iba de mi parte y que, por cierto, le había contado otro escritor amigo que el chico tenía preparado un libro de relatos para editarlo enseguida en otra editorial de cuentos muy familiar para mí.

Surgió en mí una repentina extrañeza y hablé con aquel editor, a quien pedí que me dejase echar un vistazo al libro, porque a lo mejor me animaba a hacerle el prólogo que, según mis informes, el joven autor no se había atrevido a pedirme —argumenté, mintiendo—, ¡y resultó que el libro estaba compuesto por los mismos textos de este que ustedes tienen en las manos!

Tras deshacer el «tuerto depredador», incluyo el cuento para poder contar esta ominosa anécdota, y les recuerdo esa advertencia tan antigua —que ahora debería ser obligatoria en el mundo de las redes sociales—: *Cuidado con los desconocidos...*

El del otro lugar

Para Alfonso y Elena, naturalmente

Estábamos en Cuba Juan Pedro Aparicio, Luis Mateo Díez y yo para celebrar un filandón, y nos acompañaba Alfonso García, profesor, escritor, periodista cultural leonés y antiguo amigo, que iba a ser nuestro presentador.

Había en la embajada un diplomático que se ocupaba de los asuntos internos y que ese día nos había invitado a almorzar, y mientras comíamos y charlábamos, recibió una llamada telefónica.

Por lo que pudimos oír, se trataba de algo relacionado con un fallecimiento. Cuando terminó su comunicación, nuestro anfitrión dejó el móvil sobre la mesa y nos miró con evidente desazón.

—Una mala noticia. Teníamos aquí a un español que visita la isla todos los años, y acaban de informarme de que ha sufrido un infarto mortal...

Sacó una pequeña libreta de un bolsillo de la guayabera.

—Como llevo conmigo los datos familiares de los españoles que andan por aquí y se comunican con nosotros, me vais a permitir que telefonee a su familia, para darles la triste noticia. Estas cosas, cuanto antes, mejor, porque resultan muy complicadas...

Se apartó de la mesa. Nosotros guardábamos silencio y pudimos oír, confusamente, cómo notificaba lo sucedido a su interlocutor y expresaba su condolencia.

Terminó pronto y regresó a la mesa con aire desconcertado.

—Era la supuesta viuda, pero cuando le he comunicado lo sucedido me ha dicho que eso es imposible, que debe de tratarse de una lamentable confusión, porque su marido no está en casa, pero se encuentra en Alicante estos días por asuntos de su empresa de venta de coches, como todos los años por estas fechas...

—¿No puede haber habido algún error? —preguntó Alfonso.

—En absoluto. Os aseguro que el afectado es el mismo que ha venido siempre. Es él, sin duda, lo conozco desde hace años...

No pasó mucho tiempo cuando su móvil sonó. Habló brevemente, antes de colgar, y luego nos miró con seriedad.

—Era un hijo suyo. Me dice que le ha llamado su madre para contárselo, e insiste en que su padre estos días está en Alicante, que tiene que haber una equivocación...

Nos quedamos todos muy sorprendidos.

—Os aseguro que es él. Ya lleva viniendo bastantes veces, a pasárselo bien... Lo conozco de sobra. En cuanto terminemos de comer me iré a la embajada, porque el asunto me preocupa...

¿Cómo era posible que la familia creyese que estaba en Alicante y no supiese que estaba en el Caribe?

El tema era muy sugerente, y charlando luego nosotros con las chicas que la embajada nos había destinado como guías por la isla, los comentarios se enfocaron en las supuestas aventuras traviesas que habría detrás de aquellas recurrentes vacaciones secretas, y en algún cómplice que, seguramente, apoyaba la imaginaria presencia laboral del marido y padre en Alicante, y lo tenía informado de cualquier llamada de su familia...

—Aunque la viagra parece que no es mala para el corazón... —comentó una de ellas de un modo que, por la actitud de las demás, comprendimos que no era jocoso...

Celebramos nuestro filandón, que salió muy bien. Pero el asunto del supuesto fallecido no acababa de aclararse, y cuando nos marchamos de la isla, todavía el cadáver estaba pendiente de que la familia española iniciase los trámites para hacerse cargo de él, lo que al parecer nunca hizo, insistiendo en que había un error inadmisible en el caso.

Para mí el asunto permanecía y permanece fijo en mi memoria. Primero, porque el fallecido tenía unos apellidos muy habituales para mí, aunque ninguna relación familiar; luego, por todo lo que pasó más adelante, que he decidido contar....

Bastante tiempo después de aquello estuve en Alicante dando una conferencia sobre lo fantástico en la ficción y, en la cena posterior al acto, recordé la peculiar anécdota. Empecé refiriéndome a un vendedor de coches que tenía su negocio en Valladolid pero que, al parecer, venía a Alicante todos los años una temporada, para asuntos relacionados con su negocio.

—¿Que venía por Alicante a vender coches? ¿Recuerdas cómo se llamaba? —preguntó uno de los asistentes.

Se lo dije, añadiendo:

—Si lo recuerdo tan bien es porque coinciden los dos apellidos con los de mi madre, aunque me consta que no tenía con nosotros ningún parentesco.

—¡Pero si hace años que está instalado aquí! —me dijeron.

Al parecer, era concesionario de una marca de automóviles importante.

—¿Que está instalado aquí? ¿Y sigue vivo? —me atreví a preguntar.

—Naturalmente. No es muy mayor...

Yo ya no continué contando la anécdota tal como sucedieron las cosas, sino que dije que había habido una confusión de nombres que luego acabó aclarándose, etcétera... Pero como el tema había despertado en mí una curiosidad profunda, antes de regresar a Madrid me acerqué al establecimiento, pregunté por el propietario, y la joven que me atendió me dijo que se había quedado en casa, por problemas de salud, y que ella era hija suya, que colaboraba en la gestión de la empresa.

—¿Quería usted algo personal? ¿Puedo atenderle yo?

—Solamente traerle recuerdos de un diplomático español en Cuba, que tuvo mucha relación con él cuando su padre visitaba la isla.

Se me quedó mirando, claramente estupefacta.

—¿Otra vez lo de Cuba? ¡Mi padre no estuvo jamás allí! ¿No quedó claro cuando aquel lío?

Le di mis excusas y me marché.

Como tenía el propósito de contártelo, Alfonso, al volver a Madrid lo primero que hice fue llamarte por teléfono, porque, como suele suceder, me había olvidado el móvil en casa.

—¡Hombre, José María! ¡Bienvenido a León! ¡Me imagino que estás aquí por la feria del libro! ¡Elena me ha dicho que te ha visto hace un rato en Ordoño, pero ibas tan deprisa que no ha podido saludarte!

Tus palabras me desconcertaron tanto que no supe qué contestar y te dije que estaba en León de paso, para un asunto familiar, pero que nos veríamos muy pronto.

Que sepas, querido Alfonso, que ese que vio Elena, para quien te mando cariñosos abrazos, no podía ser yo, porque estaba en Madrid, en mi casa, como ahora...

N. del C.

Esta historia es verdadera en su asunto principal: el fallecido en Cuba que, según su familia, estaba vivo, aunque no en su casa española... La leí en el homenaje que se le hizo por sorpresa a Alfonso García González al dar su nombre a la biblioteca del centro La Galería, en la leonesa localidad de Santa Lucía de Gordón.

Algunas veces, a lo largo de la vida, alguien me ha dicho que me había visto en algún lugar en el que no era posible que yo estuviese en ese momento. Una estación, un teatro, una aglomeración, caminando por la acera de enfrente de alguna lejana ciudad... «Te vi en...». Normalmente, no habían podido hablar conmigo, y si lo hicieron no los reconocí... «Ya me extrañó que no supieses quién era yo...». Al principio me sorprendía, luego me preocupaba, ahora no quiero pensar que en el mundo todos tenemos posiblemente un doble, aunque no sepamos dónde está...

Por cierto, la salida de Santa Lucía en nuestro coche, que como de costumbre conducía Mari Carmen, resultó tan complicada —la hermosa población se encuentra enclavada en un antiguo espacio minero intrincado y montañoso—, fueron tantas las vueltas y revueltas y las direcciones erróneas, que escribiría un cuento sobre ello, si de algún modo no continuase experimentando en el fondo de mí aquellos reiterados, mareantes desvíos...

El día que me quieras

Era un chico alto, tenía a su lado un aparatito en el que sonaba música mientras él cantaba, y en el vagón del metro, que no estaba muy lleno, la gente le escuchaba muy atenta, porque debía de hacerlo muy bien.

Acabó lo que estaba cantando cuando tú entraste, y empezó a cantar otra canción que, al principio, hablaba de acariciar el sueño, de ojos negros, del amparo de la risa..., pero que de repente reconociste con una claridad emocionante:

> *El día que me quieras*
> *la rosa que engalana*
> *se vestirá de fiesta*
> *con su mejor color...*

Había un asiento libre, y te dejaste caer en él. Ya tienes quince años, pero ¿cuántas veces oíste esa canción cuando eras una niña? El abuelo Telmo —entonces «el abuelito»— la ponía mucho en el móvil, y a veces en ese trasto viejo que se llamaba tocadiscos, y que los nietos veíais funcionar con tanta extrañeza.

> *El día que me quieras...*

Después de que muriese el abuelito, por el que tanto llorasteis y que fue el primer cadáver que viste en tu vida —y hasta al que diste un beso nada temeroso, sino cargado de pena cariñosa—, la abuela Lola siguió con la costumbre de tararear la canción o ponerla en el móvil.

«A mí y a vuestro abuelo nos encantaba, Lidia, querida, pero no os imagináis lo que les gustaba a vuestros bisabuelos», decía, con los ojos llenos de lágrimas.

Te sientes otra vez allí, en el cuarto que llamaban de costura, con la mesa camilla y las estanterías donde las niñas guardabais los peluches y las muñecas, y suena la canción. El cantante, lo recuerdas bien, se llamaba Carlos Gardel, y la canción era una cosa que se llamaba tango; música y bailes antiguos que casi ninguna de tus amigas había escuchado.

Al acabar, la abuela Lola, la abuelita, te contaba algún cuento, porque era un fin de semana que estabas pasando con ella y la abuela tenía un televisor muy pequeño, que apenas miraba. Tú dejabas lo del televisor para tu casa, donde además estaba en color, y allí preferías las viejas canciones, o los cuentos, o los recuerdos de su vida que la abuelita te contaba.

Todo eso recuerdas, mientras miras al chico alto cantando la canción:

> *... y al viento las campanas*
> *dirán que ya eres mía*
> *y locas las fontanas*
> *se contarán su amor...*

Cierras los ojos.

¿O no eres tú, ni tienes quince años, sino que sigues en los diez, y no estás en Madrid, ni en el metro, aunque una vez visitaste esa ciudad con tu tía Josefina y recorriste muchos lugares, el parque del Retiro, el llamado Zoo Aquarium, el museo del Prado..., y lo que piensas es lo que te ha dicho tu amiga Laura, que el pasado fin de semana fue a Madrid con sus padres y te contó eso del chico cantando *El día que me quieras* en el metro?

Prefieres no desvelarlo, no abrir los ojos, seguir escuchando la canción y pensar en los abuelitos.

¿Por qué les gustaba tanto?, ¿es que aún no se querían? Estaba claro que sí, pero acaso la canción les encantaba por la música y esas cosas tan raras y bonitas que ahora está cantando el chico en el metro:

La noche que me quieras,
desde el azul del cielo
las estrellas celosas
nos mirarán pasar...

Claro que estás ahí, pensando en lo felices que les hacía la canción a los abuelitos, claro que tienes quince años, claro que Gerardo también los tiene, y acaso te va a acompañar pronto a alguna fiesta, y bailaréis, a lo mejor ese mismo tango, porque te ha dicho la abuela, y te lo ha demostrado, que no hace falta saber bailarlo como hacían antes, que basta con moverse al ritmo de la música...

y un rayo misterioso
hará nido en tu pelo,
luciérnaga curiosa que verá
que eres mi consuelo.

Y, sin abrir los ojos, sigues escuchando al cantante, e imaginando el ligero bamboleo del metro, hasta quedarte dormida.

N. del C.

No he querido meter en el libro otros de la misma autoría porque eran demasiado similares en tema y escenario, el
metro: en uno, un hombre mayor mendigaba cantando
Alma corazón y vida, y en otro, una mujer —la autora comentaba que a las mujeres raramente se las encuentra en
esa tarea— lo hacía con *La violetera*. A pesar de todo, la
reiteración me suscitó cierta tristeza melancólica, qué
quieren que les diga...

Gorilín

Estimado doctor: siguiendo sus instrucciones, le expongo a continuación el caso.

Ya desde niño me encantaban las muñecas, pero entonces eso era considerado solo propio de niñas, de manera que tuve que conformarme con los soldaditos de plomo y otros juguetes similares, y nunca pude tener una muñeca o un osito de peluche.

Pero con el tiempo me casé y tuve hijas, y no se imagina lo que me satisfacía estar cerca de sus muñecas —y hacerlas abrir o cerrar los ojos— y sobre todo de sus ositos de peluche, que me daban una misteriosa sensación de familiaridad y cercanía.

Y me encantaba escoger las muñecas o los peluches para ellas con motivo de los Reyes Magos, de los cumpleaños, de las onomásticas..., hasta el punto de que, a veces, mi mujer disentía de mi elección —si ellas no habían manifestado previamente su preferencia—, aunque nunca se quejaron del regalo.

El gorila se lo regalamos a mi hija menor, por decisión mía, cuando cumplió los siete años, porque desde que entré en la tienda me fascinó su aspecto: los ojos, la nariz y la boca, la distribución del pelo, los largos brazos que contrastaban tan claramente con las piernas... Adjunto una foto para que lo vea, doctor.

Muy a menudo lo tenía cerca de mí, en mi escritorio, y lo colocaba en el sillón de lectura, para poder echarle una mirada mientras trabajaba en mi ordenador.

Pasaron los años, las niñas se hicieron mayores y acabaron dejando nuestra casa. Entre las cosas que se llevó la menor estaba el gorila de peluche, que yo nunca volví a ver.

Mas hace un par de semanas, visitándola en su nueva localización —ha cambiado de vivienda varias veces—, me encontré con una gran caja de cartón llena de trastos, y sobre ellos el gorila de peluche. Le pregunté qué era aquello, tras tomar con mis manos el muñeco y reconocer su suave tacto.

«Cosas que voy a regalar a un centro de acogida de niños... Libros, juguetes y muñecas del año catapum... Cosas que tenía amontonadas en un armario...».

Le pregunté si me podía quedar con el gorila y repuso: «Pero qué dices, papá, quédate con lo que quieras, no faltaba más...».

Y así fue como me llevé conmigo a mi casa al gorila de peluche.

No se imagina usted la compañía que ha resultado para mí, tanto a través de la mirada como del tacto. Lo llamo «Gorilín». Me encanta tenerlo por las mañanas sentado ante los cojines de la cabecera, cuando la asistenta termina de ordenar la cama matrimonial, aunque mi mujer hizo al principio algunas objeciones, diciendo que eso no era propio de una habitación de adultos, como las hizo cuando en algunas estanterías del dormitorio, donde están colocados los libros de cuentos de nuestra biblioteca, instalé unos cuantos juguetes por los que siento especial afecto: robots, pequeñas muñecas de signo local compradas en diferentes países —Rusia, Italia, Austria...—, diminutos dinosaurios, diplodocus, tiranosaurios y otras figuras jurásicas, y un curioso muñeco doble, regalo de mis hijas: una rana coronada que, haciendo que se invierta su cuerpo de tela, se convierte en el príncipe del cuento...

De vez en cuando me llevo a Gorilín a mi escritorio, y lo siento en mi sillón de leer, como hacía antes, o lo mantengo en mis brazos como si fuese un bebé, acariciándolo con mi rostro.

Pero de repente he descubierto un problema que ha sido el que me ha hecho contactar con usted. Varias tardes encontré a Gorilín tirado en medio del pasillo, y hace poco junto a la puerta del piso.

Como no había duda de que alguien lo había llevado hasta allí, pensé que podía haber sido la gata, un animal que nos acompaña desde hace años, no cariñoso, pero tampoco agresivo, y que nunca se ha acercado al gorila de peluche, por el que no muestra el menor interés. Luego se me ocurrió si sería el culpable el príncipe/rana, envidioso de mi afecto por el peluche, pero me parece demasiado difícil para él bajar de la estantería y volver a subir a ella... Y al fin he pensado que se trata de mi mujer, que acaso está intentando echar al gorila de peluche de casa, celosa del afecto que manifiesto hacia él, aunque habría tenido que interrumpir su acción por alguna causa, tal vez por mi inesperada llegada al domicilio...

Se lo he dicho de buenas maneras, y me ha replicado con dureza, afirmando que el único que anda a menudo por el pasillo con el gorila de peluche en brazos soy yo, y que, como está «harta de mi absurda regresión infantil» —tales han sido sus ofensivas palabras— no ha querido decirme que me ha visto «varias veces dejándolo en el suelo del pasillo o a la puerta de casa...».

Es evidente que mi esposa tiene algún problema, y por eso acudo a usted, respetado y querido doctor, para que le dé el tratamiento psicológico que corresponda.

En cualquier caso, yo no estoy dispuesto a continuar tolerando este rechazo hacia Gorilín, y he tomado la decisión de divorciarme de ella e irme a vivir con mi gorila de peluche a algún pequeño apartamento. Claro que no se lo diré a mi mujer hasta que su situación mental no quede perfectamente controlada...

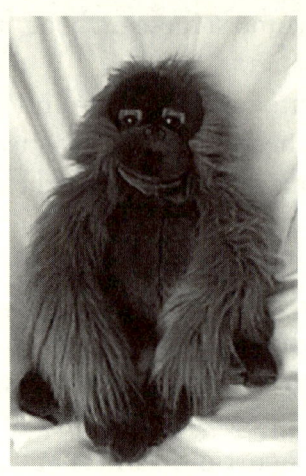

N. del C.

Tras leer el cuento, descubrí que ese peluche existe y que el texto no es una ficción, sino el relato de una experiencia, pero me pareció oportuno, por el recuerdo que me trajo de ciertos textos literarios, incluirlo en la antología...

Gajes de la edad

A estas alturas de la vida, me sorprende encontrar en todo lo que me rodea un misterioso efluvio, nunca advertido antes. El sol del invierno enciende en los edificios, en las calles, en las plazas, en los árboles que están perdiendo ya sus últimas hojas secas, un misterioso fulgor que yo no era consciente de haber percibido antes.

Claro que conozco de sobra esos inmuebles, estas calles y plazas, el arbolado que ocupa tanto espacio en la ciudad, pero ahora encuentro en todo ello una singular potencia, un aspecto de poderosa afirmación, y además descubro en cada lugar, de las casas menos llamativas a la Biblioteca Nacional, de las pequeñas calles al paseo de la Castellana, de la placita cercana a mi domicilio al parque del Retiro, una sorprendente y segura belleza, que apenas había percibido antes.

Encuentro en todo un latido diferente, desconocido, una fuerza tan intensa que me da la sensación de que mis largos recorridos y mis miradas de la ciudad tienen algo de despedida, que están muy cerca del fin, y que todo permanecerá palpitante cuando yo haya desaparecido.

«Intuiciones de los años», pienso. Intuiciones que, en mi caso, no están cargadas de pesadumbre, sino de una misteriosa melancolía complaciente. «Estoy viendo las cosas como son. Esto es un regalo del tiempo...».

Además, ahora me documento sobre los espacios que recorro. Hoy me acercaré a la Plaza Mayor, que fue inaugurada en 1619, pero antes pasaré por la Puerta del Sol, cuya forma definitiva proviene de mediados del siglo XVIII. Y justo ante la puerta de la presidencia de la Comunidad, junto al reciente estanque que rodea la estatua ecuestre de Carlos III —que, para poder leer el texto grabado en su pedestal, tiene que ser rodeada por lo menos doce veces—, me encuentro con Noa, mi mujer.

Está guapísima, con un aspecto insólitamente joven, como si tuviese tres décadas menos de las que tiene en realidad...

—¡Noa! —le digo—. Pero ¿qué haces aquí? ¿No aborreces salir de paseo? ¿Por qué no has venido conmigo?

Me mira de un modo raro.

—Creo que me confunde usted con otra persona —me dice, imperturbable.

—¿Con otra persona? ¿Me tomas el pelo? ¡Eres Noa Salinas, mi legítima esposa, que diría el clásico! —respondo, con humor corrosivo, y le agarro de un brazo, pero lo sacude y se separa de mí.

—¡Suélteme usted! —exclama—. ¡Le digo que me está confundiendo con otra persona! ¿O es una tomadura de pelo?

—¡Nada de tomadura de pelo! ¿Por qué te pones así?

Uno de los guardias municipales que están a la puerta se acerca a nosotros.

—¿Hay algún problema? —pregunta.

—Algo exclusivamente personal, agente —le respondo, fastidiado por la intervención.

—¡Este señor dice que soy su mujer y me está molestando! ¡No debe de estar bien de la cabeza! —dice Noa.

—Anda, Noa, vamos a acercarnos a la Plaza Mayor y nos tomamos un café. Estamos casados desde hace cuarenta y seis añitos. No me hagas esto.

—Por favor —dice el guardia, muy serio—. Deje usted tranquila a esta señorita.

Comprendo que, por lo que sea, el guardia ha entrado en el juego de Noa, y decido alejarme, pero antes de hacerlo la miro muy seriamente.

—Hablaremos en casa —le digo—. No podía esperarme esto de ti...

Mas lo disparatado de su actitud me ha amargado el día, y decido tomar el metro y regresar a casa. Viviana, la asistenta, se encuentra ya aquí, preparándome la comida antes de irse, como hace los tres días a la semana que viene. Lógicamente Noa no está, pero no me comenta nada, y prefiero no hablar de ello.

Y lo raro es que Noa no regresa a casa, y que llevo ya tres días sin ella. No he querido decirles nada a nuestros hijos, porque es un asunto muy particular que, además, los desazonaría.

Mas esta noche estoy teniendo un sueño muy raro: que me encuentro en la cama de algún sitio desconocido, y que mis dos hijos y mi hija, cada uno acompañado de su cónyuge, me rodean muy compungidos. El sitio parece un hospital, porque tengo inserto en el brazo uno de esos tubos clínicos...

Intento hablar, pero no lo consigo. Veo que mi hija está llorando. Debo salir de este siniestro sueño, y, tras intentarlo, parece que el sueño se va difuminado, y que entro en una plácida, sólida, oscuridad.

A ver si duermo un buen rato, a ver si Noa regresa de una vez a casa...

Lo que está claro es que todas estas cosas que me suceden son gajes de la edad...

N. del C.

«A estas alturas de la vida»... Este cuento podía comenzar con más adecuada fidelidad a eso que llamamos «lo real». Pero la ficción nos permite viajar por el tiempo tranquilos y seguros...

El final del pasillo

Sueña que no está en la cama, sino ante la puerta de la habitación, moviendo la manilla para abrirla, y en ese momento despierta y comprueba que no sueña, sino que está despierto y de pie, con la puerta recién abierta ante el pasillo. Pero el pasillo no es el habitual, sino que se alarga a lo lejos en lo oscuro, y comprende que está soñando otra vez. Y sin duda sigue soñando al llegar a la altura del conmutador, pues el pasillo no tuerce a la derecha sino que concluye ante otra puerta, que abre para comprobar que está despierto, pues esa es su habitación. Llega hasta la cama, se acuesta otra vez en ella y apaga la luz para seguir durmiendo, pero de pronto percibe que eso no es su cama, sino una caja en la que su cuerpo está embutido, y que debajo de él no hay ningún colchón, sino una superficie dura. «Sigo soñando», piensa. «A ver si despierto de una vez», sin comprender que, esta vez, ya no despertará.

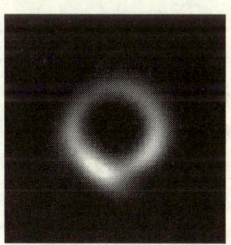

Mensaje de náufrago

Ya sé que este no es el primer manuscrito que se encierra en una botella y se lanza al mar en espera de auxilio.

Soy el superviviente del naufragio de un pequeño yate que pretendía cruzar el Atlántico aprovechando los vientos alisios, pero una tempestad consiguió arrancarme de cubierta y, al fin, vine a parar a un islote, imagino que en algún punto de las Azores.

Sobrevivo comiendo moluscos de las rocas de la orilla y bebo el agua de un manantial que brota al pie del gran pico pétreo que conforma el lugar.

Conseguí esta botella, el cuaderno de donde he sacado el papel y el bolígrafo con el que escribo de una mochila que las olas habían depositado en el mismo lugar al que vino a parar mi cuerpo.

Cuando termine de escribir mi mensaje, lo guardaré en la botella —el vino que contenía era bueno, pero no os imagináis lo que me ha costado descorcharla y encontrar algo sólido para taparla otra vez...—, me acercaré al borde de los peñascos que se alargan mar adentro y la lanzaré lo más lejos que pueda.

Sé que es imposible que la botella pueda ser encontrada a tiempo para rescatarme vivo, pero acaso alguien la recoja en un futuro y lea el mensaje, porque mientras lo lea estaré otra vez vivo y escribiéndolo.

Por favor, leedlo muchas veces, publicadlo para que más gente lo pueda leer... ¡y conseguir así que yo reviva un ratito!

GRATIAS
TIBI
TAM